W0171253

**pieter
webeling**

die
stunde des
schmetter
lings

pieter webeling

die stunde des schmetter lings

roman

aus dem niederländischen von
christiane burkhardt

blessing

Originaltitel: *Het uur van de vlinder*
Originalverlag: Cossee, Amsterdam

Der Verlag weist ausdrücklich darauf hin, dass im Text enthaltene
externe Links vom Verlag nur bis zum Zeitpunkt der Buchveröffentlichung
eingesehen werden konnten. Auf spätere Veränderungen hat der Verlag
keinerlei Einfluss. Eine Haftung des Verlags ist daher ausgeschlossen.

Verlagsgruppe Random House FSC® N001967

1. Auflage, 2016
Copyright © 2014 by Pieter Webeling
Copyright © 2016 by Karl Blessing Verlag, München,
in der Verlagsgruppe Random House GmbH,
Neumarkter Str. 28, 81673 München
Umschlaggestaltung: Geviert Grafik & Typografie, München
Satz: Leingärtner, Nabburg
Druck und Einband: GGP Media GmbH, Pößneck
Printed in Germany
ISBN: 978-3-89667-568-2

www.blessing-verlag.de

The birds they sang
At the break of dawn
Start again
I heard them say
Don't dwell on what
Has passed away
Or what is yet to be

LEONARD COHEN
(ANTHEM)

Staub im Mund, überall Asche und Sand. Die Erde bebte – und über mir baumelte bedrohlich ein Querbalken, der aus der Verankerung gerissen war. Irgendwo in dem verlassenen Haus krachte es. Ich wusste nicht genau, wie weit es noch bis zur Front war, aber der Kanonendonner war nicht zu überhören – nicht zuletzt wegen der geborstenen Mauern und des Loches im Dach. Langsam richtete ich mich auf. Mir dröhnte der Kopf, wohl auch vom vielen Schnaps. Ich spuckte mehrmals aus, klopfte meine Uniformjacke ab und versuchte mir die Ohren mit der Kragenspitze zu säubern.

Es war schon Mittag. Ich hatte in einem Kinderbett geschlafen, auf der Bettdecke. Das eiserne Gitter am Fußende war verbogen und hing nach unten. Hatte ich es kaputt getreten? Auf dem Dielenboden, unter einer dicken Staub- und Schmutzschicht, lagen Kinderkleider, die Scherben eines zerbrochenen Bechers und ein verbeultes Blechauto, auf das ein Bild gefallen war. Ich griff nach meinem Tornister und stand auf. Um den Raum zu verlassen, brauchte ich gar nicht erst nach der Tür zu suchen.

Das Dorf war wie ausgestorben. Ich wusste nicht, wie dieser Ort in Frankreich hieß, aber sein Name war mehr oder weniger überflüssig geworden: Wohnhäuser, Läden, ein größeres Gebäude, das vielleicht einmal eine Schule gewesen war – alles war bis zur Unkenntlichkeit zerstört. Die Struktur des Dorfes bestand nur noch im Gedächtnis der Bewohner. Nicht einmal die Alten, deren Erinnerungen an ihr ganzes Leben nun unter den Trümmern lagen, würden sich hier noch zurechtfinden.

Vorsichtig stieg ich über Steinbrocken, Dachziegel, zerborstene Fenster, herausgerissene Balken und zersplittertes Holz hinweg. Mitten in dem Schutt fielen mir ein Kinderwagen, eine gesprungene Toilettenschüssel und ein Esstisch auf, dessen Beine nach oben zeigten. Ein paar Schritte weiter lugte zwischen Steinen das schmuddelige himmelblaue Abendkleid einer Dame aus besseren Kreisen hervor. In einem Patrizierhaus klaffte ein enormes Loch, durch das man ein Schlafzimmer mit zerfetzter hellgrüner Medaillon-Tapete sehen konnte, ein Doppelbett mit bordeauxroter Tagesdecke und einen Waschtisch mit Schüssel und Krug – ganz so, als wäre es das Puppenhaus eines Riesen.

Weiter vorn scharrte ein Hund. Doch noch eine Spur von Leben! Das Tier hatte ein kurzes weißes Fell mit schwarzen Flecken. Er pinkelte gegen eine niedrige Mauer und sprang fröhlich davon.

Ich kam zu einem Platz, besser gesagt zu einer freien Fläche mit ein paar Bäumen, die nichts als schwarz verkohlte Stümpfe waren. Dort ragten die Außenmauern einer ansonsten zerstörten Kirche hervor. Der Turm war zur Hälfte weggesprengt, die schwere Eichenholztür mit den Eisenbeschlägen hing schief in den Angeln, und das halbrunde Buntglasfenster mit der weißen Lilie – die Blume der Unschuld – hatte einen Sprung. Ich drückte sie auf …

… und schaute nach oben: Seltsam, dass man den Himmel sehen konnte. Alle Buntglasfenster waren geborsten oder lagen in Scherben auf dem marmornen Kirchenboden. Vor mir war, halb von Trümmern begraben, ein schwarzer gusseiserner Kronleuchter ohne Kerzen, der von Lichtstrahlen, in denen Staubpartikel tanzten, erfasst wurde. Mein Blick fiel auf die Madonna: Nicht einmal sie war unversehrt geblieben. Ihr linker Arm lag in Trümmern zu ihren Füßen, was sie nicht weiter zu stören schien.

Ich wischte Scherben und Schutt von einer der Kirchenbänke und setzte mich. Verzweiflung stieg in mir auf, mehr noch, ich wusste nicht, was ich getan hatte, wer ich überhaupt war. Nichts als Leere und Bitterkeit. Nach einer Weile zog ich die Pistole aus meinem Tornister – eine Luger, die einem gefallenen deutschen Offizier gehört hatte – und wog sie in meiner Hand.

Dann eben hier.

Es war wirklich absurd. Wie viele Möglichkeiten, den Heldentod zu sterben, hatte ich ungenutzt verstreichen lassen? Ich hätte bloß den Kopf über die Brustwehr strecken oder bei Angriffen als Erster aus dem Schützengraben springen müssen. *Die Kugel, die für dich bestimmt ist, wurde längst geschmiedet* – wie oft war mir dieser Gedanke schon gekommen? Und genau diese Kugel trug ich nun selbst bei mir.

Ich lud durch und entsicherte, hielt mir den Lauf unters Kinn: kühler Stahl, der Geruch von Waffenfett. Ein Spatz flatterte an den Pfeifen der herabgestürzten Orgel vorbei und ließ sich auf einer der vorderen Bänke nieder. Ich brauchte nur den Finger zu krümmen, und schon wäre alles vorbei. Das große Nichts – vielleicht hatte wenigstens das noch etwas Schönes oder Poetisches, jetzt, da alles um mich herum seine Form und seinen Glanz verloren hatte. Noch wagte ich es nicht, den Abzug zu drücken. Ich schloss die Augen und versuchte an nichts mehr zu denken.

»Das ist nicht dein Ernst, junger Mann.«

Eine tiefe Männerstimme mit einem starken französischen Akzent. Ich schlug die Augen wieder auf. Vor mir stand ein Priester in einer langen schwarzen Soutane, die linke Hand schwer auf eine Krücke gestützt.

»Glaub mir, der Tod ist kein Ausweg!«

Ich zögerte. *Ich brauche nur den Finger zu krümmen. Jetzt. Jetzt!*

Ich stieß einen Schrei aus, sprang auf, zielte in die Luft und drückte wie von Sinnen ab. Drei Mal, vier Mal, fünf Mal. Nach zweimaligem Klicken warf ich die Waffe weg. Ich schrie und lachte, laut und höhnisch.

Der Priester rührte sich nicht. Er schaute mich bloß an, als hätte ich gerade ein Theaterstück aufgeführt. Stille trat ein. Ich fühlte mich leer und zerschlagen.

»Gut so!«, sagte der Priester und schaute nach oben. »Ich kann nur hoffen, dass du es nicht auf Gott abgesehen hattest.« Seelenruhig ging er zu der Pistole, hob sie auf und betrachtete sie eine Weile. »Was hat dich hierher verschlagen? Hast du dich verirrt? Bist du geflohen, desertiert?«

Ich holte tief Luft. »Ich habe Heimaturlaub, Hochwürden.«

Er kniff die Augen zusammen. »Heimaturlaub. Warum bist du dann nicht in dein Dorf zurückgekehrt?«

»Das ist eine lange Geschichte.«

»Wie heißt du?«

»Reinhardt. Julius Maria Reinhardt.«

»Hast du schon was gegessen? Vermutlich nicht. Los, komm mit!«

Er drehte sich um, stützte sich auf seine Krücke und schwankte ans andere Ende der Kirche. Das linke Bein zog er bei jedem Schritt nach. Ich folgte ihm mechanisch. An einer Wand hing ein großes Holzkreuz, man sah noch die Löcher von den Nägeln. Davor lag eine Figur, die bronzenen Arme ausgebreitet, begraben unter einem Deckenbalken, der ihn vermutlich im Fallen gestreift und mitgerissen hatte. Der Priester blieb kurz stehen. »Traurig, nicht wahr? Seit zwei Wochen liegt er nun so da. Aber ich belasse es dabei, denn ich werde Jesus ganz bestimmt nicht ein zweites Mal ans Kreuz nageln!«

Hinter der Kirche ragte immer noch stolz das alte Pfarrhaus empor, was man getrost als Wunder bezeichnen konnte. Ein paar Steinbrocken waren aufs Schieferdach gefallen, mehr nicht. Auch auf dem Friedhof lagen keinerlei Trümmer, er war in einem erstaunlich guten Zustand. An seinem äußersten Rand entdeckte ich ein Dutzend frischer Gräber, auch kleine, alle noch ohne Gedenkstein.

Durch eine Seitentür betraten wir das Pfarrhaus und gingen durch einen schmalen Flur, vorbei an einem randvoll mit Wasser gefüllten Zinkeimer. Ein nasses, um den Henkel geknotetes Seil lag in einer Pfütze auf dem Ziegelboden. Das Küchenfenster bot einen unverstellten Blick auf das verwüstete Dorf. Auf der Anrichte stand ein Petroleumkocher mit einem uralten, verrußten Kessel, darin duftender Kaffee. Der Priester schenkte zwei Becher ein und schob mir ein Brett mit einem Stück Brot hin.

»Willst du sonst noch irgendwas? Es gibt Blutwurst, Zwieback, Aprikosenmarmelade, Pökelfleisch und Corned Beef.« Er öffnete einen Vorratsschrank, vollgestopft mit Lebensmitteln. »Ich habe hier bestimmt noch dreißig, vierzig Konserven mit Soldatenverpflegung stehen. Auch deutsche Ware.«

»Deutsche?«

»Ja, von katholischen Deutschen vermutlich.« Er grinste. »Dieses Dorf ist mindestens zehn Mal von verschiedenen Truppen besetzt worden. Deutsche, Franzosen, Engländer – alle sind sie hier gewesen. Als Geistlicher bin ich unparteiisch. Die Soldaten kommen, um zu beten, und stecken mir alles Mögliche zu. Ein paar Iren haben mir sogar eine Flasche Whiskey dagelassen. Und jetzt befindet sich das Dorf – oder besser gesagt, was noch davon übrig geblieben ist – wieder in euren Händen. Seit einer Woche ist es ruhiger, die Front hat sich etwas weiter nach Süden verlagert, auch wenn sich der Kanonendonner heute früh wieder ganz nah angehört hat. Aber nun iss, mein Junge, iss!«

Ich nahm von dem Brot und der Marmelade.

»Sie sprechen aber gut Deutsch.«

»Ich komme aus Lothringen, mein Vater hat deutsche Wurzeln. Englisch zu sprechen fällt mir deutlich schwerer. Ich hatte auch schon Senegalesen hier. Wenn die kein Französisch können, bin ich aufgeschmissen.«

»Warum leben Sie immer noch hier?«

»Wo soll ich sonst hin? Dies ist mein Zuhause.«

»Sind noch andere im Dorf geblieben?«

»Wie du vielleicht bemerkt hast, sind am Dorfrand ein paar wenige Häuser stehen geblieben. Dorthin sind in den letzten Tagen einige wenige zurückgekehrt. Lucius, der Totengräber, kommt manchmal zum Tee. Er bringt mir frisches Wasser und kümmert sich um den Friedhof. Eigentlich müsste er jeden Moment hier sein. Aber vorläufig bin ich ein Hirte ohne Herde.«

Im Wohnzimmer roch es nach Mottenkugeln. Die Einrichtung war schlicht: verschossene beige Vorhänge und kaputter Stuck an der Decke. An der Wand hingen sieben Glasvitrinen mit aufgespießten Schmetterlingen. In der mittleren befand sich nur ein einziges Exemplar mit rotbraunen Flügeln, die so groß wie Männerhände waren. Ihre Spitzen glichen Schlangenköpfen. Ich konnte mich von dem Anblick kaum losreißen.

»Ein Atlasspinner«, sagte der Priester. »*Attacus atlas,* der größte Schmetterling der Welt. Das Geschenk eines befreundeten Missionars aus Indochina. Aber glaub mir, das Tier hat ein Riesenproblem, das größer ist als all unsere Probleme zusammen: Dieser Schmetterling hat keinen Saugrüssel. Er kann nicht trinken. Deshalb lebt er nur zehn Tage. Ist er nicht majestätisch? Ist er nicht wunderschön? Aber er selbst bekommt von der Schönheit der Natur so wenig mit … Gott hat es so gewollt.«

In der Zimmermitte stand ein großer Tisch mit einer olivgrünen Tischdecke. Der Priester bedeutete mir, Platz zu nehmen. Mit seinen kräftigen Händen massierte er sich die Schläfen. Er hatte langes rötliches Haar und einen sorgfältig gestutzten graumelierten Bart. Ich schätzte ihn auf Ende sechzig, ein recht korpulenter Mann mit einem Bäuchlein von dem einen oder anderen Glas Pflaumenschnaps zu viel.

Er zog eine Zigarrenkiste zu sich her und öffnete ehrfürchtig den Deckel. Auf nassem Sand lag ein mottenähnlicher Schmetterling mit braun-weiß-blauvioletten Flügeln. Behutsam nahm er den Körper des Insekts in die Hand. »Das ist ein Großer Schillerfalter, *Apatura iris*. Schau nur, was für ein prächtiges Geschöpf! Und das, obwohl er weniger an Blüten schnuppert als an Aas, Kot und Teer. Für mich ist er das Schönste, was unser lieber Herrgott je erschaffen hat. Schau dir nur den zarten Flaum auf seinen Flügeln an, die Farben, die nicht einmal nach dem Aufspießen verblassen. Noch habe ich die Hoffnung an das Gute im Menschen nicht verloren, aber was mich wirklich tröstet, ist die Schönheit der Schmetterlinge. Darin offenbart sich für mich die eigentliche Herrlichkeit des Reichs Gottes.« Er hob den Blick zum Himmel und machte das Kreuzzeichen. »Vielleicht sind sie ja der Grund dafür, dass unser Herrgott dieses Haus hier bislang von einer Zerstörung biblischen Ausmaßes verschont hat.«

Ich nippte an meinem Kaffee. Er war zwar nicht so stark und bitter wie das schwarze Gebräu in den Schützengräben, aber ich konnte jetzt wirklich welchen vertragen.

»Sie scheinen sich mehr für Schmetterlinge als für Menschen zu interessieren.«

Er lächelte. »Der Mensch, mein Junge, hätte eigentlich die Krönung der Schöpfung sein sollen. Aber wir haben es vermasselt – schon lange vor diesem Krieg. Ein Dichter hat einmal gesagt: *Der Mensch verpuppt sich vom Schmetterling zur Raupe.* Besser kann man es nicht ausdrücken. Erst recht nicht, wenn ich an die Schlangenbrut denke, die meinen silbernen Kandelaber gestohlen hat!«

13

»Sie begeistern sich für Lyrik?«

»Ich begeistere mich für schöne Sätze und schöne Gedanken. Diesen hier habe ich nie vergessen.«

Eine kurze Pause entstand.

»Ich … Ich würde Ihnen gern meine Geschichte erzählen«, hörte ich mich sagen.

Der Priester sah mich forschend an. »Gern. Ich habe Zeit. Was können wir schon tun, außer uns Geschichten zu erzählen?«

»Eigentlich handelt es sich eher um eine Art Beichte, Hochwürden.«

»Spielt der Krieg darin auch eine Rolle?«

»Ja.«

»Dann brauchst du meiner Meinung nach nicht zu beichten.«

»Ich habe zwei Freunde verloren. Jugendfreunde. Und ich trage Schuld daran. Ohne mich wären sie heute noch am Leben.«

»Darüber wird allein Gott richten. Bleiben wir vorerst lieber bei deiner Geschichte. Der Beichtstuhl ist beschädigt und außerdem schmutzig. So wie es aussieht, werden wir noch länger hier sitzen. Warte kurz!«

Er bückte sich und wühlte in einer Kommodenschublade. Dann legte er nacheinander eine Pinzette, ein Spannbrett, ein paar Pergamentstreifen und einige dünne Präpariernadeln auf den Tisch. »Das Aufweichen ist beendet. Noch ist es ein schönes, frisches Insekt, und deshalb muss ich es jetzt spannen. Aber ich kann dir dabei gut zuhören. Also, fang ruhig an!«

Ich war überrascht, überrumpelt, was ihm nicht entging.

»Am besten beginnst du ganz vorne, in der Zeit, als noch alles gut war.«

Mit der Pinzette nahm er den Schmetterling aus der Zigarrenkiste und legte ihn auf das Spannbrett. Vorsichtig stach er zwischen den Flügeln eine Nadel in den Körper.

14

teil 1
unschuld

Grinsend drehte er sein Helles hin und her. Claus war jetzt ein richtiger Mann. Zumindest wenn er das getan hatte, was wir vermuteten. Theodor und Erich sahen mich an. Wir wussten, um wen es ging, um Ulrike Betzinger, die jüngste Tochter des Metzgers. Schön war sie nicht, aber sie hatte einen Busen, bei dessen Anblick sogar ein Mönch in Versuchung gekommen wäre. Und sie schien uns gefügig genug zu sein, um Claus zu folgen. Ich jedenfalls ging davon aus, dass er *es* getan hatte. Immer war er uns einen Schritt voraus. Claus, der Verführer. Claus, der sich von nichts aufhalten ließ. Claus, der junge blonde Gott.

Auf einen Zug leerte er sein Glas und wischte sich mit dem Ärmel den Schaum von den Lippen. Er rülpste leise und sah uns mit funkelnden Augen an.

»Sie hat ihre Bluse aufgeknöpft.«

Theo stand plötzlich der Mund offen. »Von sich aus?«

Claus nickte. »Sie hat nach Schweiß und Lavendelöl gerochen.«

Uns stockte der Atem.

»Ich habe sie auf den Mund geküsst, ihr einen Zungenkuss gegeben«, fuhr Claus mit gedämpfter Stimme fort. »Ich hab ihr unter den Rock gefasst, und sie hat sich nicht gewehrt.« Er beugte sich vor. »Ich mich übrigens auch nicht.«

Theo wurde blass.

»Und dann habt ihr es getan«, bemerkte Erich nüchtern.

Claus lächelte vielsagend. Er stand auf, um zur Toilette zu gehen.

Nach neun wurde es rasch voll im *Schwarzen Huhn*. Hinterm Tresen stand Burkhard Maier, der neue Wirt. Er hatte das Ausflugslokal erst vor einem halben Jahr übernommen, im Dezember 1913, von Maximilian Rahn, dem letzten Spross einer Wirtsfamilie, die mit dem *Schwarzen Huhn* über Generationen hinweg das zweite Wohnzimmer des Dorfes geführt hatte. Rahn war ein Wirt gewesen, wie er im Buche steht, eine echte Stimmungskanone: für jeden ein offenes Ohr, großzügig, aber nicht verschwenderisch und in jeder Hinsicht robust. Er hatte eine Knollennase, die so rot war, dass die Kinder »Hallo, Herr Clown!« riefen und dann ganz schnell wegrannten. Dasselbe hatten wir früher auch gemacht.

Leider war Maximilian Rahn selbst sein bester Kunde gewesen. Er hatte allein gelebt. Eines schönen Wintertags war er sternhagelblau die Kellertreppe hinuntergefallen und hatte sich das Genick gebrochen – inmitten von Wein- und Bierfässern aus Eichenholz und umhüllt von dem Duft von französischem Cognac aus einer kaputten Flasche. Ein ganz besonders edler Tropfen. Auf der Beerdigung hatten seine Stammgäste hinter vorgehaltener Hand geraunt, er sei einen würdigen Tod gestorben. Sie standen ums offene Grab und prosteten ihm ein letztes Mal zu. Erst hatte ich gedacht, sie würden den Sekt über den Sarg schütten, um ihm die letzte Ehre zu erweisen, ihm etwas auf seine Reise ins Jenseits mitzugeben, doch stattdessen tranken sie ihn genüsslich selbst aus.

Und jetzt war da also Burkhard Maier, der neue Wirt, in fast allem das genaue Gegenteil seines Vorgängers: groß, dünn und so steif wie ein Stock. Er tauchte gerade ein Bierglas in die Seifenlauge und warf uns einen finsteren Blick zu. Mit seinem langen Gänsehals wirkte er chronisch misstrauisch, als wollte er ständig alles und jeden im Auge behalten. Vor allem seine Tochter beziehungsweise seine Stieftochter Elfriede.

Auf einmal stand sie bei uns am Tisch. Schweigend stapelte sie unsere Gläser auf ihr Tablett. Wir verstummten auf einen Schlag. Alle vier.

Sie war mir schon vor einiger Zeit aufgefallen, in der Kirche, als sie schräg vor mir gesessen hatte, zwischen ihrem Stiefvater und ihrer Mutter. Ich hatte versucht, mir nach der Messe ein paar schöne Sätze abzuringen, ein paar Verse vielleicht, aber mehr als unzusammenhängende Worte hatte ich nicht zu Papier gebracht: Dass ihre Stupsnase immer die einer Sechsjährigen sein würde und dass selbst der Priester begreifen müsse, dass dieses Geschöpf Gottes eine Sünde wert war.

Elfriede war so schön, dass es beinahe wehtat, sie anzuschauen, ohne sie berühren zu dürfen. Mit der Meinung, dass sie völlig unerreichbar sei, war ich nicht allein. Wenn sie ausnahmsweise einmal einen Jungen anschaute, dann nur zufällig. Meist schaute sie an einem vorbei. Oder sie sah durch einen hindurch, was noch viel schlimmer war. Was so eine Schönheit überhaupt hier zu suchen hatte, warum Elfriede Freienbach ausgerechnet in diese Gegend gezogen war, die hauptsächlich von Ziegelbrennern, Lehmstechern und Ofensetzern bevölkert wurde, war mir ein Rätsel.

Sie verließ unseren Tisch. Ohne ein einziges Wort. Sogar Claus musste schlucken.

Die Liebe war ein Riesenthema für uns, auch wenn wir in der Gruppe eher abfällig darüber sprachen.

Theo, mit seinem dunklen Teint und den kaffeebraunen Mandelaugen, war der Schönste von uns vieren. Bis vor Kurzem hatte er noch eine Freundin gehabt: Katharina, die Tochter des Staatsanwalts. Doch sie hatte ihn nicht rangelassen. Theo hatte wahre Tantalusqualen gelitten, denn Katharina hatte herrliche Schenkel und schöne volle Lippen. Noch bevor es Frühling wurde, hatte er die Beziehung beendet. Er war zu sehr mit seiner Arbeit als Hilfsfotograf in der Dorfapotheke beschäftigt. Außerdem hatte er das Interesse an ihr verloren: »So einen auf die Wange gehauchten Kuss bekomme ich auch von meiner schönen Kusine!«

Und Erich? Der hatte Lea, ein hübsches, patentes, etwas molliges Mädchen mit dem Herzen auf dem rechten Fleck. Mich erinnerte sie immer an eine Vorschullehrerin. Sie war die Tochter von Josef Presser, dem Alteisen- und Lumpenhändler aus der Rosenstraße, der Anfang des Jahres einen Schlaganfall erlitten hatte und seitdem teilweise gelähmt war. Erich und sie waren noch nicht lange zusammen, erst seit ein paar Monaten. Aber sie waren schon gemeinsam bei der Ziegelei gewesen, in einer der Türnischen, dicht am Feuer des Ringofens. Vor allem bei kaltem Wetter war das ein beliebter Platz bei Trunkenbolden, Landstreichern, Bettlern und Liebespaaren.

Wir, seine Freunde, hätten ihm das nie zugetraut, denn in Gegenwart von Frauen verwandelte sich Erich regelmäßig in ein einziges Fragezeichen. In unserer Runde wurden Mädchen generell argwöhnisch beäugt, da sie ständig etwas zu meckern haben und viel Zeit in Anspruch nehmen. Aber seit Lea in sein Leben getreten war, strahlte Erich übers ganze Gesicht. Er wusste gar nicht mehr wohin vor lauter Glück.

Claus gesellte sich wieder zu uns, ein selbstgefälliges Grinsen im Gesicht. Erich räusperte sich. »Ich muss euch etwas sagen«, hob er heiser an. »Lea und ich wollen uns nächsten Monat verloben. Im Juni werden wir beide siebzehn.«

Diese Neuigkeit traf uns doch unvorbereitet. Wir schauten einander ungläubig an.

»Das ist doch nicht dein Ernst!«, sagte Claus entsetzt. »Sag, dass das nicht dein Ernst ist. Du bist verrückt! Dich einfach mir nichts, dir nichts an die Kette legen zu lassen!«

Erich lächelte verlegen.

Theo hatte sich als Erster wieder von dem Schock erholt und klopfte Erich auf die Schulter. »Na, dann herzlichen Glückwunsch, alter Knabe! Wir werden doch hoffentlich zur Verlobungsfeier eingeladen?« Er sah rasch zu Claus hinüber. »Er darf natürlich nicht kommen, aber wir auf jeden Fall!«

Unser Freund lächelte ungerührt weiter. Ich kannte ihn schon mein ganzes Leben, und so war Erich nun mal: still und geduldig. Ich hatte immer den Eindruck gehabt, dass er auf irgendwas wartete. Worauf genau war mir allerdings ein Rätsel geblieben. Seine Mutter hatte einmal erzählt, dass er schlafwandelte. Er stand dann am Fenster vor dem zugezogenen Vorhang. Sie machte sich Sorgen und legte zur Sicherheit einen nassen Lappen vor die Treppe. Aber vielleicht wartete Erich bloß auf den Tag, an dem er endlich erwachsen sein, endlich seinen eigenen Weg gehen würde, um dem langweiligen, spießigen Dorfleben und dem strengen Elternhaus zu entfliehen. Denn das wünschten wir uns im Grunde alle. Und für ihn schien dieser Moment in greifbare Nähe gerückt zu sein.

Ein Auto fuhr vor. Und zwar nicht irgendein Auto, sondern ein glänzender, ochsenblutroter Opel mit Speichenfelgen. Er gehörte Rudolf Anton Vollmer, der auch Eigentümer der Ziegelei war. Ein Schuft im Dreiteiler, der zu viele Fragen stellte und zu wenig bezahlte, darüber war man sich hier im Dorf einig, auch wenn es keiner laut zu sagen wagte. Aber wir konnten gut mit ihm leben: Vollmer mochte zwar ein Schuft sein, aber wenigstens bewies er guten Geschmack.

»Schau, Erich!«, sagte Theo. »Da steht schon deine Hochzeitskutsche. Ich gehe davon aus, dass du auch mal heiraten wirst.«

Wir hatten *sie* schon öfter gesehen. *Sie* deshalb, weil diese Luxuskarosse eindeutig weiblich war. Wenn wir uns kurz in ihrer Nähe aufhalten durften, streichelten wir zärtlich ihre Blechhaut: In diese Dame waren wir alle vier verliebt.

»Von wegen!«, sagte Claus energisch. »Die gehört uns allen. Ich habe eine viel bessere Idee: Wir entführen sie einfach auf einen Ausflug nach Berlin.«

Und das war sein voller Ernst. Für den Moment jedenfalls.

Schon seit Tagen regnete es ohne Unterbrechung, und das Wasser strömte an den Fenstern hinunter. Im Laden war es dunkel und kühl. Ich schaufelte Pfefferminztee in Spitztüten. Mein Vater stand hinter der Ladentheke und starrte hinaus. Ich sah die tiefen Falten in seinem Gesicht, den missmutigen Blick – ständig hatte er Angst vor dem Tag, an dem seine Kunden fernbleiben würden. Er tunkte seinen Füller ins Tintenfass und notierte etwas im Kassenbuch.

Hermann Schoeller fuhr mit Pferd und Wagen vor. Seine alte Mähre Brunhilde warf den Kopf hin und her, blieb aber brav stehen. Schoeller kletterte vom Kutschbock. Mit einem Jutesack in der Hand lief er ein Stück zurück und schaufelte mit einem Spaten Brunhildes feuchte Pferdeäpfel vom Pflaster. Später würde er seinen Garten damit düngen. Er wohnte außerhalb des Dorfs, in dem kleinen Haus neben der Mühle mit dem halb verfaulten Schaufelrad. Ein Müller war er schon lange nicht mehr. Er züchtete jetzt Bienen.

Mein Vater hielt ihm die Tür offen – die Ladenglocke läutete zwei Mal. Schoeller nahm seine tropfnasse Kappe ab. »Hast du das mit der Witwe Callenbach gehört?«

»Was hat sie denn jetzt schon wieder angestellt?«

»Zu viel Beerenlikör gesoffen, natürlich. Gestern Abend ist sie lallend durch die Straßen gezogen und auf den Friedhof gegangen, um dort auf ein Grab zu pinkeln. Dann ist sie eingeschlafen. Der Priester hat sie dort heute Morgen vorgefunden – von oben bis unten mit Schlamm bespritzt. Er musste sie mit Gewalt wachrütteln, haha!«

Mein Vater lachte pflichtschuldig mit. »Der Witwe ist wirklich alles zuzutrauen.«

»Ich kann sie gut leiden. Langweilig wird es mit der jedenfalls nie.«

»Stimmt genau. Leben und leben lassen.« Schoeller zahlte Kaffee, Zimtstangen und Mehl, hob grüßend die Hand, kletterte auf seinen Kutschbock und rumpelte die Straße hinunter.

Kurz darauf erschien Gertrud Appelhans in der Türöffnung. Sie hatte etwas Vornehmes, fast schon Erhabenes an sich. Jahrelang hatte sie dem Baron den Haushalt geführt, und das sollte auch jeder wissen. Ihre Lippen waren dünn, vertrocknet und runzlig. Nie sah man sie lachen.

»Anderthalb Pfund Weizenmehl, Herr Reinhardt. Heute reden bestimmt alle über die Witwe. Es ist doch wirklich unerhört!«

Mein Vater schaufelte Mehl aus der Kiste und füllte den braunen Sack. »Unerhört, jawohl, Frau Appelhans«, antwortete er ungerührt. »So was können wir hier im Dorf nicht gebrauchen.«

»Warum musste sie sich auch ausgerechnet das Grab von Emil Betzingers Vater aussuchen? Was hat ihr der Mann bloß getan? Emil ist richtig wütend. Ich war gerade bei ihm. Er will die Witwe in seiner Metzgerei nicht mehr sehen.«

»Tatsächlich?« Mein Vater verstand die Welt nicht mehr und legte den Mehlsack in die Waagschale. »Sie darf dort nicht mehr einkaufen? Gar nichts mehr?«

»Nicht mal eine Scheibe Pferdewurst.« Frau Appelhans stieß ein verächtliches Schnauben aus. »Es ist aber auch unerhört! Darf sie sich denn bei Ihnen noch blicken lassen? Ich nehme doch stark an, nein.«

Mein Vater lachte verlegen.

Frieda Fienholdt kam herein, die Gattin des Notariatsgehilfen. Sie war eine nervöse und umständliche Frau, die alles zweimal sagte.

»Meine Güte, wie das regnet!«

Mein Vater nickte. »Extrem, Frau Fienholdt. Ganz extrem.«

»Was für ein Regen! Bitte Ofenschwärze und Anisbonbons, Hermann. Ich hole sie mir selbst. Neben dem Waschmittel, nicht wahr? Keine Sorge, ich hol sie mir schon. Geht's dir gut, Julius?«

»Selbstverständlich, Frau Fienholdt.«

»Hast du schon gehört, Hermann? Das mit der Witwe? Meine Güte!«

Mein Vater nickte langsam.

»Ihr Hund ist gestorben, hast du das gewusst? Heidi hatte ein Geschwür im Bauch. Jetzt ist die arme Frau einsamer denn je. Das kannst du den Damen hier im Dorf gern erzählen, Hermann. Sag es ihnen, dann urteilen sie vielleicht nicht ganz so vorschnell. Große Hoffnungen mache ich mir diesbezüglich allerdings nicht.«

»Was für eine traurige Geschichte, Frau Fienholdt«, sagte mein Vater leise. »Aber wie Sie wissen, habe ich die Witwe schon lange ins Herz geschlossen.«

Ich legte die Teeschaufel beiseite und schüttelte nur den Kopf, auch wenn ich mich längst nicht mehr über den Opportunismus meines Vaters wunderte, der seinen Kunden stets nach dem Mund redete. Es war kurz vor sechs. Ich band mir die Schürze ab und lief die Treppe hoch. Im Flur des oberen Stockwerks warf ich einen Blick auf das Porträt meines Großvaters – ein Mann, der mich so bohrend ansah, dass ich ihn sechzehn Jahre nach seinem Tod immer noch nicht ignorieren konnte. Seit jeher hatte ich Angst vor ihm, weil er mich auf Schritt und Tritt zu verfolgen schien.

Im Wohnzimmer war es dunkel. Neben der Kommode stand ein Topf, um das Wasser aufzufangen, das von der Decke tropfte. Das Dach war schon seit Wochen leck. Meine Mutter lächelte.

»Willst du Tee, mein Junge? Ich habe gerade welchen aufgebrüht.«

»Gern.«

Sie schenkte mir ein.

»Alle reden über die Witwe, nicht wahr?«

»Natürlich. Hat sie sich wirklich aufs Grab der Betzingers gehockt?«

»Anscheinend ja. Trotzdem, für mich ist sie ein guter Mensch, sie geht jeden Sonntag in die Kirche. Gott wird sie für ihren unerschütterlichen Glauben reichlich entlohnen.« Sie machte das Kreuzzeichen und ging in die Küche.

Unerschütterlicher Glaube. An dem hielt auch sie fest, obwohl unser Herrgott ihr einige Prüfungen auferlegt hatte. Sie hatte vier Kinder verloren, durch Fehlgeburten im vierten, fünften, sechsten und siebten Monat. Das dritte Baby, ein fast schon ausgewachsener Junge, hatte in der hölzernen Kotkiste hinterm Haus gelegen. Das mit Kacke und Pisse beschmierte Kind hatte noch kurz gelebt, wie meine Mutter einmal erzählt hatte. Sie sprach nur flüsternd davon, so distanziert, als wäre das Ganze einer Wildfremden passiert.

Bei meinem Vater war der Kummer eines Tages in Wut umgeschlagen. Wieso musste ein so rechtschaffener, hart arbeitender Mann wie er so viele unbarmherzige Schicksalsschläge erleiden? Er selbst hatte seinen Vater kaum gekannt. Warum durfte er jetzt nicht Vater werden? Womit hatte er das verdient? Der Priester hatte bei einem Hausbesuch das Beispiel des Hiob bemüht, der noch viel mehr verloren hätte als seine Söhne und Töchter, nämlich sämtliche Knechte, Schafe, Kühe, Kamele und

Eselinnen. Aber mein Vater konnte diese Geschichten nicht mehr hören. Er nahm seine Bibel und drückte sie dem Priester in die Hand. »Dieses Buch dürfen Sie gerne behalten«, hatte er gesagt. Meiner Mutter schauderte, wenn sie nur an diesen Moment zurückdachte.

Der Geistliche hatte ihn streng angesehen. »Sie setzen Ihr Seelenheil aufs Spiel!«

»Ihr Gott kann mich nicht schwerer strafen, als er es bereits getan hat.«

Nicht, dass mein Vater nie mehr in die Kirche gegangen wäre: Sonntag für Sonntag saß er brav in seiner Bank. Er sang sogar die Psalmen mit, aber nicht für sich, sondern für die anderen. Bei dem Gedanken, er könnte neben seinen Kindern auch noch seine Kunden verlieren, schüttelte es ihn.

Für die vierte Fehlgeburt machte der Priester den Zorn Gottes verantwortlich. Denn der Herr wie übrigens auch er selbst sahen sehr wohl, was mein Vater da tat. »Das hätte wirklich nicht sein müssen!«, sagte der Priester mitleidslos. Meine Mutter bekam es mit der Angst und war untröstlich. Nach dem Sonntagsgottesdienst nahm sie der Priester beiseite und gab ihr stillschweigend die Bibel zurück. Sillschweigend nahm sie diese entgegen, um das Wort Gottes zu Hause ganz zuunterst in ihrem Nähkästchen aufzubewahren.

Und dann war ich zur Welt gekommen.

»Dieses Kind ist ein Gottesgeschenk«, sagte meine Mutter. »Es heißt Julius Maria.« Der Priester hatte genickt. Sie hatte die Prüfung bestanden: Nur wegen ihres unerschütterlichen Glaubens habe ihr der Schöpfer einen Sohn geschenkt, so behauptete er. Nach mir war meine Mutter nie wieder schwanger geworden, auch wenn sie insgeheim auf mehr Kinder gehofft hatte. Dennoch war sie für ihre Mutterschaft dankbar – bis zum heutigen Tag.

Ich hörte, wie mein Vater hinaufkam. Schweigend trat er in die Küche, um sich die Hände zu waschen.

Ich sah einen verbitterten Mann. Nicht im Laden. Dort niemals. Doch wenn er nach Geschäftsschluss die Treppe hinaufschlurfte, bekam die gewinnende Fassade des Kaufmanns von Stufe zu Stufe mehr Risse. Oben angekommen, hatte er sich in einen Potentaten verwandelt, der auf nichts und niemanden Rücksicht nahm und seine Frau herzlos auslachte, wenn sie sich aus Versehen so tief in den Daumen geschnitten hatte, dass Blut aus der Wunde trat, wie erst vor wenigen Tagen. *Vergällt* traf es vielleicht noch besser, aber ich wusste nicht, was schlimmer war.

Zum Abendessen setzten wir uns gemeinsam an den großen Holztisch. Meine Mutter trug einen Topf mit Huhn in Weinsauce auf, und ihr Blick huschte zu meinem Vater hinüber. »Ich werde vorab beten, Hermann.« Das sagte sie jeden Abend. Dann kniff sie die Augen zu wie Kinder, die Verstecken spielen. Je weniger sie sah, desto stärker spürte sie die Gegenwart des Herrn und dass ihr Name in seine Hand geschrieben war.

Sie murmelte ein Dankgebet. Ein Regentropfen fiel in den Topf.

Das Haus war still und leer geblieben. Manchmal konnte mein Vater das einfach nicht länger ertragen. Dann betrank er sich, was zwangsläufig im Streit endete. Einmal schlug er meine Mutter sogar, die weinend in den Laden hinunterfloh. Ob er ihr irgendwelche Vorhaltungen gemacht hat, von wegen sie tauge nicht zur Fortpflanzung, weiß ich nicht. Auf jeden Fall reichte meine Existenz allein nicht aus, alles zum Guten zu wenden.

»Amen.« Meine Mutter schlug die Augen auf. Schweigend begannen wir zu essen, das Besteck klapperte laut und schrill.

Nach dem Tumult um die betrunkene Witwe auf dem Friedhof dauerte es keine Woche, bis erneut Aufruhr im Dorf herrschte. Diesmal war es ein Streik, der in der Ziegelei ausbrach. Bestimmt zwanzig Arbeiter schmetterten Parolen gegen Unrecht und Ausbeutung, wie Theo und Erich erfahren hatten. Ganz außer Atem und hochrot im Gesicht standen die beiden vor der Ladentür, um mich abzuholen. Theos Vater war erster Brenner auf dem Ringofen, und Erichs Vater verdingte sich als Lehmstecher. Für mich kam der Aufstand in der Ziegelei nicht sehr überraschend, er hatte sich bereits seit Monaten angekündigt.

In unserer Kindheit war die Ziegelei die Attraktion schlechthin gewesen. Ich erinnere mich noch gut an die Zeit, als sie gebaut wurde. Wir spielten Krieg in den zukünftigen Brennkammern und Trockenschuppen, mit selbst gebastelten Gewehren aus Holz und Läufen aus Resten von Kupferrohren, die wir auf dem Gelände fanden. Damals veränderte sich das Dorf. Am Fluss entstand ein Anlegeplatz für Frachtkähne, die die gebrannten Ziegel ins Hinterland transportieren sollten. Die wichtigsten Straßen zu den umliegenden Dörfern und Städten wurden asphaltiert und verbreitert. Mit der feierlichen Einweihung der Ziegelei im Jahr 1905 bereitete sich das grüne Hügelland Sachsens auf das neue Jahrhundert und den Anbruch der Moderne vor.

Gewiss, der Wohlstand wuchs. Ein Apotheker, ein Metzger und ein Großhändler für Garne, Bänder, Stoffe und Damenmoden siedelten sich hier an. Das Gerücht, ein neuer Lebensmittelhandel würde bald aufmachen, raubte meinem Vater wochenlang den Schlaf. Doch er bekam keine Konkurrenz. Am nördlichen Dorfrand wurden einfache Landhäuser und Bauernhöfe abgerissen, um schlichten Mehrfamilienhäusern Platz zu machen.

Wir sahen die Arbeiter bereits von Weitem. Und wir hörten sie auch – ein chaotischer Männerchor, der die Internationale sang, heiser und falsch, aber dafür voller Inbrunst. Es war schon beeindruckend, wie sie da zusammenstanden in ihren von Lehm und Kohle beschmutzten Hemden, einige hatten sogar die Hand aufs Herz gelegt.

Wacht auf, Verdammte dieser Erde,
die stets man noch zum Hungern zwingt!
Das Recht wie Glut im Kraterherde
nun mit Macht zum Durchbruch dringt.

Wir gingen zu Linus, dem Lehmträger, der den Text des Kampflieds langsam mitmurmelte. Er war träge und schwer von Begriff, aber so stark wie ein Ochsengespann.

»Was ist passiert, Linus?«, fragte Erich.

»Ne ganze Bardie is vorbrannd.« Er spuckte braunen Matsch aus, Kautabak.

»Ich hab dä Brenngammer gesähn«, sagte ein magerer Kohlenträger, ein Mann um die dreißig, der noch bei seiner Mutter wohnte. Wolf hieß der. Ich wusste nicht mal, ob es sein Vor- oder Nachname war, denn er wurde von allen nur so genannt. »Dort isses so heeß, dass dir de Schuhe andn Füßen verbränn'. Sämdliche Ziechel sin an der Wand fesdbaggn un müssn jetzt mit Hammr und Meißl entfernd werdn. Der eene hat Brandblasn am Rüggen. Der andere is dodkrank, weil er zu viel galdes Wasser gedrungn hat. Das sollde man wirglich nich dun bei soner Wahnsinnshiddse.«

»Und der Brennr is endlassn wordn«, schickte Linus hinterher.
»Wer?«, fragte Theo.

Der Lehmträger sah ihn erstaunt an. »Ja, weessde das denn nich? Ich dachte, du häddst längsd davon gehört.«

Theo wurde blass. »Mein Vater? Wieso?«

»Ä Lehrling hadd zu viele Kohlen off de Ziechel geworfn, und da sindse zu heeß gewordn. Dein Vater hat geschlafn.«

»Aber da kann doch mein Vater nichts dafür?«

»Nee. Abbor er is heide nich bezahld wordn. In seinr Lohndiede steggn bloß vergohlde Zeidungsstreifn. Als er sich beschwert hadd, hiesses, er brauch garnich ersd wiedrgomm.« Er spuckte erneut aus.

»Und damid simma nich einverstandn«, sagte Wolf. »Desderwechn schdeen morr hier.«

Der Gesang war längst wieder verstummt. Die Männer hatten Durst bekommen von so viel Empörung. Zwei Ziegler wuchteten ein Bierfass vom Karren und rollten es zum Eingang der Werkskantine. Wir folgten den Männern hinein. Ich sah die Entschlossenheit auf ihren grimmigen, verwitterten Gesichtern. Wir stellten uns an den Holztisch. Gesprungene Krüge wurden herumgereicht, mehr als randvoll mit Bier. Ich trank mit.

»Wir lassen uns nicht unterkriegen«, sagte Erichs Vater Heinrich Braun verbissen.

Gejohle. Wildes Auf-den-Tisch-Trommeln.

»Lasst uns auf unseren Kumpel Baumann trinken! Den lassen wir nicht fallen. Weg mit den Kapitalisten!«

An der Wand hing ein vergilbtes Porträt vom Baron: Leopold von Creuznach, Firmenpatron und Gründer der Ziegelei. War er ebenfalls Kapitalist gewesen? Musste er auch bekämpft werden? Ich hatte ihn noch flüchtig gekannt. Solche Arbeitgeber gab es inzwischen kaum mehr. Uns Kindern hatte er immer Karamellbonbons geschenkt. Er konnte gut mit Menschen, egal

ob Schuhputzer oder Bürgermeister. Außerdem war er ein tief-
gläubiger Katholik. Dank seiner Spenden erhielt die Kirche eine
kleine Orgel und ein neues Dach. Die Marienkapelle sowie das
Pfarrhaus konnten ebenfalls restauriert werden. Bildung lag Leopold von Creuznach ganz besonders am Herzen. Er gründete
eine katholische Knabenschule. Nicht zuletzt deshalb ging ich
zum Unterricht, statt im Laden mitzuhelfen.

Seine letzten Jahre verbrachte der Baron in seinem kleinen
Schloss am See. Nach dem Tod seiner Frau Else zeigte er sich
kaum noch in der Öffentlichkeit. Sein Schloss wurde zur Trutz-
burg, denn den Baron quälte alles, was weltlicher Besitz nicht aufwiegen kann: ein gebrochenes Herz und die Aussicht auf einen
einsamen, traurigen Lebensabend.

An einem warmen, schwülen Julitag im Jahr 1911 erfuhr ich
von meinem Vater, dass der Baron von Albert, seinem Hausdie-
ner, tot aufgefunden worden war: zusammengesunken auf dem
Sofa, mit offenem Mund und offenen Augen, die Zigarre verascht
zwischen den schwarz verbrannten Fingern. Albert behauptete,
er habe gelächelt, als hätte er den Tod begrüßt wie einen alten
Freund.

»Guckst du dir den Baron an?«, fragte Heinrich Braun.

Ich nickte.

»Der Baron war ein Großbürger, aber ein guter Großbürger.
Er hatte ein Herz für die einfachen Leute. Stoßen wir auf ihn
an!«

Alle hoben die Krüge. »Auf den Baron!«

Auf einmal wurde es still, denn in der Tür stand der Fabrikdirektor. Rudolf Anton Vollmer trug einen beigen Maßanzug
mit seidenem Einstecktuch, dazu einen weißen Filzhut mit
Kniff, als käme er von einem vornehmen Fest. Aus seiner Brusttasche hing die goldene Kette einer Taschenuhr. Abgesehen von
etwas Kohlenstaub auf seinen kalbsledernen Schuhen sah er

aus wie aus dem Ei gepellt. Hinter ihm stand sein Sekretär, dessen Name mir entfallen ist, ein kleiner, schwächlicher Jasager, der seinem Vorgesetzten folgte wie ein Schatten.

Vollmer schaute einem nach dem anderen ins Gesicht, während er die Manschetten seines Hemdes zurechtzupfte. Aus einem Silberetui nahm er eine Zigarre.

»Warum seid ihr nicht bei der Arbeit?«, fragte er. Umständlich entzündete er ein Streichholz und hielt es an seine Havanna.

Niemand sagte etwas.

»Der Brenner, der für die zerplatzte Charge verantwortlich ist, wurde auf unbestimmte Zeit entlassen, verstanden? Aber ihr geht wieder an die Arbeit, und zwar sofort. Sonst könnt ihr ab morgen auch gleich zu Hause bleiben.«

»Denkt an eure Familien«, sagte sein Sekretär. »Denkt an eure Kinder.«

Schneidende Stille.

»Es ist eine Schande«, hörte ich jemanden sagen, konnte aber nicht erkennen, wer gesprochen hatte.

Rudolf Anton Vollmer ließ sich nicht aus der Ruhe bringen.

»Wer war das?«

Stille.

»Braun, Heinrich. Warst du das?«

Erichs Vater starrte stur geradeaus und schüttelte dann kurz den Kopf.

»Auf eine solche Frage sagt man: ›Nein‹, Braun, und gibt eine ordentliche Antwort.«

»Nein.«

»Nein, *Herr Vollmer*. Verdammt noch mal, hast du denn gar keine Manieren? Los, sag es! Oder willst du es deinem Kollegen gleichtun? Ich kann hier keine Schlappschwänze gebrauchen, Braun.«

»Nein – Herr Vollmer.«

33

Der Direktor ließ den Blick über die Menge schweifen. »Ich dulde keine Schlamperei!«, schrie er unerwartet laut und schrill. Die Männer in der ersten Reihe zuckten zusammen, genau wie ich.

»Schlamperei kostet Geld, verstanden? Wer seine Arbeit nicht macht, wird sich noch wundern. Ich habe euch gewarnt.« Dann drehte er sich um und ging. Sein Sekretär blieb noch kurz stehen. Er genoss die Situation regelrecht, der Schleimer.

»An die Arbeit!«, rief er. »Los.«

Murren, Murmeln, Meckern. Die Männer zogen ab. Erich und Theo schwiegen. Theo war wütend, das sah ich ihm an. All die Arbeiter, die vorher noch große Reden über Gerechtigkeit und Solidarität geschwungen hatten, ließen seinen Vater einfach im Stich. Kurz darauf sahen wir, wie der Wagen des Direktors, der ochsenblutfarbene Opel, langsam vom Werksgelände fuhr.

Der Priester hatte den Schmetterling erstaunlich schnell präpariert. Anschließend legte er sein Werkzeug beiseite, um mir zuzuhören. Ich vertraute diesem Mann, obwohl er Franzose war. Keine Ahnung, warum. Wenn er meine Geschichte erst mal gehört hatte, würde er ein Urteil fällen. Kein mildes, darauf wagte ich nicht zu hoffen, aber ein eindeutiges, gerechtes. Ich stand auf und entschuldigte mich. Der Priester zeigte mir die Toilettentür im Flur.

Ich saß auf der Holzkiste, und es stank Kilometer gegen den Wind. Aber verglichen mit einer Latrine draußen im Schlamm war ein solcher Abort bereits eine enorme Verbesserung. Außerdem war ich hier von zig Marienstatuen umgeben, bestimmt an die hundert. Sie standen auf dem Boden, auf der Fensterbank und auf Regalbrettern. Die meisten schauten devot nach oben, nur dass dieser Blick hier im Scheißhaus eher ein Stoßseufzer zu sein schien als himmlische Verzückung. Vermutlich war der Priester die vielen heiligen Jungfrauen im Laufe der Jahre leid geworden. Vielleicht hatte er die Sammlung auch von seinem Vorgänger geerbt. In einem Pfarrhaus konnte man die natürlich nicht einfach entsorgen, sodass sie hierher verbannt worden waren.

Hätte ich meinem Leben tatsächlich ein Ende gesetzt, wenn der Priester nicht plötzlich vor mir gestanden hätte? Ich wusste es nicht.

Ich hätte dennoch einfach abdrücken können. Warum hatte ich den Tod weiter hinausgeschoben? Erwartete ich doch noch Absolution?

Auf dem Boden lag eine vergilbte Zeitung. Ich riss ein paar Streifen davon ab und wischte mir damit den Hintern. Dafür war sie doch gedacht?

Im Flur schaute ich durch das schmutzige Türfenster zur Kirchenruine hinüber. Nur die dicke Mauer, an die das Pfarrhaus grenzte, war stehen geblieben. Gott hatte beide Hände schützend darüber gehalten, aber waren die Hände des Allmächtigen nicht groß genug, auch sein eigenes Haus zu schützen?

Erneut betrat ich das Zimmer. Mein Beichtvater schenkte uns Kaffee ein.

»Was ist eigentlich mit dem Priester in deinem Dorf? Dass er sehr streng ist, habe ich aus deiner Erzählung begriffen, aber sonst? Du kennst ihn doch schon dein ganzes Leben.«

Ich setzte mich.

»Darauf komme ich gleich, Hochwürden.«

Gern hätte ich es vermieden, näher auf unseren Priester einzugehen. Das war einer, der die Bibel wie einen Backstein nach seinen Gemeindegliedern warf. Er wetterte gegen jeden, der sich Eitelkeit, Gier, Wollust oder Müßiggang hingegeben hatte: Schande über ihn! Die Erde sollte sich unter ihm auftun und ihn verschlingen. Als Kind hatte ich ihm noch zugehört, wenn er sprach, später aber schenkte ich seinen Predigten keine rechte Aufmerksamkeit mehr. Stattdessen lenkte ich mich ab, indem ich ihn mir nackt vorstellte. Ich sah den Priester auf der Kanzel stehen, alt und verrunzelt mit weißgrauer Brustbehaarung, einem Hängebauch und mit verschrumpelten Geschlechtsteilen. Ich sah ihn im Adamskostüm übers verlorene Paradies predigen. Bei solchen Gelegenheiten wandte meine Mutter immer verstört den Blick von mir ab: Sie verstand einfach nicht, wie ich auf dem Höhepunkt seiner Donnerpredigt noch so amüsiert dreinschauen konnte. Gott, der als Einziger Gedanken lesen konnte, würde mir bestimmt vergeben.

Diesem Priester hingegen, der aus ganz anderem Holz geschnitzt war, erzählte ich lieber von meinen Freunden. Von unserer Kameradschaft, unserem Leichtsinn, unserer Neugier, unserer Unschuld und von unserem Vertrauen in die Zukunft. Von unserer Rebellion.

An einem kühlen Montagabend im Mai des Jahres 1914 standen Claus und ich in einer verlassenen Kirche. Wir warteten auf den Priester, allerdings nicht ganz freiwillig: Der Lehrer hatte uns zur Strafe dorthin geschickt, wegen einer Angelegenheit, die typisch war für die Borniertheit, die in unserem Dorf herrschte.

Wir hatten Religionsunterricht gehabt. Es ging um den Fall Jerichos. Josua 5, Vers 13, wenn ich mich nicht täuschte. Herr Ingenstau stand vor der Klasse. Er las die Bibelpassage laut vor – viel zu laut, als wären auch wir alt und schwerhörig. Direkt vor mir begann Claus zu gähnen.

Wir saßen in einem Zimmer mit hohen Fenstern, die zur Straße hinausgingen. Die katholische Knabenschule – ein ehemaliges Armenhaus – war ein zugiges, uraltes Gebäude mit Rissen in den Wänden und einem eingesunkenen Dach. Dort wurden wir in Buchhaltung, Betriebswirtschaft und Algebra unterrichtet, zur Vorbereitung auf eine Zukunft, nach der sich niemand sehnte.

Herr Ingenstau hielt kurz inne, und Claus hob den Finger. Das konnte zweierlei bedeuten: Entweder er wollte sich über ihn lustig machen, um Heiterkeit zu erregen, oder er musste aufs Klo. Hoffentlich Letzteres.

»Ja, Hesse?«, sagte der Lehrer verwirrt.

»Warum musste Jericho eigentlich dem Erdboden gleichgemacht werden, Herr Lehrer?«

Ich schloss die Augen – aber nur kurz. Herr Ingenstau spähte über seine Brille hinweg. »Wie bitte?«

Claus räusperte sich. »Na ja, die Israeliten sind sieben Mal um die Stadtmauern gelaufen, und anschließend ist alles eingestürzt. Warum?«

»Um das Land Kanaan zu erobern, mein Junge!«

»Aber wieso sind sie dann nicht einfach an der Stadt vorbeigezogen?«

Ein paar Klassenkameraden grinsten.

Ich zeigte auf.

»Reinhardt.«

»Herr Ingenstau, auch ich versteh etwas nicht.«

»Auch du verstehst etwas nicht. Was denn?«

Ich zögerte, aber Claus brauchte Unterstützung. »Warum mussten alle Einwohner Jerichos getötet werden, und zwar bis zum letzten Esel und bis zum letzten Schaf? So steht es wortwörtlich in der Bibel. Nicht einmal Kinder wurden verschont.«

Die Klasse wurde unruhig. Ingenstau lief rot an. »Ich ... Ihr Flegel! Zweifelt ihr etwa am Wort Gottes? Was für eine Dreistigkeit!«

»Grausam ist das schon«, erwiderte Claus. »Ob Jesus das auch so gemacht hätte mit seiner Botschaft von Liebe und Vergebung? Was meinen Sie?«

»Schau, dass du weiterkommst! Frag doch deinen Vater, Hesse. Nein! Am besten, du gehst zum Priester, der hat bestimmt eine Antwort auf deine impertinenten Fragen. Deinen Freund Reinhardt kannst du gleich mitnehmen.«

Jetzt standen wir also im kühlen Gotteshaus. Diese Entwicklung hatten wir nicht vorhergesehen. Was erwartete uns? Ich ließ mir meine Nervosität nicht anmerken, und Claus hielt es genauso. Er setzte sich in eine Kirchenbank und pulte Dreck unter den Fingernägeln hervor.

Es war seltsam, an einem gewöhnlichen Wochentag hier zu sein. Ich ließ den Blick über die Dachsparren, die mit Schnitzwerk verzierte Kanzel und die Bankreihen zu beiden Seiten des Mittelgangs schweifen, elf auf jeder Seite. Ich hatte sie oft gezählt, erst gestern noch. Mir fehlte die Myrrhe aus dem Weihrauchfass, ein benebelnder Duft, den ich von klein auf mit Angst und Ehrfurcht verbunden hatte, später dann mit Langeweile.

Unter dem Gewölbe, im Durchgang zu seinen Privaträumen, tauchte der Priester auf.

»Was wollt ihr denn hier?«, fragte er unwirsch.

»Herr Ingenstau schickt uns, Hochwürden«, sagte ich. »Weil wir ... äh ... Fragen zum Fall Jerichos gestellt haben.«

Er zog eine Braue hoch. »Ihr stellt Fragen zur Heiligen Schrift?«

»Na ja«, sagte Claus. »Wir wollten wissen, warum die Israeliten die Stadt nicht einfach links liegen lassen konnten.«

»Das war ein Gebot Gottes«, erwiderte der Priester barsch. »Der Mensch ist viel zu unbedeutend, um den himmlischen Ratschluss zu verstehen. Und erst recht zwei so kleine Rotznasen, die eindeutig nicht das Geringste von seiner Erhabenheit und Größe begreifen.«

Ich schwieg. Claus glücklicherweise ebenfalls.

Der Priester dachte mit ernster Miene nach. Er stank nach einem Zwiebelumschlag und sah mitgenommen aus – müde und aschgrau. Ich kannte ihn nicht anders. In meiner Fantasie war er als Baby mit einem Altmännergesicht und dünnem grauen Haar zur Welt gekommen.

Der Priester reckte das Kinn, als hätte er einen Entschluss gefasst. »Ihr seid zu alt für Strafmaßnahmen. Außerdem habe ich Wichtigeres zu tun, also seht zu, dass ihr wegkommt ...«

»Hochwürden?«, unterbrach ihn Claus. »Darf ich Sie trotzdem etwas fragen?«

Der Priester nickte. Ich schloss erneut die Augen.

»Na ja, wenn Gott den Menschen nach seinem Ebenbild geschaffen hat, wie es in der Bibel heißt, warum dürfen wir dann nicht unseren Verstand benutzen, um ihn besser zu verstehen? Finden Sie nicht, dass er Verständnis für unsere Fragen, Zweifel und Gefühle haben müsste? Ist Gott nicht groß genug, um unsere menschlichen Beschränkungen zu akzeptieren? Oder finden Sie diesen Gedanken nicht logisch?«

Vier Minuten später knieten wir nebeneinander und schrubbten die kalten Marmorfliesen. Der ganze Kirchenfußboden, der überraschend schmutzig war, musste geputzt werden. Die Putzfrau bekam an diesem Nachmittag frei, stand aber mindestens zwanzig Minuten mit in die Hüften gestemmten Händen am Rand, um uns Anweisungen zu erteilen.

Endlich waren wir allein.

»Meine Güte, Claus, wieso konntest du bloß den Mund nicht halten! Was hast du nur auf einmal mit der Bibel? Von wem hast du diese theologischen Spitzfindigkeiten? Die sind doch nicht auf deinem Mist gewachsen, sondern stammen von deinem Vater.«

»Von meiner Mutter.« Eisern schrubbte er weiter.

»Von deiner *Mutter*. Sieh mal einer an! Und jetzt hocken wir hier, weil du unbedingt den Neunmalklugen spielen musstest.«

Er richtete sich auf und sah mich von der Seite an. »Julius, ich mach's wieder gut.«

»Das will ich dir auch geraten haben!«

»Und das gilt genauso für den Priester.«

Nachdem wir mindestens drei Stunden gewischt, geschrubbt und eimerweise kaltes Wasser geschleppt hatten, waren wir endlich fertig. Ich konnte kaum noch stehen, meine Knie waren rot und wund, und an den Händen hatte ich Blasen. Claus nahm einen Stuhl und schob ihn unter das Marmorbecken neben der Kanzel. Er kletterte auf die Sitzfläche aus Weidengeflecht, ließ die Hose runter und pinkelte ins Weihwasser.

Drei Tage später bat mich Claus, ihn am frühen Abend zu besuchen. Die Familie Hesse wohnte am Dorfrand in einer weiß verputzten Villa, die von weißem und rosa Rhododendron umrahmt wurde. Ich stand vor der Haustür und klopfte drei Mal – mit dem Schnabel eines gusseisernen Spechts. Herr Hesse machte mir auf und blinzelte mich müde über seine schmale Brille hinweg an. Er war so ganz anders als mein Vater, längst nicht so kleingeistig, engstirnig und liebedienerisch. Er war Rektor der Knabenschule und besaß die größte und schönste Gedichtsammlung des ganzen Dorfs. Im Vergleich zu ihm kam mir mein Erzeuger wie ein langweiliger Erbsenzähler ohne jede Fantasie vor.

Herr Hesse winkte mich geistesabwesend hinein, und wir gingen ins Wohnzimmer. Dort hingen drei alte, rostige Jagdgewehre und ein Eberkopf. Otto, ein weißer Papagei, saß in seinem Käfig. Früher hatten sie eine zahme Elster gehabt, die Bier trank.

Claus war im Garten. Er trug ein blutgetränktes weißes Hemd. Auf einem Gitterrost über brennender Holzkohle stand ein großer Eisenkessel. Ein Jutesack lag auf dem Boden.

»Julius!«, rief er. »Komm und hilf mir kurz.«

In dem Sack steckte ein Pferdekopf. Der sollte jetzt in den Kessel mit kochendem Wasser. Ich hielt das Ende des Sacks, und Claus holte den blutigen Kopf heraus, stieß ihn über den Rand. Fast musste ich würgen wegen des Gestanks.

»Endlich ein Pferd!«, sagte er aufgeregt.

»Von wem hast du es?«, fragte ich.

»Von Schoeller. Das Vieh hat gestern den Geist aufgegeben. Ich durfte mir den Kopf vom Metzger holen.«

Ich kannte den alten Schoeller gut. Brunhilde war seine einzige Gefährtin gewesen. Er hatte immer mit dem Tier geredet, liebevoll, wie mit einem Freund. Nie war er laut geworden. Er hatte die Stute sogar mit Kautabak gefüttert.

Inzwischen nahm Claus' Schädelsammlung immer größere Ausmaße an. In den Holzregalen seines Zimmers lagen bereits Schädel von einer Kuh, einer Ziege, einem Maulwurf, einem Kiebitz, einem Turmfalken, einer Ratte, einer Katze und anderer Tiere. Sein Vater hatte mal ein Wildschwein geschossen. Zu Claus' großem Bedauern wurde der Kopf des Tiers ausgestopft.

Frau Hesse kam hinaus. Sie hatte ein Weinglas in der Hand, in dem sich nicht Wein, sondern Whiskey befand. Das wusste ich von Claus. Sie kam mir vor wie eine Theaterdiva aus der Großstadt: ein spitzes, blasses Gesicht, knallrote Lippen, hennarotes, hochgestecktes Haar und Adleraugen.

»Du solltest lieber Abstand halten, Mutter«, sagte Claus und fuhr sich durch die pomadisierten blonden Locken. Er durfte den Kessel nur dann benutzen, wenn seine Mutter keine Wäsche aufhängen musste. Ich verstand gut warum, denn der Gestank war jetzt schon unerträglich.

Ungerührt warf Frau Hesse einen Blick in den Kessel. Der Kopf befand sich fast zur Gänze im mit Blut vermischten Wasser, nur etwas nasses Fell war sichtbar. Sie nahm einen Stock und hob ihn vorsichtig damit hoch. Das Pferd hatte die Lefzen zurückgezogen und schien zu grinsen. Sie ließ den Kopf wieder hineingleiten und rührte vorsichtig in der Suppe. »Kannst du das Feuer nicht noch mehr schüren?«, fragte sie. »Das Wasser muss richtig kochen.«

Claus legte ein paar Holzscheite nach.

Sie nickte zufrieden. »Lass ihn über Nacht richtig auskochen. Spätestens morgen Abend ist das Fleisch abgefallen. Ansonsten werfen wir ihn aufs Dach, die Krähen werden ihn schon kahl picken.«

Ich bewunderte Frau Hesse. Sie war weiblicher als alle anderen Frauen und männlicher als alle Männer des Dorfes. Sie malte. Im Wohnzimmer hing ein riesiges Bild von ihr mit schwarzen, roten und gelben Pinselstrichen. Sie nannte es *Tagesanbruch*. Ich wusste nicht, ob die bedrohliche Atmosphäre ein Vorbote des Tages oder vielmehr der Nacht sein sollte. »Die Malerei ist ihr Ein und Alles«, sagte Claus' Vater einmal. »Sie geht vollkommen darin auf, verliert sich förmlich in Farbe.« Viele Dorfbewohner wünschten sich, dem wäre tatsächlich so. Sie betrachteten Hedwig Hesse mit einer Mischung aus Entsetzen und Abscheu, wenn sie es denn überhaupt wagten, sie anzuschauen.

Herr Hesse kam ebenfalls zu uns in den Garten. Er hatte sich umgezogen und trug ein schwarzes Jackett, dazu eine bordeauxrote Fliege. Er wollte mit seiner Frau in den »Club«, wie sie es nannten: eine exklusive Lokalität mit Kristalllüstern in der nahe gelegenen Stadt. An diesem Abend sollte dort eine Autorenlesung stattfinden. Die Hesses fuhren mit dem Notar dorthin. Noch am selben Abend wollten sie wieder zu Hause sein. Claus und ich blieben mit dem Pferdekopf zurück.

»Weißt du, was aus dem Streik geworden ist?«, fragte ich.

»Was für ein Streik?«, sagte Claus spöttisch. »Das soll ein Streik gewesen sein? Wie ich gehört habe, haben sie die Internationale gesungen, nur um nach einer Strafpredigt vom Herrn Direktor gleich wieder ins Geschirr zu springen. Haha! Das sind Schafe, Julius. Der Vollmer wird sich totgelacht haben.«

»Theos Vater sitzt jetzt arbeitslos zu Hause rum. Der Familie geht das Geld aus.«

»Das ist blöd, aber man wird ihn schon bald wieder brauchen.«

»Irgendwie mag ich die Ziegelei. Weißt du noch, wie wir dort früher Krieg gespielt haben?«

»Sei froh, dass du mit diesen Leuten nichts zu schaffen hast. Als der Baron die Fabrik geleitet hat, ging es noch. Aber der Vollmer ist ein Lump.«

»Lump – und das sagst ausgerechnet du mit deinem stinkenden Pferdekopf!«

Claus grinste. Kurz schlug er in das heiße Kesselwasser mit Blut und Leichenflüssigkeit. Mein weißes Hemd wurde pitschnass. Ich versuchte ihn ebenfalls nass zu spritzen, aber er sprang rechtzeitig beiseite.

»Du Mistkerl!«

Er lachte laut. »Komm, lass uns reingehen. Wir gönnen uns einen Whiskey – meine Mutter ist schließlich nicht da.«

»Du schuldest mir noch was, schon vergessen?«

»Wart's ab, Krämersohn!«

Im Wohnzimmer standen wir vor dem aus Nussbaumholz gefertigten Bücherregal. Es nahm eine ganze Wand ein und war bestimmt drei Meter hoch. Am obersten Brett war eine Messingstange befestigt, in die eine Leiter eingehängt war. So ein Regal wollte ich später auch haben, für mich war es der Inbegriff des Erfolgs. Ehrfürchtig bestaunte ich Hunderte von Büchern, die mir den Rücken zukehrten, als wollten sie ihre Geschichten für sich behalten.

Claus schenkte zwei Gläser ein.

»Meine Güte, was habe ich diese Bücher früher gehasst!«, sagte er. »Mein Vater hat sich mehr für diesen Poesiekram interessiert als für seinen eigenen Sohn.«

»Wundert dich das?«

»Mistkerl!«

Jeden Abend las meine Mutter aus der Bibel vor. Das war bei Familie Hesse ebenfalls Brauch, aber seit Kurzem dankten sie dem Herrn, um anschließend mit derselben Inbrunst Gedichte vorzutragen – von einem Dichter, der sich über Obrigkeit, Scheinheiligkeit und Spießbürgertum lustig machte. Erst vor wenigen Wochen hatte ich hier mit am Tisch gesessen und zum ersten Mal seine Verse gehört. Ein Gedicht Rimbauds über die Venus endete mit einem Geschwür am Anus. Claus setzte eine gelangweilte Miene auf, als wären es Bibeltexte, aber ich war starr vor Staunen.

»Schreibst du noch Gedichte?«, fragte Claus, wobei er das letzte Wort verächtlich betonte.

»Ich versuche es.«

»Was für ein Aufwand, nur um ein Mädel zu verführen!«

Ich sah ihn erstaunt an. Wusste er, dass ich über Elfriede schrieb? Mir war noch nicht mal der Gedanke gekommen, ihr meine Gedichte zu zeigen. Die Verse klapperten noch an allen Ecken und Enden.

Claus nahm einen Schluck Whiskey. »Vielleicht solltest du lieber ein paar Sätze auswendig lernen. Damit ersparst du dir viel Mühe. Ich habe allerdings noch nie darauf zurückgreifen müssen, auf diese Reime von weltfremden Absinth-Säufern und Chloroform-Schnüfflern.«

Ich versuchte, die Autorennamen auf den Buchrücken zu entziffern. Rilke, Goethe, Mörike, Hölderlin, aber auch viele Franzosen: Rimbaud, Baudelaire, Verlaine, Mallarmé.

»Kennst du all diese Dichter?«, fragte ich.

»Ein paar von ihnen. Aber ich muss ganz schön lachen über diese Franzosen, die solltest du wirklich unbedingt lesen. Verlaine hat seine Verse seiner Frau Mathilde gewidmet. Weißt du, wie jung die damals war? Sechzehn! Andererseits hat Verlaine auch der Männerliebe gefrönt, mit einem anderen Dichter, Arthur Rimbaud, auf den er später in einem Brüsseler Hotel schießen sollte. Solche Geschichten gefallen mir durchaus. Dir macht es doch auch Freude, wenn Samson mit dem Kieferknochen eines Esels Tausende Philister ins Jenseits befördert, oder etwa nicht?«

Er ließ den Blick über die Buchrücken schweifen und zog ein paar Bände hervor. »Hier, Rilke, Trakl und Baudelaire – in Übersetzung natürlich. Die kannst du gerne mitnehmen.«

»Das geht doch nicht!«

Claus grinste. »Hattest du nicht noch was bei mir gut? Nun, das hier ist deine Privatbibliothek. Du leihst dir die Bände einfach aus. Es sind schließlich keine kostbaren Erstauflagen dabei oder so, und drei, vier Bücher weniger fallen meinem Alten bestimmt nicht auf. Aber verrat ihm bloß nichts davon! Sie sind sein Ein und Alles. Und weißt du was? Wenn du mir in Algebra hilfst, sorg ich dafür, dass du regelmäßig Gedichtbände von meinem Vater bekommst.«

»Dann geh ich mir erst mal die Hände waschen. Sonst stinken die Bücher nachher noch nach totem Pferdekopf.«

Claus lachte. »Das hätte dem Dichter bestimmt gefallen: Dass seine Verse auch noch nach Verfall und Verwesung *riechen!*«

Ich hörte, wie etwas gegen die Scheibe prallte. Ein Kieselstein? Es war schon nach Mitternacht. Ich legte den Rilke-Band beiseite und schaute aus dem Fenster. Da stand Erich, im Schein einer Laterne. Er blutete im Gesicht und hielt die Hand vors Auge.

Ich rannte nach unten.

Erich trug ein zerrissenes Hemd, seine Lippe war aufgeplatzt, und er hatte ein Veilchen.

»Dein Vater.« Ich brauchte ihn gar nicht erst zu fragen.

Er wurde rot.

Ich packte ihn am Arm und zog ihn hinein. Im Laden ließ ich ihn auf einem Stuhl Platz nehmen. Ich gab ihm ein Glas Wasser. Mit einem Baumwolllappen versuchte ich, die Blutung zu stillen. In all den Jahren hatte er nie auch nur ein einziges Wort darüber verloren, dass er geschlagen wurde, auch wenn wir, seine Freunde, es besser wussten. Es schien ihm nichts auszumachen. Wegen seines duldsamen Wesens hatte ich stets den Eindruck, der Schmerz würde irgendwie an ihm abprallen.

»Los, erzähl schon!«, sagte ich.

Er schüttelte nur traurig den Kopf.

»Erzähl!«

Stockend begann er zu berichten, in unzusammenhängenden Sätzen. Am Abend nach der brutalen Machtdemonstration Vollmers hatte Heinrich Braun zu Hause eine Tasse mit heißem Tee quer durch die Küche geworfen und eine Tür eingetreten. Weil er sich heimschicken hatte lassen wie ein Schuljunge. Von einem hohen Herrn. Als Sozialist! Als Vorkämpfer für soziale

Gerechtigkeit und Gleichheit! Anschließend hatte er ein Beil aus der Scheune geholt und Holz gehackt.

In den darauffolgenden Tagen war der alte Braun auffallend ruhig gewesen. Bis heute. Bei Einbruch der Dunkelheit hatte er Erich und seinen jüngeren Bruder Alfred zu sich gerufen. Er würde zu Vollmer gehen. Mit einem Vorschlaghammer und einem Jagdmesser. Die Jungen mussten mit. Mutter Braun wollte ihren Mann noch daran hindern, aber er stieß sie grob beiseite.

»Ich habe schon oft vor meinem Vater Angst gehabt«, sagte Erich. »Aber so schlimm war es noch nie.«

Vollmers Landsitz war nicht weit von der alten Schiller-Mühle entfernt. Nach einem zwanzigminütigen Fußmarsch standen Vater und Söhne Braun vor dem hohen schmiedeeisernen Zaun mit den Speerspitzen. Die Villa mit Buntglasfenstern und grünen Fensterläden lag zurückgesetzt im Schatten eines Kastanienbaumes. In der Auffahrt stand der Opel.

Heinrich Braun sah seine Söhne eindringlich an. »Erich, Alfred. Jetzt könnt ihr euch beweisen. Wir lassen uns von so einem Großbürger nicht einfach so abfertigen! Der Schuft hat euren Vater beschimpft und erniedrigt. Das zahlen wir ihm jetzt heim. Klettert über den Zaun!«

Erich fröstelte. »Ich war wie gelähmt. Und habe instinktiv Nein gesagt. Das war das erste Mal, dass ich mich meinem Vater offen widersetzt habe. Er hat nichts darauf erwidert. Alfred ist wie ein Äffchen über den Zaun geklettert. Mein Vater wollte ihm den Vorschlaghammer und das Messer durch den Zaun reichen. Ich habe ihn am Arm gepackt. ›Nein, Vater, du kannst nicht einfach Alfred vorschicken. Das ist dein Kampf, nicht seiner.‹ Darauf er: ›Es ist *unser* Kampf, verdammt noch mal! Sieh zu, dass du von hier wegkommst!‹ Er hat nach mir getreten, richtig nach mir getreten. Ich habe geflennt, Julius – um meinen Bruder, aber auch um den Opel.«

Angefeuert von seinem Vater, hatte Alfred die Scheinwerfer und Autofenster eingeschlagen, die ledernen Sitzbänke aufgeschlitzt. Der Junge schaffte es kaum, den Hammer zu halten, aber die Hiebe waren kräftig genug. Er schlug die Türen, das Dach, die Kühlerhaube und den Motor kurz und klein. Innerhalb kürzester Zeit war der Opel nur noch Schrott.

»In der Villa gingen die Lichter an«, erzählte Erich mit unbewegtem Gesicht. »Schreie wurden laut. Alfred hat noch die Begrenzungslichter an der Windschutzscheibe in den Kies der Auffahrt getreten und ist dann schnell wieder über den Zaun geklettert. Wir sind sofort weggerannt. Niemand hat uns gesehen.«

Erich schwieg. Ich wartete.

»Daheim ... Alfred durfte sofort ins Haus. ›Ich bin stolz auf dich‹, hat mein Vater zu ihm gesagt. Mich hat er in die Scheune gestoßen. ›Du bist ein Feigling‹, so mein Vater. ›Du verdienst es nicht, den Namen Braun zu tragen.‹ Er hat mich geschlagen, getreten und mit dem Gürtel ausgepeitscht. Irgendwie hab ich die Tür aufgekriegt und bin geflohen.«

»Du kannst unmöglich wieder nach Hause gehen, Erich. Es reicht.«

»Ich kann doch meine Mutter und meine jüngeren Geschwister nicht im Stich lassen!«

»Denk zur Abwechslung mal an dich. Heute Nacht bleibst du hier. Du schläfst in meinem Bett – ich nehme das Sofa. Wo kannst du morgen hin?«

»Wie meinst du das?«

»Zu Lea vielleicht?«

Er lächelte vage. »Meinst du, ich kann bei ihr wohnen?«

»Ihr wollt euch doch sowieso verloben. Ich an deiner Stelle würde schon mal Hochzeitspläne schmieden, mein Freund. Höchste Zeit, dass sich was ändert und du dein Schicksal selber in die Hand nimmst.«

Ich stand vor dem *Schwarzen Huhn* und sah zu, wie Elfriede zwischen den Tischen hin und her lief, mit jenem überheblichen Lächeln, das alle Männer auf Distanz hielt. Wurde ein Bauerntölpel zu aufdringlich, blitzten ihre Augen gefährlich. Noch lachte der Dummkopf, aber nicht mehr lange. Sie war eine uneinnehmbare Festung. Ich hätte sie stundenlang anstarren können. Seltsamerweise kam ich gar nicht auf die Idee, das Wirtshaus zu betreten, geschweige denn sie anzusprechen. Aber an einem kühlen, windigen Samstag hakten Claus und Theo mich unter, während Erich die Tür aufstieß, um mich ins Wirtshaus zu schieben.

Wir setzten uns ans Fenster. Ich begriff, dass inzwischen auch Erich *es* getan hatte, nicht mehr Jungfrau war. Denn er wohnte jetzt bei Lea, sie schliefen also miteinander. Heinrich Braun hatte nicht protestiert, im Unterschied zum Priester. Aber der sollte erst mal erklären, warum Gott in seiner Güte beschlossen hatte, Mutter Presser zu sich zu rufen und Vater Presser mit einem Schlaganfall zu bestrafen. Seitdem hatten sie vom Priester nichts mehr gehört.

»Wisst ihr schon das mit dem Opel?«, fragte Theo. »Der ist kaputt. Vollmer soll außer sich sein.«

Erich und ich wechselten einen raschen Blick, sagten jedoch nichts.

»Was für eine Schande«, sagte Claus. »Der Opel war unsere einzige Hoffnung. Darauf, dass dieses Dorf, dieser Fliegendreck auf der Landkarte, doch noch was zu bieten hat. Zum Glück hat Julius noch seine Dichter.« Er schob mir einen Lyrikband zu. »Hier, Krämersohn, Rimbaud. Der dürfte dir gefallen. Der verrückte Franzose nimmt die Spießer auf die Schippe.«

Ich gab Claus den Rilke-Band zurück. Einige Verse hatte ich abgeschrieben. Vor allem *Der Panther* hatte mich beeindruckt. Der Klang der Worte und die Kreuzreime beschworen die unablässige Bewegung des Raubtiers in seinem Gefängnis.

Sein Blick ist vom Vorübergehn der Stäbe
so müd geworden, dass er nichts mehr hält.
Ihm ist, als ob es tausend Stäbe gäbe
und hinter tausend Stäben keine Welt.

Der weiche Gang geschmeidig starker Schritte,
der sich im allerkleinsten Kreise dreht,
ist wie ein Tanz von Kraft um eine Mitte,
in der betäubt ein großer Wille steht.

So gebrochen und unterdrückt wie dieses von Natur aus kraftvolle, starke Tier fühlten wir uns doch auch.

Elfriede kam an unseren Tisch, lächelte nonchalant wie immer. Claus bestellte vier Helle.

Sie beugte sich vor, um den Titel des Buches zu lesen. »Du magst Rilke?«, fragte sie.

»Natürlich.«

»Kennst du *Herbsttag?*«

»*Herr: es ist Zeit. Der Sommer war sehr groß …*«

Sie lachte. »*Leg deinen Schatten auf die Sonnenuhren, und auf den Fluren lass die Winde los.* Was macht für dich ein schönes Gedicht aus?«

»Poesie entsteht … wenn man nicht sagt, was man sagen will.« Auf die Schnelle fiel mir nichts Besseres ein. Keine sehr einfallsreiche Antwort auf eine schwierige Frage.

»Na also!«, rief Claus triumphierend. »Nicht sagen, was man eigentlich sagen will: Darin ist uns Julius weit voraus. Und genau deshalb sitzen wir hier, nicht wahr Julius?«

Ich spürte, wie mir das Blut in den Kopf stieg.

Elfriede wandte sich an Claus. »Und du? Kannst du ein Gedicht aufsagen?«

Claus erhob sich, legte mit übertriebener Geste die Hand aufs Herz, verbeugte sich tief und sah sie an. »Nein, bedaure.« Dann setzte er sich wieder. Erich grinste. Und Theo musste laut lachen. Besonders originell fand ich das nicht.

»Elfriede!«, rief ihr Stiefvater. »Die Gäste warten!«

Sie verdrehte die Augen. Rasch kritzelte sie etwas auf einen Zettel und steckte ihn zwischen die Seiten des Buches. Ohne sich noch einmal umzusehen, schritt sie zurück zum Tresen.

Theo klappte die Kinnlade herunter. Erich war starr vor Staunen. Claus lachte verlegen. »Das ist die Rechnung, Julius. Mach dir bloß keine falschen Hoffnungen. Du zahlst.«

Um sieben im Wirtshaus stand auf dem Zettel. Ich konnte es kaum glauben. Die anderen auch nicht.

Um Punkt sieben saß ich am Tresen. Burkhard Maier tauchte ein Weinglas in die Seifenlauge und musterte mich misstrauisch. Ich fand sein Verhalten irgendwie erfrischend. So konnte man auch mit Gästen umgehen.

An einem Nebentisch saß Martha Döringer. Ihr Mann war Stellmacher. Wie ein Parasit lebte sie von den Geschichten anderer. Bei ihr saß eine nicht allzu helle Näherin aus der Kreuzstraße.

»Gretel, hast du schon gehört?«

»Was denn?«

»Der Metzger war's!«

»Wieso, was hat er denn getan?«

53

»Vollmers Auto ruiniert.«

»Ach, hör schon auf!«

»Der Herr Direktor soll sich an seine Frau … äh … rangemacht haben.«

»Das denkst du dir doch bloß aus, Mädel!«

»Aber nicht weitersagen, verstanden?«

»Natürlich!«

»Er kommt ins Gefängnis. Es heißt, es ist nur noch eine Frage der Zeit.«

»Der *Metzger*, meinst du?«

»Bald werden sie ihn holen. Vom Eigentum hoher Herrschaften sollte man lieber die Finger lassen. Ogottogott, der schöne Wagen! Der muss ein Vermögen gekostet haben …«

Burkhard Maier warf das Geschirrtuch über die Schulter und wandte sich an mich. »Ja bitte?«, fragte er knapp.

Elfriede tauchte hinter ihm auf. Ohne Schürze. Mit langem, offenem, gewelltem Haar. »Der gehört zu mir«, sagte sie nur. Wir setzten uns an einen Tisch in Ofennähe. Sie schob ein leeres Cognacglas zur Seite. Ihre Hand zitterte. Dass sie aufgeregt zu sein schien, beruhigte mich ein wenig. Wir sprachen über Dichter. Über schöne Verse. Darüber, warum die Kunst uns staunen machen, originell sein muss. Und ob das Werk eines Dichters von körperlichem Verfall und Depressionen zehrt oder eher von der Hoffnung auf ein besseres Leben.

Sie war weniger unnahbar als sonst und taute auf. Sie bekannte, dass ich ihr schon in der Kirche aufgefallen sei. Dass ich Rilkes Verse las, hatte sie dann endgültig für mich eingenommen. Denn Menschen, die Trost in schönen Sätzen und Gedanken finden, hätten ein gutes Herz. Das hatte sie von ihrem Vater gelernt.

Ich selbst war der Überzeugung, dass Dichter ebensolche Schufte sein konnten wie Nicht-Dichter. Vielleicht brauchten sie die schönen Sätze sogar als Ausgleich zu ihrem in Wahrheit düsteren, amoralischen Weltbild. Aber diese Vermutung behielt ich lieber für mich.

»Komm, wir sorgen für einen Skandal«, sagte Elfriede

Ich lächelte. »Und wie willst du das anstellen?«

»Ich zieh mich aus und tanz nackt auf dem Tisch.«

»Du willst für Aufruhr sorgen. Damit die Klatschbasen hier so richtig was zu erzählen haben.«

Ihre Augen funkelten.

»Vielleicht fällt mir doch noch etwas weniger Auffälliges ein.«

Ich blätterte schnell im Rimbaud-Band. Im Nu hatte ich einen Vers gefunden, nur anhand des Titels. Ich stand auf.

»Meine Damen und Herren«, sagte ich mit lauter Stimme, »darf ich kurz um Ihre Aufmerksamkeit bitten? Auf den ausdrücklichen Wunsch von Fräulein Freienbach und Herrn Maier möchte ich Sie gern mit ein paar Gedichten erfreuen. Von dem weltberühmten Dichter Arthur Rimbaud.«

Ich sah zu Elfriede hinüber. Sie sah mich ebenso amüsiert wie erwartungsvoll an.

Wie einer violetten Nelke faltig-düstrer Flaum
So atmet sie mit stiller Demut in dem Moos versteckt
Voll Liebesfeuchtigkeit, die jene Rampe zart bedeckt
Der weißen Schenkel bis zum Grunde tief herab am Saum.

Und Fäden, die den Tränen gleich aus weißem Sahneschaum,
Beweinten grausam-strengen Wind, der sie hinfort geschreckt
Zu blutigem Gerinnsel, das wie roter Mergel deckt. –
Und sie verloren sich im Fall in klüft'gem Schluchten-raum.

Es hat mein Traum sich oft in ihrer Öffnung schon verloren.
Mein Herz, das sich den sinnerregten Beischlaf auserkoren,
Fand Zuflucht hier für Trän' und Seufzer, die sich still er-
gossen.
Olive du in Leidenschaft, du schmeichlerische Flöte,
Wie deinem Gang entsteigend sich ein himmlisch Nasch-
werk böte;
Du weiblich Kanaan von milder Feuchtigkeit umflossen!

Die Leute im Wirtshaus applaudierten begeistert.

»Bravo, bravo«, sagte Andreas Klumpp, der Schmied. »Das klingt wunderbar, auch wenn ich den Text nicht ganz verstehe. Roter Mergel. Himmlisch Naschwerk. Wie heißt das Gedicht?«

»Wollen Sie das tatsächlich wissen?«

»Aber natürlich!«

»*Sonnet du trou du cul – Sonett vom Arschloch.*«

Elfriede verließ prustend den Saal. Ich machte eine kurze Verbeugung und eilte ihr nach. Laut lachend und ausgelassen wie Kinder rannten wir die Straße hinunter.

Es war ein lauer Frühlingsabend, und die Sonne ging gerade unter. In der Schulstraße blieben wir stehen.

»Und wohin jetzt?«, fragte ich.

»Das wirst du gleich sehen.«

Sie nahm mich mit in ihr »Versteck«, wie sie es nannte, zu einer geschützten Stelle an der Flusskrümmung, unweit der Ziegelei, wo uns nur ein in der Luft stehender Turmfalke und der Fährknecht eines vorbeifahrenden Lastkahns sehen konnten. Der Fluss beruhige sie, bekannte Elfriede. Sie liebte den sumpfigen Geruch des flachen Wassers, die Hügellandschaft, die je nach Jahreszeit eine andere Farbe hatte, und die gründelnden Haubentaucher, die extra für sie ein Wasserballett aufführten. Hier schrieb sie Tagebuch.

»Komme ich auch darin vor?«, fragte ich. »Vor meinem ersten Wirtshausbesuch, meine ich.«

»Das wirst du nie erfahren.«

»Das ist doch eine ganz unschuldige Frage.«

»Aber eine verbotene. Es kommt allerdings ein Mann darin vor, der mir viel bedeutet. Bedeutet hat. Nein, bedeutet.«

»Denkst du oft an deinen Vater?«

»Jeden Tag.«

»Schreibst du ihm auch jeden Tag?«

»Eigentlich schon. Manchmal sogar nachts. Ich kann mich kaum noch an sein Gesicht erinnern, und das finde ich wirklich schlimm. Aber in meinen Träumen sehe ich ihn ganz genau vor mir. Das Dumme ist nur, dass die Bilder verschwinden, sobald ich aufwache. Am nächsten Morgen weiß ich genauso viel wie am Abend vorher. Und das ist ziemlich wenig. Er war groß und stark. Zärtlich. Der ideale Vater und meine Mutter sagt das auch. Er hatte vor nichts und niemandem Angst. Irgendwann einmal wollte ein Gast die Zeche prellen. Mein Vater hat ihn mit nacktem Hintern auf die Straße gesetzt. Aber diese Anekdoten kenne ich nur von meiner Mutter.

»Zum Glück hast du einen Stiefvater.«

»Maier ist nicht mein Vater. Und nenne ihn bloß nicht in einem Atemzug mit ihm!«

»Entschuldige.«

Schweigend schauten wir zum Himmel empor.

»Weißt du, was ich am schlimmsten finde?«, sagte sie. »Dass ich mich noch am ehesten an ihn erinnere, wie er auf dem Sterbebett lag. Ich war damals neun, und er lag im Hinterzimmer. Dort war es still. Ich weiß noch, wie zerbrechlich er war, wie mager. Er hat nach Urin gerochen, aber für mich hat er nicht gestunken. Ich habe den Sarg gesehen, nur den Sarg. Ich war auch nicht auf seiner Beerdigung, weil meine Mutter fand, ich wäre zu klein dafür. Deshalb kann ich immer noch nicht begreifen, dass er tot ist.« Sie lachte auf. »Ich rede mit dir, als würde ich Tagebuch schreiben. Gestern vor acht Jahren ist er gestorben. Bald ist er länger tot, als ich ihn gekannt habe. Und ja, Julius, ich habe auch über dich geschrieben. Schon vor Wochen. Du bist mir in der Kirche aufgefallen. Und ich habe darauf gehofft, dass mir mein Vater seinen Segen gibt. Irgendein Zeichen.«

»Und? Oder ist das auch eine verbotene Frage?«

»Er hat Rilke sehr verehrt.«

Im Stillen bedankte ich mich bei Claus.

»Und du?«, fragte sie. »Schreibst du auch?«

Ich zögerte. »Gedichte. Schlechte Gedichte.«

Sie lächelte. Ob wohlwollend oder spöttisch konnte ich nicht beurteilen. Sie legte den Kopf schräg.

»*All meine Sinne sind auf dich ausgerichtet.* Ist das schlecht genug?«

Sie nickte.

Wir küssten uns. Sie war diejenige, die damit anfing.

Im Schaufenster der Apotheke reihten sich zahlreiche braune Glasgefäße mit Bakelit-Deckeln aneinander. Als ich noch klein war, versuchte ich immer, die hohen, schmalen Buchstaben auf den Etiketten zu entziffern. *Sulfas Zincicus, Trichlor-Aethylenum, Solutio Formaldehydi* – Namen, die ich kaum aussprechen konnte. Ich hatte schlaflose Nächte vor lauter Angst, die Sprache der Erwachsenen niemals zu lernen – egal, wie alt ich würde.

Zwischen den magischen Mixturen hing eine gerahmte Fotografie, um auf das Fotostudio im Hinterzimmer aufmerksam zu machen. Er war das Porträt eines Ehepaars. Die Braut schaute dermaßen traurig drein, dass man den Eindruck bekam, sie ginge in ihrem weißen Schleppenkleid auf eine Beerdigung. Komisch, dass Menschen vor der Kamera immer so ernst werden. Sich lachend verewigen lassen, finden Sie anscheinend ungehörig.

Ich betrat das Geschäft. Der alte Apotheker, Franz-Josef Reichenbach, hörte einer Dame zu, die umständlich über Gicht und Gelenkverschleiß klagte. Er bekam gar nicht mit, dass ich hereingekommen war, denn er war genauso schwerhörig wie meine achtzigjährige Tante. Als er mich sah, nickte er – ich durfte gleich nach hinten durchgehen.

Herr Reichenbach hatte die Kamera von dem Baron von Creuznach, seinem alten Freund, geerbt. In ihren besten Jahren hatten sie eine Jagdgesellschaft gebildet, zu der auch der Notar und Claus' Vater gehörten. Der Baron war ein echter Liebhaber der Fotografie gewesen, während Reichenbach in der

Anfertigung von Porträts und Abbildungen vor allem eine zusätzliche Einkommensquelle sah. Er konnte die Aufnahmen selbst entwickeln, und das roch man auch: Im Hinterzimmer wurde der unangenehme Äthergeruch der Apotheke zunehmend vom salzigen Uringestank des Fixiermittels überlagert.

Theo war sein Gehilfe, sein Lehrling. Im Fotostudio stand die Kamera auf einem Stativ und zeigte zur Hintergrundleinwand. Mein Freund saß an einem Tisch und retuschierte ein Glasnegativ – mithilfe eines Einhaarpinsels und schwarzer Farbe. Er sah nicht auf.

»Willst du mich von der Arbeit abhalten?«, fragte er mürrisch.

»Wenn ich mich langweile und nicht weiß, was ich sonst machen soll, komm ich zu dir, das weißt du doch.«

Er grinste. »Weißt du schon das mit Erich?«

»Was meinst du genau?«

»Er wohnt wieder zu Hause.«

Ich staunte. »Ist es aus mit Lea?«

»Nein, das nicht. Aber Erich mag keinen Streit, wie du weißt. Und seine Mutter ist heilfroh. Anscheinend reißt sich sein Vater gerade zusammen.«

»Ja, aber wie lange noch? Drei Wochen? Dann wird er Erich wieder in der Scheune verprügeln. Meine Güte, wann wehrt sich der Kerl endlich mal?«

»Erich ist eben Erich. Und, wie läuft es zwischen dir und Elfriede?«

»Gute Frage.«

Ich wusste es wirklich nicht. Ich war überglücklich, aber waren wir jetzt ein Paar? Wie lief so was?

Theo schob seinen Stuhl zurück und streckte sich.

Wir kannten uns schon, bevor wir überhaupt sprechen konnten. Auch unsere Mütter waren bereits seit Kindertagen befreundet. Sie hatten das Dorf noch nie verlassen. Ich wusste, dass meine Mutter eine Schwäche für die sanftmütige Freundlichkeit von Frau Baumann hatte. Noch nie hatte ich Theos Mutter wütend, gereizt oder schlecht gelaunt erlebt. Das war fast schon unnatürlich. Theo hatte eher die Nüchternheit und Sturheit seines Vaters geerbt. Aber wenn er sich mal für etwas begeisterte wie für Fotografie, war er nicht mehr aufzuhalten. Er sprach am liebsten über Silberbromid, Blenden und Blitzlichtpulver.

»Ich kann nicht verstehen, was dich an diesen Bildern so fasziniert«, scherzte ich.

»Es ist einfach fantastisch, ein Bild festhalten zu können. Früher konnten das nur Maler! Ich möchte Fotograf werden, da bin ich mir sicher. Ich werde auf Reisen gehen. Vielleicht ins Ausland. Ich wünsche mir so eine kleine Kodak-Kompaktkamera mit Rollfilm. Sollte ich je an so einen Apparat kommen … Das ist die Zukunft, Julius, die Zukunft!«

Herr Reichenbach kam herein. Der alte Apotheker nahm eine Lupe und inspizierte einige Fotografien, die auf dem Tisch lagen. »Schön«, murmelte er »Wirklich sehr schön. Kannst du die Abzüge bis morgen um fünf fertig machen, Theo? Das habe ich dem Kunden versprochen.« Der Apotheker stolperte zurück in den Laden.

»Um welchen Kunden geht es denn?«, fragte ich.

Theo schwieg.

Ich ging zum Tisch. Auf einem Familienporträt erkannte ich Rudolf Anton Vollmer. Stolz und mit zusammengekniffenen Augen stand der Fabrikdirektor neben seiner Frau im Kreis seiner fünf Kinder. Alles Mädchen.

»Weiß Vollmer, dass du der Sohn des Brenners bist, den er entlassen hat?«

»Nein.«

»Warum hast du ihm das nicht gesagt?«

»Was geht ihn das an? Außerdem würde das meinem Vater auch nichts nützen. Der sitzt jetzt arbeitslos zu Hause rum, während dieser Lump mit seiner Familie und seiner schönen Villa Staat macht. Schaut nur, was für eine hübsche Ehefrau ich habe! Schaut nur, was für ein guter Vater ich bin! Genau so hat er sich ablichten lassen.«

»Du konntest dich also beherrschen. Respekt!«

»Ich hatte gerade mit Blitzlichtpulver hantiert. Weißt du, wie leicht brennbar und gefährlich Magnesium ist? Am liebsten hätte ich aus Versehen die Gardinen abgefackelt.« Theo lachte nicht.

»Und, wie läuft es zu Hause?«

»Willst du meine Antwort hören oder die meiner Mutter?«

»Deine.«

»Schlecht.«

»Wie schlecht?«

Theo seufzte. »Mein Vater hat vorgestern eine lahme Taube im Garten gefunden. Die haben wir gegessen. Tagsüber bekommen wir Zuckerwasser, um den schlimmsten Hunger zu stillen. Wir haben einfach nicht genug zu essen für vier Kinder und zwei Erwachsene. Ich glaube, meine Mutter lässt bei deiner anschreiben. Die steckt ihr heimlich Zuckerrübenkraut, Mehl und Kaffee zu. Und neulich haben wir Bohnen aus dem Gemüsegarten der Witwe Callenbach bekommen. ›Wir schaffen das‹, sagt meine Mutter die ganze Zeit. Heute Morgen auch wieder. Dann ist sie rausgerannt, weil sie weinen musste.«

»Warum meldet sich dein Vater nicht einfach wieder bei seinem Vorarbeiter? Er wurde doch bloß vorübergehend entlassen?«

»Dasselbe habe ich ihm auch gesagt. Aber er hat seinen Stolz. Oder er traut sich nicht. Er sitzt jetzt oft in der Kneipe. Dort laden ihn seine Kollegen aus der Ziegelei zum Bier ein. Weil sie sich schämen, dass sie ihn nicht unterstützt haben, vermutlich. Gestern ist er stockbesoffen nach Hause gekommen. Als meine Mutter sauer wurde, hat er einen Stuhl zertrümmert. Verstehst du jetzt, warum ich lieber hier im Dunkeln sitze statt zu Hause, Julius?«

Zuckerwasser. Das Wort blieb den ganzen Heimweg über an mir kleben. Für mich war es ein Relikt aus dem letzten Jahrhundert, als Missernten zu Hungersnöten, zu Armut und Volksaufständen führten. Es passte doch nicht mehr in unsere moderne Zeit! Oder war das zu naiv gedacht?

Kurz vor Ladenschluss waren bereits keine Kunden mehr da. Meine Mutter fuhr mit einem Staubtuch über die Vorratsgläser. Ich schilderte ihr kurz die Situation der Baumanns. Sie war schockiert. »Ist es wirklich so schlimm? Wir müssen etwas tun, Julius. Ich kann meine liebe Freundin doch nicht verkommen lassen!«

Sie stellte eine Kiste auf die Theke und legte Tee, Kaffee, Mehl und Zucker hinein. Mein Vater kam nach unten, noch benebelt von seinem Nachmittagsschlaf.

»Ist das eine Bestellung?«, fragte er geistesabwesend.

»Nein«, sagte meine Mutter. »Das ist für die Baumanns. Die machen gerade schwere Zeiten durch.«

»Sie haben bereits offene Rechnungen bei uns.«

»Das hier bekommen sie geschenkt, Hermann. Von mir. Von uns.«

Ich sah, wie mein Vater erstarrte. Genau in diesem Moment klopfte jemand an der Tür. Es war Frau Döringer. Trotz ihrer krankhaften Neugier war sie mit ihren drei Kindern, zwei Gehilfen und einem bei ihr lebenden Großonkel eine gern gesehene Stammkundin.

»Entschuldigt, dass ich so spät komme. Habt ihr noch geöffnet?«

»Für dich immer, Martha«, sagte mein Vater beflissen.

»Danke, Hermann. Ich brauche auch nicht viel. Nicht heute.«

»Das sind die Sachen für Theo und seine Familie, Papa«, sagte ich lauter als nötig. »Sein Vater ist von der Ziegelei entlassen worden, und die Familie macht gerade schwere Zeiten durch. Wir müssen ihnen helfen.«

»Meint ihr die Baumanns?«, erkundigte sich Frau Döringer prompt. »Was für eine traurige Geschichte! Ach, und ihr helft der armen Familie?«

Mein Vater hüstelte. »Wir versuchen immer diejenigen zu unterstützen, die gerade in der Klemme stecken, Martha.«

Sie legte ihm eine Hand auf den Arm. »Du hast ein gutes Herz, Hermann Reinhardt.«

Er lächelte. »Und weißt du was? Wir legen auch noch eine große Packung Waschpulver dazu.«

Frau Döring schüttelte ungläubig den Kopf. Schon morgen würde das ganze Dorf Bescheid wissen. Darauf spekulierte auch mein Vater. Er hob die Kiste mit den Waren hoch. »Puh, die ist viel zu schwer für dich. Ich bring sie selbst schnell vorbei.«

»Gut, Hermann«, sagte meine Mutter devot.

Zehn Minuten später kam mein Vater nach oben. Die Schritte auf der Treppe klangen schwerer als sonst. Die Tür ging auf. »Was war denn das für eine Schnapsidee? Hinter meinem Rücken?«

Meine Mutter wurde blass.

»Gratis einkaufen!«, fuhr er fort. »Gratis. Als ob ich nicht genug schuften würde! Es ist schließlich nicht unsere Schuld, dass der Baumann entlassen wurde. Wie oft muss ich dir das noch sagen, Dora? Das geht nur seine Familie und die Ziegelei was an. Damit haben wir nichts zu tun.«

»Aber Herrmann, im Laden hast du noch gesagt, dass wir die Baumanns unterstützen müssen ...«

»Im Laden ja. Aber hier sage ich, dass wir nicht fremdes Leid ausbaden müssen, verstanden? Anschreiben kommt auch nicht mehr infrage. Die Schulden werden sonst viel zu hoch. Die können das doch nie mehr bezahlen!«

Meine Mutter fing an zu weinen. »Julia Baumann und ich kennen uns schon von klein auf. Ich will ihr helfen. Möchtest du das nicht auch?«

»Wir haben nichts zu verschenken. Nicht mal ein Karamellbonbon. Das Geld wächst schließlich nicht auf Bäumen! Räum das Zeug aus der Kiste gefälligst zurück in die Regale. Das gilt auch für die Packung Waschpulver. Los, Dora.«

»Nein, Hermann, das werde ich nicht tun!«, rief sie verzweifelt.

»Ruhe«, zischte mein Vater. »Die Leute können dich auf der Straße hören.«

»Du hast es versprochen!« Ihre Stimme überschlug sich.

»Ruhe!«

»Nein! Julias Kinder haben Hunger!«

Mein Vater holte aus. Und schlug brutal zu. Er erwischte ihre Nase, und sie schrie entsetzt auf.

»Du hörst auf mich!«, schrie er. »Hast du verstanden? Ich verbiete es dir!«

In mir brodelte es. In solchen Momenten war mir mein Vater völlig fremd. Am liebsten hätte ich ihn gewürgt, ihm das Genick gebrochen und ihn an seinem eigenen Blut ersticken lassen. Dieser Gedanke flößte mir keinerlei Entsetzen ein. »Ich werde den Baumanns die Kiste bringen, Mutter. Deiner Freundin. Und meinem Freund.«

Wie von der Tarantel gestochen wirbelte mein Vater herum. »Wie bitte? Wie kannst du es wagen!«

Ich richtete mich zu meiner vollen Größe auf und musterte ihn kühl. Immerhin war ich mehr als einen halben Kopf größer

66

als er. »Ich werde den Baumanns diese Kiste bringen. Wenn du mich aufhalten willst, wirst du es bereuen. Ich schwöre dir, dass ich dann überall im Dorf, in der Schule, im Wirtshaus und in der Kirche herumerzählen werde, dass du die Familie Baumann kein bisschen unterstützen willst. Dass du keine Lust hast, fremdes Leid auszubaden. Dass du meine Mutter geschlagen hast, und das nur, weil sie ihrer besten Freundin helfen wollte.«

Er schaute misstrauisch zu meiner Mutter hinüber. Und dann wieder zu mir. »Das wirst du schön bleiben lassen! Ich bin schließlich dein Vater!«

Ich ging an ihm vorbei und nahm die Treppe nach unten.

Da blieb er stehen und sagte nichts mehr.

Im Laden ergänzte ich die Lebensmittel um vier Päckchen Kakao und vor allem um Lakritz- und Karamellbonbons. Da die Kiste jetzt bleischwer war, öffnete ich die Ladentür mit dem Ellbogen und stieß sie wieder zu. Draußen nieselte es. Ich lief dicht an den Hauswänden entlang und fühlte mich großartig.

Die Magnolienstraße lag mehr oder weniger verlassen da. Eine Katze huschte in eine schmale Gasse. Vor der Hausnummer vierzehn stellte ich die Kiste ab und klopfte laut gegen das Fenster. Dann lauschte ich, ob mich jemand gehört hatte. Nach einem Schrei von einer von Theos Schwestern huschte ich um die Ecke, damit mich niemand sah. Dieses Geschenk durften die Baumanns auf keinen Fall ablehnen.

Erichs und Leas Verlobungsfeier fiel sehr bescheiden aus – wie es sich für die Familien Braun und Presser gehörte. Für ein großes Fest wäre ohnehin kein Platz gewesen, denn das Haus von Erichs Eltern war so winzig, dass man sich darin kaum umdrehen konnte.

Ich stand mit Claus in der Schlange der Gratulanten. Theo war gerade im Garten, um die Faltkamera des Apothekers auf ein hölzernes Stativ zu montieren. Erich trug das Festtagsgewand seines Schwiegervaters – eine Kombination aus zwei verschiedenen Anzügen, die dieser aus Restbeständen eines pleitegegangenen Herrenmodengeschäfts in der Stadt ergattert hatte. Das Jackett schlabberte ihm um die Schultern, aber das schien Erich nicht zu stören. Lea war nervös, denn so viel Aufmerksamkeit war sie nicht gewöhnt. Ihr cremeweißes Biesenkleid hatte einen Gelbstich. So etwas wie neue Kleidung gab es nicht im Hause Presser.

Geraldine Rosenberger, unsere alte Kinderfrau, hatte Aprikosenkuchen und ein Glas mit selbst gemachter Pflaumenmarmelade mitgebracht. Sie war alt und gebrechlich geworden, blaue Adern traten an ihren faltigen Händen hervor. Normalerweise redete sie viel und umständlich. Jetzt stand sie einfach nur mit feuchten Augen vor »ihren Kindern«, wie sie uns nannte. Sie kniff Erich in die Wange und nahm Leas Hände. Dann sagte sie etwas, wovon ich nur das Wörtchen »Glück« verstand.

Ich roch Gallseife und Bohnerwachs. Das ganze Haus war von diesem Duft erfüllt, aber das wunderte mich nicht. Während

Erichs Mutter neben dem Paar freundlich und schüchtern die Gäste empfing, fiel mir auf, dass das eines der seltenen Male war, wo ich sie ohne Lappen sah. Fegen, putzen, waschen, bügeln, wischen, schrubben – sie tat es den lieben langen Tag und konnte gar nicht genug davon bekommen. Sogar die Äpfel in der Obstschale polierte sie auf Hochglanz. Jahrelang hatte sie auch das Straßenschild geputzt, bis es ihr irgendwann verboten wurde. Aber da waren die Lettern bereits fast bis zur Unkenntlichkeit verblasst.

Am Fenster saß Leas Vater zusammengesunken im Rollstuhl und starrte vor sich hin, die gelockerte Krawatte hing ihm schief um den Hals. Mit einem Taschentuch wischte er sich mühsam den Speichel aus dem Mundwinkel. Wie *winzig* er geworden war! Vor seinem Schlaganfall war Josef Presser eine stolze Erscheinung gewesen, ein Mann, der anpackte, statt zu jammern. Ständig hatte er Melodien und ganze Lieder vor sich hin gepfiffen. Selbst nachdem seine Frau im Kindbett ihres siebten Sprösslings gestorben war, hatte er den Kopf nicht hängen lassen. Bis ihn der Schlag getroffen hatte.

Manchmal hob er das Kinn und gab einem Dorfbewohner, der sich besorgt nach ihm erkundigte, die schlaffe Hand. Dann murmelte er etwas und schüttelte den Kopf. Kurz darauf schaute er ausdruckslos zu, wie ihm derselbe Bekannte den Rücken zukehrte, sich jovial an Erichs Eltern wandte, um dem Verlobungspaar Geld und Glück zu wünschen.

Schräg gegenüber von Josef Presser saß »Omama« in einem Schaukelstuhl – eine Großtante von Erichs Mutter. Ihr Gesicht sah aus wie ein verschrumpelter Apfel, und sie war so albern wie ein Kleinkind. Sie vergaß alles, was man ihr sagte, man brauchte nur bis drei zu zählen. Sie vergaß sogar, dass sie alles vergaß. Aber ich kannte niemanden, der so fröhlich und zufrieden mit seinem Leben war wie sie. Auch diesmal wieder.

Vermutlich glaubte sie, die Leute wären ihretwegen hier. Im Gegensatz zum stark gealterten Presser lebte sie in einer heilen Welt ohne Vergangenheit und Zukunft, einfach nur im Hier und Jetzt. Vielleicht war das ihr großes Glück.

Die Schlange rückte vorwärts.

Emil Betzinger stand breit grinsend vor dem Paar. Unser Metzger war unglaublich mager, seine Knochen stachen spitz hervor, aber niemand im Dorf wagte es, Witze darüber zu reißen. Der Letzte, der das getan hatte, war ein Vagabund auf der Durchreise gewesen, der glaubte den Begriff »Magerspeck« mit einer ganz neuen Bedeutung aufladen zu müssen. Er war sofort hochkant rausgeflogen. Betzinger war sehr empfindlich, was dieses Thema anging, da er an einer geheimnisvollen Krankheit litt, die sämtlichen Ärzten Rätsel aufgab. Außerdem war er so kahl wie eine Billardkugel, was seinen durchdringenden Blick noch stechender machte. Mir war bereits aufgefallen, dass Claus mehrmals nervös zu Betzinger hinübergeschielt hatte, aber der Metzger schien nichts von den Eskapaden seiner jüngsten Tochter zu wissen. Er hatte zwei Blutwürste dabei. »Gut für die Manneskraft«, sagte er augenzwinkernd zu Erich. Der lächelte verlegen.

Endlich waren wir an der Reihe.

»Ich hab von Ulrike auch mal eine Wurst geschenkt bekommen«, sagte Claus leise. »Jetzt weiß ich auch, warum.«

Erich wurde rot.

»Ich finde das äußerst unpassend«, beschwerte sich Lea.

»Wart's ab!«

»Hör auf damit, Claus!«, fuhr ich dazwischen.

»Ja, Mami!« Er beugte sich zu Erich. »Viel Glück. Und viel Kraft. Vor allem Kraft.«

Erich lächelte tapfer weiter, wenn auch unbehaglich. Es gab noch andere Gäste, um die er sich kümmern musste.

»Unser Freund ist verrückt geworden«, sagte Claus kurz darauf. »Er gibt einfach so seine Freiheit auf. Lea ist doch seine erste Freundin! Oder weißt du da mehr?«

»Erich möchte auf eigenen Füßen stehen, Claus.«

»Wollen wir das nicht alle?«

Erich und Lea konnte es gar nicht schnell genug gehen – im August oder im September wollten sie heiraten. Eigentlich war es für beide eine Art Flucht. Seit dem Tod ihrer Mutter war Lea mehr oder weniger ans Haus gefesselt, zumal nach dem Schlaganfall ihres Vaters. Mit ihrer älteren Schwester Alma tat sie kaum etwas anderes als zu waschen, putzen, kochen und ihre fünf jüngeren Geschwister großzuziehen, so gut es eben ging. Vor allem Alma packte kräftig mit an. Sie hatte ihre Bestimmung gefunden und beklagte sich nie. Lea war immer mehr vereinsamt, bis sie Erich begegnete.

Heinrich Braun tauchte im Türrahmen auf und hüstelte vernehmlich. Langsam ließ der Lärm nach. Ein wütendes, weinendes Kind rief Alma Presser noch etwas zu, anschließend wurde es still. Eine Rede also.

Als sozialistischer Vorarbeiter war Braun daran gewöhnt, vor Menschen zu sprechen. Mit einer etwas zu getragenen Stimme, als müsste er auch diese Anwesenden von etwas überzeugen, begann er zu dozieren: über einen Sohn, der flügge geworden war, und über eine liebe Schwiegertochter, die gut für ihn sorgen werde, und darüber, dass er nach der Hochzeit gern Großvater würde.

Eine jüngere Schwester Leas begann zu weinen.

»Nicht dein Großvater!«, sagte Braun ungerührt.

Gelächter. Auch das noch!

Er wollte einen Trinkspruch ausbringen. Alle standen auf und hoben das Glas. »Auf alle Söhne, die ihren Vater verdient haben!«

Ich schaute zu Erich hinüber. Er hatte den Kopf gesenkt und die Augen geschlossen, wenn es irgendwie möglich gewesen wäre, hätte er sich die Ohren zugehalten.

»Als Erichs Kamerad möchte ich ebenfalls einen Trinkspruch ausbringen«, rief ich. »Auf alle Väter, die in ihren Söhnen würdige Nachkommen sehen!«

Wieder wurden die Gläser gehoben.

»Auch in der Scheune!«, rief Claus.

Erstaunen, Verwirrung, Heiterkeit.

Heinrich Braun lief rot an. Vor Wut. Oder vor Scham.

Endlich hatte Theo die Kamera montiert und eingestellt. Aus dem Fotostudio im Hinterzimmer der Apotheke hatte er einen Sessel mitgebracht. Einen Louis XV. mit dunkelrotem Bezug und eingerollten Armlehnen. Der stand jetzt im Schatten einer Birke. Theo war ruhig und konzentriert.

»Wo steckt eigentlich sein Vater?«, fragte Claus leise.

»Der hockt nach wie vor arbeitslos zu Hause. Vielleicht schämt er sich. Theo möchte nicht darüber reden. Er stürzt sich ganz auf die Fotografie, in der Hoffnung, selbst nie als Brenner arbeiten zu müssen.«

Lea nahm auf dem Sessel Platz. Erich stellte sich neben sie und legte ihr die Hand auf die Schulter. Mit heiligem Ernst schauten sie in die Kamera. Theo hielt die Lampe hoch und nahm den Deckel vom Objektiv. Ein Knall, und sie wurden von einer Lichtexplosion verewigt.

Samstag, der 27. Juni 1914: der letzte sorgenfreie Tag, der letzte Tag in Frieden und Unschuld – für mich und Europa. Am Morgen darauf wurden der Thronfolger Österreich-Ungarns, Erzherzog Franz Ferdinand, und seine Frau in Sarajewo von serbischen Nationalisten ermordet, und die Kriegsmaschinerien der Staaten setzten sich zischend und stampfend in Bewegung.

An eben jenem Samstagmorgen wurde ich erstmals Elfriedes Mutter vorgestellt, am Küchentisch über dem Wirtshaus. Sie hatte gerade eine Apfel-Birnen-Torte für die Stammgäste des Wirtshauses in den Ofen geschoben. Bis dahin kannte ich Elisabeth Freienbach, wie sie auch nach dem Tod ihres Mannes weiterhin hieß, nur vom Sehen – eine schlanke, zierliche, gut gebaute Frau mit halblangem, rotbraunem Haar und einem ernsten Gesicht. Sie wirkte weder jung noch alt, aber genauso anmutig wie ihre Tochter.

»Na, Julius, sitzt hier der zukünftige Dorfkrämer?« Ich hörte den spöttischen Unterton in ihrer Stimme.

»Eher nicht, Frau Freienbach.«

»Weiß dein Vater schon Bescheid?«

»Das kann er sich denken. Aber ich verlasse mich darauf, dass Sie seinen Gedanken nicht weiter Vorschub leisten.«

Sie lächelte. »Was willst du dann werden?«

»Schriftsteller. Dichter.«

»Sieh mal einer an! Ein kreativer Beruf. Schön und gut, aber kann man davon auch leben? Eine Familie ernähren?«

»Mama!«, sagte Elfriede peinlich berührt.

»Das werde ich doch wohl noch fragen dürfen?« Sie wandte sich wieder an mich. »Wie ich gehört habe, liest du französische Dichter. Sehr romantisch. Aber weißt du auch, was für ein anstrengendes, ausschweifendes Leben diese Kerle geführt haben? Baudelaire zum Beispiel: nichts als Schulden, Alkohol, Frauen, Schmähungen und Syphilis. Und das alles wegen ein paar Versen. Glaubst du, das ist es wert?«, fragte sie zuckersüß.

Ich schwieg betreten.

»Nun, mein lieber Julius?«

»Sind Sie sicher, dass die Apfel-Birnen-Torte nicht anbrennt?«

»Ganz sicher«, sagte sie ungerührt.

»Wissen Sie, Frau Freienbach, das ist eine schwierige Frage.«

»Und warum?«

»Weil sie sich nur falsch beantworten lässt.«

Sie runzelte die Stirn.

»Wenn ich sage, dass es die Gedichte Baudelaires wert sind, sage ich im Grunde: Es ist in Ordnung, dass er seiner Arbeit und der Kunst zuliebe ein elendes Leben geführt hat. Und dann befürchten Sie bestimmt das Schlimmste für die Zukunft ihrer Tochter, was ich gut verstehen kann. Und wenn ich sage, dass ein geordnetes, langweiliges Leben zwischen Waschpulver, Weizenmehl und Silberputzmittel dem Glück und der Erhabenheit, die Kunst und Schönheit schenken können, bei Weitem vorzuziehen ist, befürchtet Ihre Tochter das Schlimmste für ihre Zukunft. Ich ... gebe Ihnen gern Gelegenheit, die Frage neu zu formulieren.«

Sie schwieg. Und musste laut lachen. Kurz sah sie zu Elfriede hinüber und nickte.

An jenem Nachmittag saß ich im Wirtshaus. Während Elfriede um die Tische tänzelte und Burkhard Maier freudlos Gläser polierte, las ich Zeitung und Gedichte. So wurde es mir nicht langweilig. Erst saß ich in der Nähe älterer Herren mit dünnen Schnurrbärten und dicken Zigarren, die über die Weltpolitik und gute Weinjahre schwadronierten. Dann neben ein paar Landarbeitern mit wettergegerbten Gesichtern und schlechten Zähnen, die über ordinäre Witze lachten.

Ich erfand Geschichten. Vor allem über Menschen, die versuchen, ihre Einsamkeit in Bier und Wermut zu ertränken. Oder in Beerenlikör wie die Witwe Callenbach. Niemand konnte sich noch an ihren Mann erinnern, bis auf die Tatsache, dass er Callenbach geheißen hatte, natürlich. Bestimmt hatte sie ihn selbst auch schon längst vergessen. Sie war weit über siebzig, klein von Statur und hatte eine Haut wie knittriges Pergament. Aber mit Altweibergejammer über Zipperlein und mangelnden Anstand brauchte man ihr nicht zu kommen. Sie konnte fluchen wie ein Bierkutscher, vor allem wenn sie zu tief ins Glas geschaut hatte.

Nach ihrem Ausrutscher auf dem Friedhof hatte sich die Witwe einigermaßen zusammengerissen. Dafür war sie deutlich freigiebiger geworden. Ihr Geld trug sie am Busen, den sie als »Panzerschrank« bezeichnete. Wenn sie wieder einmal eine Runde springen ließ, warf sie die Scheine in die Luft und schrie durchs ganze Wirtshaus: »Nobel geht die Welt zugrunde!« Was von den Anwesenden mit zustimmendem Grölen begrüßt wurde. Ich malte mir aus, dass die Witwe Callenbach adliger Herkunft war: die in Ungnade gefallene Tochter eines steinreichen Eisenbahnmagnaten irgendwo in der Nähe von München. Von ihrer Familie bekam sie immer noch eine kleine monatliche Apanage, unter der Bedingung, dass sie sich von ihr fernhielt.

Ein Fuhrwerk hielt vor dem Wirtshaus. Sally, der Getränkelieferant, ein mürrischer Kerl mit dem Körper eines Ringers, der mit vollen Bierfässern und Weinkisten jonglierte, als wögen sie nichts, stieg von dem Gefährt hinunter. Der Wirt schaute schon zu mir herüber. Er hatte einen Hexenschuss. Meine häufige Anwesenheit im Wirtshaus duldete er, solange ich ein Glas Wein bestellte oder ihm ab und zu zur Hand ging. Ich half Sally, die Ladung in den Keller zu schleppen beziehungsweise zu rollen.

Zehn Minuten später stand ich schwitzend und keuchend vor dem Weinregal. Durch das Kellerfenster hörte ich Sallys Wagen anfahren. Da kam auch schon Elfriede. Sie eilte die Kellertreppe herunter, fiel mir um den Hals und küsste mich. Mit der Zungenspitze leckte sie mir über die Oberlippe. Das kitzelte und erregte mich. Ich zog sie an mich. Sie lachte lautlos und legte die Hand auf meine Hose.

»Himmel Herrgott, was ist denn hier los!«

Burkhardt Maier war die Kellertreppe zur Hälfte herabgestiegen und funkelte uns wütend an. »Elfriede! In den Gastraum! Jetzt, sofort!«

Es war kurz vor vier. Höchste Zeit, meinem Vater zu helfen.

Ich hatte etwas liegen lassen. Einen geliehenen Band von Georg Trakl, einem meiner Lieblingsdichter. Es war schon spät, das Wirtshaus war geschlossen. Ich stand vor dem Fenster, während Elfriede einen Tisch abwischte. Sie sah mich nicht. Genauso wenig wie Burkhard Maier. Er trat hinter sie, fasste ihr auf einmal mit beiden Händen an die Brust und begann, ihren Nacken zu küssen. Elfriede schrie auf und versuchte sich umzudrehen, aber er hielt sie fest, leckte ihr mit einer Geilheit und Bestimmtheit über die Wange, die mich schockierten. Doch ich rührte mich nicht, als ob ich mir das hier alles nur einbildete. Er packte ihren Kopf und küsste sie auf den Mund. Sie biss ihn in die Lippe. Er brüllte, und Elfriede riss sich los, rannte nach oben. Maier blieb stehen und betastete vorsichtig seinen Mund. Blut rann ihm übers Kinn. Er *lachte.*

»Er lachte«, wiederholte der Schmetterlingspriester unbewegt.

Ich nickte nur. Bis zu jenem Abend war mir nie etwas Anstößiges an Maiers Verhalten gegenüber seiner Stieftochter aufgefallen. War es das erste Mal, dass er sich an ihr vergriff? Oder gab es eine Vorgeschichte?

Tausend Mal hatte ich mich das gefragt, und tausend Mal war es mir eiskalt den Rücken runtergelaufen bei der Vorstellung, was möglicherweise schon geschehen war.

»Hast du den Kerl angezeigt?«, fragte der Priester.

»Nein, Hochwürden. Nicht einmal mit Elfriede habe ich darüber gesprochen. An dem Abend ist schließlich nicht mehr passiert. Ich war verwirrt. In einem Brief meiner Mutter stand, dass

Maier noch im selben Jahr fortgezogen ist. Elfriede und ihre Mutter leben jetzt wieder allein, und darüber bin ich froh.«

Jemand klopfte. In der Tür stand ein wettergegerbter Mann im fahlschwarzen Anzug. Er zögerte und beäugte mich misstrauisch – offensichtlich hatte er nicht mit einem Besucher beim Priester gerechnet. In seiner Hand hielt er einen Schlehdornzweig.

»Ich störe doch hoffentlich nicht?«, fragte er mit leiser, aber schneidender Stimme.

Der Priester lächelte. »Nein, Lucius, komm ruhig rein. Darf ich dir unseren deutschen Freund Julius vorstellen?«

Ich gab ihm die Hand. Ausdruckslos sah er mich an. Er roch nach Lehm, ein Duft, den ich nur allzu gut kannte.

Am Zweig klebte eine Schmetterlingspuppe. Der Priester musterte sie aufmerksam. »Die ist schön, Lucius, wunderschön! Hast du sie im Garten gefunden?«

»Ja, genau dort.«

»Gibt es hier einen Garten?«, fragte ich.

»Mit ›Garten‹ meinen wir den Friedhof«, sagte der Priester. »Das letzte bisschen Grün im Dorf. Die Keimzelle neuen Lebens, zumindest wenn es nach mir geht. Und das alles dank Lucius' aufopfernder Pflege.«

Unter dem Fenster stand ein großes Glas. Behutsam legte der Priester den Zweig mit der Puppe hinein und bedeckte die Öffnung mit einem weißen Taschentuch. »Für mich ist der Schmetterling ein Symbol der Unsterblichkeit: Die Raupe steht für das irdische Leben, die Puppe für die Grabesruhe und der Schmetterling für die Auferstehung. Für das ewige Leben. Schau nur, Junge, fast ist es so weit: Die Puppe ist aufgeplatzt, die Farben der Flügel schimmern schon hindurch. In wenigen Stunden erwarte ich die Geburt eines schönen *Iphiclides podalirius,* eines Segelfalters.«

teil 2
initiation

Franz-Josef Reichenbach trat herein. Leise schloss er die Tür hinter sich, aber die Ladenglocke klingelte immer, egal wie behutsam man sie zumachte.

Mobilmachung. Es gibt Krieg.

Der alte Apotheker klang gefasst, aber bedrückt. Auch die Drohung, die in seiner Stimme lag, entging mir nicht – so als verkündete er das Ende aller Zeiten. Endlich! Ich spürte ein Kribbeln: Das größte Abenteuer meines Lebens, ja meiner Generation, kündigte sich an.

Mein Vater stand hinter der Ladentheke, wog Mehl ab und schwieg. Frau Elsa Minoli, eine stämmige Putzfrau mit Schnurrbart machte ein besorgtes Gesicht. »O je, was soll jetzt nur werden! Was die da oben alles so aushecken?«

Mein Vater nickte. »Das haben Sie schön gesagt, Frau Minoli.«

Emil Betzinger steckte den Kopf herein. »Hermann! Hast du schon gehört? Endlich ist es so weit. Es lebe Deutschland! Höchste Zeit, dass wir den arroganten Franzosen mal wieder eine Lektion erteilen!«

Mein Vater lächelte. »Höchste Zeit, Emil, höchste Zeit.«

Der Metzger ballte die Faust und setzte seinen Weg fort.

»Das ist ein schwarzer Tag«, murmelte Reichenbach mehr zu sich selbst. »Ein rabenschwarzer Tag.«

Mein Vater seufzte. »Ein Tag, den wir nicht so bald vergessen werden.«

Überglücklich rannte ich die Treppe hinauf. Meine Mutter stand am offenen Fenster. Sie war traurig und presste die Lippen zusammen.

Ich umarmte sie. Gemeinsam schauten wir hinaus.

»Noch vor Weihnachten bin ich wieder zu Hause, Mutter.« Tränen stiegen ihr in die Augen.

Gegenüber hisste Irmtraut Haussmann die Flagge des deutschen Kaiserreichs – eine uralte Frau mit weißgrauem Haar, die angeblich an dem Tag zur Welt gekommen war, als Napoleon bei Waterloo vernichtend geschlagen wurde. Anschließend winkte sie den Männern unter ihr übermütig zu, als wäre der Krieg schon gewonnen.

Mein Vater kam nach oben, sichtlich bedrückt.

»Was soll jetzt werden?«, murrte er. »Bald werden uns die Lebensmittel ausgehen, sodass wir ohne Zucker, Mehl und Kaffee dastehen. Was soll ich meinen Kunden dann bloß sagen?«

Wir setzten uns zu Tisch. Während draußen gejubelt wurde, murmelte meine Mutter ein Dankgebet. Das ganze Dorf war auf den Beinen. Zwei Männer sangen *Die Wacht am Rhein* – falsch und viel zu laut.

»Amen.« Meine Mutter schlug die Augen auf. Dann erhob sie sich und schloss energisch das Fenster.

Schweigend fingen wir an zu essen. Das Klappern des Bestecks, das Geräusch, wenn eine Gabel über den Teller schrammte, war überlaut.

»Schmeckt es, Hermann?«, fragte meine Mutter.

Mein Vater ignorierte die Frage.

Ich stand auf und öffnete erneut das Fenster.

Die Nachricht überflutete das Dorf und wogte durch die Straßen. Ich wollte zu meinen Freunden, aber zuallererst zu Elfriede. Alle Männer strömten ins Wirtshaus, sodass ich mich nur mit Mühe hineinquetschen konnte. In dem Gedränge kam Elfriede mit ihrem Tablett kaum noch vorwärts. Nach einigem Schieben und Zerren stand ich ihr endlich gegenüber. Sie war müde, und ihr Gesicht glühte. Ihre Haare waren zu einem winzigen Knoten gebunden. Ohne zu zögern, schlang sie mir die Arme um den Hals und schmiegte sich an mich. Sie drückte mir einen Kuss auf die Lippen. Ich schmeckte, dass sie Wein getrunken hatte. Die Männer um uns herum johlten und klatschten. Elfriede lachte verlegen, schluckte und sah mich ernst an.

»Ziehst du auch in den Krieg?«

»Ja.«

Sie nickte. »Ich muss hier weitermachen, bis nachher.«

Ich zwängte mich wieder hinaus. Auf dem Weg zum Dorfplatz kamen mir zwei Patrioten entgegen, die versuchten, sich gegenseitig Mut zuzusprechen. »Es lebe Deutschland, mein Freund!«, lispelte der eine. »Es lebe der Kaiser!« Sie strahlten. Vier, fünf Jungs rannten vorbei. Für sie hatte der Krieg bereits begonnen, von Zweigen befreite Äste dienten ihnen als Gewehre. Einer von ihnen wurde getroffen und gab auf dem Straßenpflaster den sterbenden Schwan. *Hilfe, mein Leben geht tot!* Der Platz war voll. Männer umarmten und küssten sich wie Brüder. Rasch entdeckte ich Theo in der wogenden Menge. Er kehrte mir den Rücken zu. Mit hochgekrempelten Ärmeln hob er die Faust und rief etwas Unverständliches. So leidenschaftlich und begeistert hatte ich ihn noch nie erlebt! Sein Vater war gerade eben wieder bei der Ziegelei eingestellt worden, was eine enorme Erleichterung für die Familie Baumann bedeutete. Neben Theo stand Claus. Ich ging zu meinen Freunden und legte ihnen die Arme um die Schultern. Hier standen wir also zu dritt auf dem Dorfplatz, verbrüdert in dem Wissen, dass von nun an alles anders würde – endlich! Nur Erich fehlte.

Ein kleiner gedrungener Glatzkopf kletterte mühsam auf eine Mauer. Er trug einen billigen schwarzen Anzug, der ihm mindestens zwei Nummern zu klein war. Mit erhobenen Armen und geschlossenen Augen ermahnte er das Volk zur Ruhe. Es wurde still. Ein letztes Brüllen, ein letzter Schrei, gefolgt von einem bösen *Psssst*. Jetzt fehlte nur noch eine Rede. Und das hier war der Redner.

Ich hatte diesen Mann nie zuvor gesehen. Vermutlich zog er von Dorf zu Dorf, um Soldaten anzuwerben. Seine Stimme klang martialisch, und die Begriffe, die er uns einzuhämmern unternahm, lauteten: Ehre. Pflicht. Treue. Für uns Jungen und junge Männer sei der Krieg *die* Gelegenheit, unseren Charakter im Feuerhagel zu stählen. Mit einem Sieg würden wir helfen, eine ganz neue Zeit einzuläuten, in der Stärke, Entschlossenheit, Mut und Opferbereitschaft dem Land neuen Schwung geben würden. Seine Augen glänzten, während er so sprach.

In diesem Moment entdeckte ich Erich. Die magere, leicht gebeugte Gestalt erkannte ich sofort. Er war mit Lea gekommen. Sie gab ihm einen flüchtigen Kuss auf die Wange und verschwand in der Menge. Ich rief seinen Namen.

»Ist das nicht toll, Erich?«, sagte Theo.

»Lea macht sich Sorgen.«

»Frauen machen sich ständig Sorgen«, spottete Claus.

Zwischen den wehenden Flaggen des Kaiserreichs tauchte auf einmal eine rote Flagge auf. Ich erkannte Johann Rau, den

Sozialisten und Vorsitzenden des Gewerkschaftsbunds für Fabrik- und Landarbeiter. »Krieg dem Kriege!«, rief er.

Neben ihm stand Heinrich Braun. Wenn eine rote Flagge gehisst wurde, durfte Erichs Vater nicht fehlen. »Lasst euch vom Großbürgertum nicht an der Nase herumführen!«, rief er. »Das ist nicht euer Krieg!«

»Verweigert den Kriegsdienst!«, schrie ein anderer. »Das ist eine Menschenpflicht!«

Auf dem Platz entstand Tumult. Wir wechselten erstaunte Blicke. Nie wäre uns Jungen in den Sinn gekommen, dass man auch gegen diesen Krieg sein konnte.

Einige Sozialisten stimmten die Internationale an. Um uns herum wurde gemurrt und gepfiffen. Ein paar Männer übertönten das Kampflied.

Feiglinge!

Die Roten machen sich in die Hosen.

Zieht Leine! Deutschland über alles!

In dem Gewusel gerieten die roten Kampfgefährten allmählich in Bedrängnis. Auf einmal bekam Rau Schläge ab, wegen der vielen Menschen konnte man nicht sehen, von wem. Die Roten, auch Heinrich Braun, wurden von allen Seiten getreten und verprügelt. Mit Müh und Not konnten sie das Weite suchen. Jetzt wurde voller Inbrunst das Deutschlandlied gesungen.

Da stand er nun, der alte Braun, am Rande des Platzes. Seine Nase blutete, und sein Hemd war zerrissen. Vorsichtig betupfte er sein Gesicht mit einem Taschentuch. Er war von seinen Gefährten umringt. Sie schienen sich geschlagen zu geben.

»Prima!«, sagte ich. »Jetzt hat der alte Braun selbst mal eine tüchtige Tracht Prügel bekommen.« Ich sah Erich an. »Du hörst doch nicht etwa auf deinen Vater? Du wirst dich doch melden?«

Erich schwieg.

Kurz nach elf Uhr abends beschloss ich, nach Hause zu gehen. Im Wirtshaus war es bereits dunkel – Elfriede war vermutlich früh schlafen gegangen. Hie und da waren noch vereinzelt Schreie zu vernehmen, ansonsten war im Dorf bereits Ruhe eingekehrt.

Endlich war ich allein und konnte durch die Straßen tanzen, einfach nur tanzen, schreien und singen. Für viele ist der erste Schrei nach der Geburt, der ankündigt, dass man lebt, auch zugleich der letzte. Ich hingegen wollte mich beweisen. Endlich konnte ich meinem langweiligen Leben und der dörflichen Enge entfliehen.

Gleich am nächsten Tag gingen Theo, Claus und ich zu Erich. Die Tür war offen. Seine Mutter stand im Flur, ohne Lappen. Der lag über dem Rand eines Zinkeimers. Der Ziegelboden glänzte.

»Erich ist auf seinem Zimmer«, sagte sie. »Was habt ihr vor? Ihr werdet doch nicht in diesen verrückten Krieg ziehen?«

»Wir handeln nach bestem Wissen und Gewissen, Frau Braun«, sagte Claus diplomatisch.

»Na, wenn du meinst, Herr Neunmalklug ... Kommt ruhig rein. Aber schön die Schuhe abstreifen!«

Vater Braun und Erichs jüngerer Bruder Alfred waren im Garten und zimmerten einen neuen Zaun. Wir polterten durch den Flur, bis wir Leas Stimme aus dem Hinterzimmer hörten. Die Tür stand einen Spalt offen. Claus hob die Hand, Theo und ich blieben stehen. Er legte den Zeigefinger auf die Lippen, und wir lauschten.

»Dein Vater ist auch dagegen, Erich«, sagte Lea leise, aber bestimmt. »Es ist nicht unser Krieg, sagt er. Hör bitte auf ihn!«

»Die Jungs gehen auch.«

»Die Jungs, die Jungs! Sind sie dir etwa wichtiger als ich?«

Erich murmelte etwas Unverständliches.

»Schau mich an, Erich. Schau mich an!«

»Lea ...«

»Es ist noch kein halbes Jahr her, dass mein Vater einen Schlaganfall hatte, und das weißt du genau. Ständig dieses Hoffen und Bangen. So etwas verkrafte ich nicht noch mal.«

Heinrich Braun öffnete die Hintertür. Claus erschrak und drückte rasch die Tür auf. Erich und Lea saßen aneinandergeschmiegt auf dem Sofa. Lea strich ihm über die Wange.

Braun trat hinter uns. »Erich, es fängt gleich an zu regnen. Alfred und ich gehen zur Ziegelei, dort steht noch alles draußen. Du musst uns helfen. Theo, dein Vater ist auf der Schürebene, am besten du kommst auch mit.«

Insgeheim musste ich lachen. Meine Freunde hassten diese Arbeit. Dass die Ziegelrohlinge mit Schilfmatten und Jutesäcken abgedeckt werden mussten, ging ja noch. Aber wegen der Hitze wimmelten die Dinger nur so von Flöhen, die höllischen Juckreiz verursachten.

Claus stupste mich an. »Komm Julius, wir helfen.«

Als die Sonne unterging, hörten wir aus der Ferne das Grummeln und Donnern. Und als wir durchs Fabriktor liefen, fielen die ersten Regentropfen. Zu sechst rannten wir zum Lagerplatz unweit des Trockenschuppens. Einige Lehm- und Kohlenträger waren schon dabei, Ziegelstapel mit Schilfmatten abzudecken. Ich packte ein paar Jutesäcke für die Seiten und spürte, wie mir die Flöhe in die Kleider sprangen. Zum Glück war die Arbeit schnell erledigt.

Regen peitschte über das Land. Tropfnass standen wir unter der Dachtraufe des Trockenschuppens. Theos Vater war auf der Schürebene geblieben – ich hatte ihn bislang nicht zu Gesicht bekommen. Heinrich Braun lud uns auf ein Glas Bier in die Werkskantine ein. Das ließen wir uns nicht zweimal sagen. Erich musste auf die Toilette.

Wolf, der Kohlenträger, kam herein. Sein durchnässtes Hemd klebte ihm am Leib. »Habt ihr schon gehört?«, sagte er. »Es soll ein spezielles Fabriksbataillon geben. Ich werde auf jeden Fall mit von der Partie sein.«

»Hat dir das deine Mutter überhaupt erlaubt?«, fragte Heinrich Braun sarkastisch und stellte Krüge und Gläser auf den Tisch.

»Das hat sie nicht zu entscheiden«, brummte Wolf. »Da wird richtig gekämpft, und da will ich unbedingt dabei sein. Höchste Zeit, dass den Franzosen das Maul gestopft wird!«

»Werdet ihr euch melden?«, fragte Heinrich Braun verdrossen.

Claus nahm einen Schluck Bier, und Theo starrte aus dem Fenster.

»Es ist unsere Pflicht«, sagte ich schließlich.

»Hörst du das, Heinrich?«, rief Wolf triumphierend. »Es ist deine Pflicht!«

Braun schnitt eine Grimasse. »Verpflichtet ist man seinen Eltern gegenüber. Seinem Mädel. Dem Dorf. Aber nicht den hohen Herren in Berlin, die mit den Kapitalisten unter einer Decke stecken. Ein Fabriksbataillon, was bilden die sich ein! Wir Arbeiter führen unseren eigenen Kampf.«

Er schwieg.

Wir auch.

Ich stand auf und bedeutete Claus und Theo mitzukommen. Wir verließen den Raum. Es hatte aufgehört zu regnen – das Unwetter war heftig, aber kurz gewesen. Aus dem Trockenschuppen kamen mehrere Fabrikarbeiter. Sie lachten. Als sie uns sahen, verstummten sie.

»Seid ihr auch rote Feiglinge?«, fragte einer, den ich vom Sehen kannte. Vor allem seine Nase war auffällig, da sie weitergewachsen war, als der Rest seines Körpers längst damit aufgehört hatte. Sie war so lang, dass sein Gesicht die reinste Zirkusattraktion war.

Ob wir Feiglinge waren?

»Wer keine Schmerzen ertragen kann, muss eben mit Juckreiz vorliebnehmen«, schickte der Typ mit dem Riesenzinken hinterher. »So wie euer Sozialistenfreund.«

Seine Kumpane grölten.

Wir rannten zum Trockenschuppen. Dort fanden wir Erich, der an einen Pfosten gefesselt worden war. Er hatte einen Baumwollknebel im Mund. Sein nackter Körper war mit übrig gebliebenen, groben Jutesäcken bedeckt. Er weinte.

Claus nahm ihm den Knebel aus dem Mund und warf die Jutesäcke in eine Ecke. Ich löste das Seil um seine Handgelenke und Knöchel. Im Dunkeln stieß Erich einen von Wut, Schmerz und Scham erfüllten Schrei aus, um dann zu verstummen. Wir brachten ihn zum Fluss, damit er sich waschen konnte.

Dieser Krieg schien uns unvermeidlich. Ein grandioses Ereignis, über das mit Sicherheit noch viel gesprochen würde. Und wir durften dabei sein. Welch ein Privileg. Die Zeiten, wo wir bloß mit der Zwille auf Porzellanisolatoren an den Strommasten zielten, waren lang vorbei. Was kümmerten uns Bedenkenträger, die darauf hinwiesen, dass das deutsche Auswärtige Amt unmittelbar nach dem Attentat noch Österreich-Ungarn zu einer maßvollen Reaktion geraten hatte, bis Kaiser Wilhelm II. selbst mit seiner Äußerung »Mit den Serben muss aufgeräumt werden, und zwar bald!« alle auf Kriegskurs einschwor.

Wir wollten zum Schießen in den nahe gelegenen Wald gehen und irgendetwas töten. Einen Hirsch. Ein Schwein. Ein Kaninchen. Eine Ringeltaube. Erich war mit von der Partie, so was gefiel ihm durchaus. Claus sollte das Gewehr seines Vaters mitbringen. Herr Hesse war leidenschaftlicher Jäger gewesen, aber wegen seines kaputten Knies mussten seine Gefährten, wie er sie nannte, ohne ihn auskommen, darunter der Baron, der Apotheker, der Notar und ein Landjunker mit endlosem Adelstitel. Früher hatte Claus mitgedurft, um die Hunde im Zaum zu halten und die geschossenen Rebhühner, Fasane und Wildgänse nach Hause zu tragen. Ein paar Mal hatte er sogar schießen dürfen.

Um vier Uhr morgens trafen wir uns bei Schoellers Mühle. Es war noch dunkel. Erich war als Erster da. Seit wann, wusste ich nicht. Der Vorfall in der Ziegelei war ein Albtraum für ihn gewesen, den er verständlicherweise so schnell wie möglich vergessen wollte. Deshalb wurde darüber auch nicht mehr gesprochen. Claus und Theo trafen kurz nach mir ein. Claus nahm das

Gewehr von der Schulter. Wenn man ihm Glauben schenken durfte, war diese Jagdpartie die perfekte Vorbereitung auf den Krieg. Denn bald würden wir französische Schweine abknallen. Mit dem einzigen Unterschied, dass die zurückschießen konnten, aber darüber machten wir uns vorerst keine Gedanken.

Ich hatte noch nie geschossen, nicht einmal ein Gewehr in der Hand gehalten. Die Waffe, eine alte Winchester aus dem letzten Jahrhundert, roch nach Möbelwachs und Öl und wog schwerer als gedacht. Ich legte den Gewehrkolben an meine Schulter und schaute durchs Visier. Ich verfolgte ein imaginäres Ziel und tat so, als würde ich abdrücken. Theo nahm mir das Gewehr ab und spähte in den Lauf, als wollte er nachschauen, ob sich auch eine Kugel darin befand. Und Erich benutzte die Waffe als Spazierstock und posierte großspurig damit. Ob er das in Anwesenheit seines Vaters auch gemacht hätte?

Claus wollte nicht, dass sein alter Herr etwas von unserer Jagdpartie mitbekam. Deshalb hatte er bloß fünf Patronen mitgenommen, mit denen er nacheinander das Kastenmagazin füllte, so wie er es sich von seinem Vater abgeschaut hatte. Indem er den Hebel vor und zurück bewegte, lud er die Waffe. Jeder von uns durfte einmal schießen, Claus zweimal.

Am Waldrand war es nahezu still. Ich hörte den Wind in den Bäumen. Manchmal knackte ein Zweig unter unseren Schuhen. Im Gänsemarsch liefen wir zwischen den Bäumen hindurch, leise und mit gespitzten Ohren. Claus vorneweg, gefolgt vom sich duckenden Erich mit dem Gewehr im Anschlag. Dann kamen Theo und ich. Claus hob die Hand und blieb stehen. Wir lauschten. Theo räusperte sich, ansonsten war kein Ton zu hören. Wir liefen weiter.

»Ich bin bereit zu töten«, sagte Erich grinsend.

Mich störte seine großsprecherische Art. Was wollte er uns damit beweisen?

War ich in der Lage zu töten? Kaltblütig und ohne zu zögern? Als Kind hatte ich im Sommer mit einem Netz Fliegen gefangen, die ich dann in ein Spinnennetz lotste. Die Spinne reagierte sofort auf das Zittern der Fäden. Fasziniert sah ich zu, wie schnell sie ihre Beute lähmte und in ein Gefängnis aus Seide wickelte. Hatte ich Mitleid mit der Fliege gehabt? Ich konnte mich nicht daran erinnern. Aber bei einem Warmblüter war das bestimmt anders.

Auf einmal blieb Erich stehen. Er hob das Gewehr und drückte ab. Ein trockener, lauter Knall hallte im Grün wider. Wildes Flattern hoch oben in einem Baum. Dann wurde es wieder still.

»Ich hab was gesehen«, flüsterte er. »Da!« Er zeigte auf einen Strauch. Wir gingen darauf zu. Erich sah sich gründlich um, als hätte er etwas verloren. Er strich sich über die Schulter – der Rückstoß war heftiger gewesen, als er vermutet hatte.

»Ein astreiner Schuss!«, spottete ich. »Du hast einen Käfer umgelegt. Schon dein allererster Schuss war tödlich.«

»Ich hab wirklich was gesehen! Ehrenwort!«

»Was denn?«

»Einen Vogel.«

»Einen Vogel. Was für einen Vogel?«

»Oder ein Tier.«

»Sei bloß froh, dass Lea nicht dabei ist, Erich. Falls sie dir das Schießen überhaupt schon erlaubt.«

»Lass Lea aus dem Spiel!«

Theo übernahm das Gewehr. »Wir werden erzählen, dass du einen Vogel getroffen hast«, sagte er. »Höchstwahrscheinlich. Oder ein kleines Tier. Vielleicht ist sie ja in der Lage, das eine vom anderen zu unterscheiden.«

Wir setzten unseren Weg fort. Erich folgte uns schmollend.

Eigentlich hätten wir mit Speeren und Äxten losziehen müssen wie in der Urzeit. Vielleicht hätten wir dann instinktiv das Richtige getan, uns zum Beispiel gegen den Wind angepirscht.

Doch wir waren laut und schwerfällig. Vermutlich hatten uns die Tiere, die wir so gern ins Visier nehmen wollten, bereits eine Stunde im Voraus gehört, gesehen und gewittert. Sie nahmen uns einfach nicht ernst, trotz unseres Gewehrs. Wir konnten froh sein, dass nur der Mensch Sinn für Humor hat, ansonsten wären die Schweine, Dachse, Lerchen und Schwalben um uns herum in schrilles Gelächter ausgebrochen.

Aber mit den Franzosen, Engländern und Russen würden uns bald gleichwertige Gegner gegenüberstehen.

Ein Rascheln, zwanzig, dreißig Meter von uns entfernt. Ein Dachs? Theo legte an und schoss. Schnell lud er nach und legte erneut an.

Wir rannten dorthin, wo sich das Laub bewegt hatte. Nirgendwo eine Blutspur. Verärgert nahm Claus Theo das Gewehr ab. Erich lachte. »Ich glaube, du hast auch was getroffen, Theo: einen Farn.«

Es wurde langsam hell – frühes Morgenlicht drang durch die Bäume. Vögel kackten auf uns herunter. Wir erreichten den Waldrand, dann begann das offene Feld, über dem Nebel hing. Claus hockte sich auf die Fersen. »Wir können noch stundenlang so weiterlaufen«, sagte er. »Aber das ist nicht Sinn der Sache. Mein Vater sagt immer, dass ein Jäger den Wald hören muss. Er muss sich unsichtbar machen, regelrecht darin eintauchen wie in eine Badewanne. Man bleibt stumm und rührt sich nicht von der Stelle, damit das Wasser keine verräterischen Wellen schlägt.« Er sah uns an. »Ich glaube, wir sollten auf meinen alten Herrn hören. Wir bleiben hier.«

Damit begann das Warten.

Es war schneidend kalt, ich fror und bekam einen Wadenkrampf. Die Vögel verstummten – für uns ein Zeichen, dass uns der Wald langsam vergaß. Wir lagen jeweils auf der Seite. Theo starrte vor sich hin, Erich war eingenickt, und Claus kaute auf einem dünnen Zweig, die Winchester neben sich. Alle paar Minuten suchte er den Waldrand ab.

Auf einmal schoss ein Schatten über den Himmel, der flügelschlagend auf dem Feld landete. »Eine Eule«, flüsterte Claus. Wir hatten sie nur gesehen, nicht gehört. Das Einzige, was zu hören war, war das schrille Quietschen einer Maus. Konnten wir von einer sich nähernden Granate genauso überrascht werden? Die kündigte sich doch hoffentlich vorher an, kreischend oder heulend?

Wir warteten weiter. Eine Stunde, anderthalb Stunden. Die Hoffnung auf einen erfolgreichen Abschluss schwand zunehmend. Die Kälte schien direkt aus dem Boden aufzusteigen – inzwischen war ich ganz steif gefroren. Fürs Stillhalten waren wir nicht gemacht. Wir wollten uns bewegen, Lärm machen. Am liebsten hätte ich das Gewehr gepackt, wäre schreiend zwischen den Bäumen hindurchgerannt und hätte auf alles geschossen, was sich vor uns versteckte.

Und dann kam er. Mit einer Anmut, die mir den Atem raubte. Ein Rehbock. Am anderen Ende des Feldes zeigte er sich, mit sanften Augen und mit einem spitzen Geweih zwischen den Ohren. Er hob den Kopf und schnupperte. Der Wind stand günstig für uns.

Vorsichtig legte Claus den Gewehrkolben an die Schulter, spähte den Lauf entlang und krümmte den Finger um den Abzug. Glasklare Stille.

Peng!

Das Tier taumelte. Ging in die Knie. Und verschwand zwischen den Bäumen.

»Mist!«, sagte Claus.

»Wieso denn das?«, rief Erich. »Wir haben ihn!«

»Ich hab auf seine Brust gezielt, auf sein Herz. Aber wenn ich mich nicht täusche, habe ich seine Flanke getroffen. Das war kein sauberer Schuss, kein schöner Tod.«

Dort, wo der Rehbock gestanden hatte, fanden wir Blut. Lange brauchten wir der Schweißspur nicht zu folgen. Das Tier lag am Boden und atmete schwer. Es warf den Kopf hin und her und zappelte mit den Beinen. In Gedanken floh es, in der Wirklichkeit aber schaufelte es nur etwas Laub beiseite.

Wir standen betreten daneben. Claus lud nach. Würde er das Tier töten? Ich war der Einzige, der noch nicht geschossen hatte. Aber er wandte sich an Erich.

»Machst du es? Zeig uns, was du kannst! Wirst du dich melden, uns begleiten? Oder bleibst du bei deinem Liebchen? Los, raus mit der Sprache! Lässt du dich von einem *Frollein* gängeln?«

Erich schwieg.

»Es ist noch viel schlimmer«, mischte ich mich ein. »Er lässt sich von seinem Vater gängeln. Bist du jetzt auch Antimilitarist, Erich? Wann tust du endlich mal, was du willst? Wann beweist du endlich mal Mut, verdammt noch mal? ›Ich bin bereit zu töten‹, hast du gerade gesagt. Und jetzt?«

Eisige Stille.

»Jetzt nimm schon das Gewehr, verdammt! Oder verbietet dir dein Vater das auch? Müssen wir die Sache für dich zu Ende bringen? Bist du nun ein Mann oder nicht?«

Erich starrte auf das zuckende Tier, und seine Lippen zitterten.

Claus schüttelte nur den Kopf, zielte mit dem Lauf auf den Rehbockschädel und zögerte keine Sekunde.

Vor dem Meldebüro, das vorübergehend in einem Klassenzimmer der Knabenschule untergebracht war, hatte sich eine lange Menschenschlange gebildet. Wir reihten uns ein – Claus, Theo und ich. Erich hatte sich nicht mehr blicken lassen. Von dem Sonderbataillon der Ziegelei wollte Theo nach der Erniedrigung seines Freundes nichts mehr wissen. Inzwischen brannte Europa lichterloh: Die deutschen Truppen waren in Belgien einmarschiert, und jetzt hatte sich auch noch England gegen unser Land gewandt. Im Laden hatte Frau Döringer verschwörerisch geflüstert, dass es französische Spione in Deutschland gebe, die unseren Soldaten die Kehle durchschnitten.

Zehn Minuten später erschien Erich. Er sagte nichts, wirkte aber extrem angespannt. Claus legte unserem bekehrten Kameraden die Hand auf die Schulter und drehte sich zu den drei, vier Männern hinter uns um.

»Er ist auch mit dabei.«

Ein Rekrutierungsoffizier in strammer Uniform saß an einem Pult, über das man die Flagge des Kaiserreichs drapiert hatte. Geduldig tauchte er seinen Füller ins Tintenfass, notierte die persönlichen Daten der Rekruten, stempelte das Formular ab und ließ es unterschreiben, woraufhin es offiziell war.

Vor uns stand Schoeller. Für den 1870er-Krieg war er zu jung gewesen, doch schon damals hatte er den Franzosen heimleuchten wollen. Jetzt war er erst recht wild darauf.

»Sie sind zu alt«, sagte der Offizier ungerührt.

»Zu alt? Zu alt?« Aufgebracht zeigte Schoeller seine von Arbeit, Wind und Wetter gegerbten Hände vor. »Damit werde ich

doch wohl noch ein Gewehr halten können?« Er hob einen niko-
tingelben Zeigefinger. »Und hiermit kann ich den Abzug betäti-
gen, oder etwa nicht?«

Der Offizier schaute an ihm vorbei. »Der Nächste bitte.« Damit waren wir gemeint. Schnaubend verließ Schoeller den Raum.
Wir fühlten mit ihm.

Ich kleckste beim Unterschreiben, aber ein neues Formular
wurde nicht gebraucht. Ich hätte sogar dafür bezahlt, um zur
Armee gehen zu dürfen, und wir bekamen sogar noch Sold!
Es war einfach zu schön, um wahr zu sein. Am liebsten wären
wir sofort an die Front gezogen – aus Angst, den Sieg zu verpassen.

Wie aufgeregt und begeistert wir waren, als wir zum Dorfplatz
gingen – ganz anders als die alten Leute, die hier sonst immer
saßen mit ihren langweiligen Geschichten von früher, als angeblich alles besser gewesen war. Jetzt war unsere Zeit gekommen.
Darauf rauchten wir eine Zigarette.

»Wie viel Franzosen wirst du einen Kopf kürzer machen,
Claus?«, fragte Theo großsprecherisch und blies den Rauch über
unsere Köpfe hinweg.

»Hundert. Danach höre ich auf zu zählen. Ich will ein Maschinengewehr. *Rattatatatat!*«

»Und ich mach Fotos von dir. Als Armeefotograf.«

»Und du, Erich?«, fragte Claus.

Er zuckte nur mit den Schultern. Seit er sich mit uns in die
Warteschlange eingereiht hatte, hatte er kaum etwas gesagt. Jeder von uns wusste, dass er das größte Opfer brachte.

»Erich kommt zu den Sturmtruppen«, sagte ich. »Er wird
mit mehr Medaillen aus dem Krieg zurückkehren als wir alle
zusammen.«

Claus lachte spöttisch.

Ein Mädchen im kornblumenblauen Sommerkleid kam uns entgegen. Obwohl uns die Sonne blendete, erkannten wir sie sofort: Lea.

Wir schwiegen. Traurig sah sie Erich an und wies mit dem Kinn aufs Meldebüro, vor dem nach wie vor eine lange Schlange stand.

»Du gehst also doch?«, fragte sie ruhig.

»Ja.«

Sie schluckte. »Ich werde nicht auf dich warten, Erich. Das kann und will ich nicht. Ich kann nur hoffen, dass du wohlbehalten wiederkommst, und sei es nur deiner Mutter zuliebe. Und ich hoffe, dass du glücklich wirst. Viel Erfolg!«

Dann drehte sie sich um und entfernte sich.

Erich schwieg und starrte dumpf vor sich hin.

Claus gab ihm einen Stups. »Kopf hoch, Erich! Wir überleben das.«

Es begann bereits zu dämmern. Der Schmetterlingspriester entzündete mehrere dicke, im Zimmer verteilte Abteikerzen, die vermutlich von dem heruntergefallenen Kronleuchter in der Kirchenruine stammten. Mit den Händen auf dem Rücken schaute er zum Fenster hinaus. Auf den sich dunkel vom Himmel abhebenden Trümmerhaufen, zu dem sein Dorf geworden war. »Was hat der Anwerber auf dem Dorfplatz gleich wieder gesagt? Dass Krieg eine gute Gelegenheit für junge Männer ist, den Charakter zu stählen?«

»Im Feuerhagel, jawohl.«

Er drehte sich um. »Und als romantisch veranlagter junger Mann hast du ihm natürlich geglaubt.«

Auf einmal kam ich mir sehr naiv vor.

Er hüstelte. »Ich konnte nur staunen, mein lieber Julius, über die Begeisterung, mit der die jungen Kerle an die Front gezogen sind. Auch bei uns im Dorf. Ich habe sie vorbeimarschieren sehen, über den Marktplatz. Die Mütter haben ihnen Blumen in die Gewehrläufe gesteckt«

»Ich kann mir vorstellen, Hochwürden, dass Sie sich in Ihrem Alter nur schwer in junge Leute hineinversetzen können.«

»Wie bitte? Wie kommst du denn darauf?«

»Ich möchte Sie nicht beleidigen, aber das Bedürfnis, sich von anderen abzuheben, ein Abenteuer zu erleben, zu kämpfen, dürfte Ihnen völlig abgehen.«

»Von wegen! Aber das heißt noch lange nicht, dass ich mich bereitwillig abschlachten lasse – in einem Krieg, bei dem es um nichts geht!«

Ich schwieg.

»Ich bin Boxer gewesen, mein Junge. *Un pugiliste.* In deinem Alter war ich deutscher Jugendmeister: ›Löwe von Lothringen‹ haben sie mich genannt. Ich war schnell, technisch brillant und hatte eine ziemlich gefürchtete Linke. Das war natürlich vor dem Priesterseminar, bevor ich mein Leben Gott geweiht habe. Erzähl mir also nichts von jugendlichem Geltungsdrang! Nur dass ich keinen Krieg dazu gebraucht habe.«

Ich hatte keine Lust, mit ihm darüber zu diskutieren. Die traurigen Erinnerungen an die ersten Augusttage 1914 machten mich in erster Linie müde, wahnsinnig müde. Das war auch dem Priester nicht entgangen.

»Ich bleibe noch eine Weile hier. Aber ich zeige dir das Gästezimmer. Und morgen reden wir weiter.«

Ich hörte ein Wiehern und schrak hoch. Träumte ich oder wachte ich? Draußen war es schon hell. Ich lag in einem Holzbett auf einer weichen Matratze. Unter sauberen Decken – vergleichsweise sauberen Decken, denn überall war Staub, Ruß und Schutt. Aber für einen Soldaten aus dem Schützengraben war das ein Luxus, der normalerweise nur Generälen vorbehalten war.

Ich hatte lang und fest geschlafen.

Ein neuer Tag, wider Erwarten.

Ich hatte eine Verlängerung bekommen, so fühlte es sich zumindest an. Ich hatte die Grenze zwischen Leben und Tod bereits überschritten, war über Angst, Erschöpfung und Schuld hinaus gewesen. Halt an, liebe Welt, ich will aussteigen! Dieser Gedanke war mir in den letzten Monaten des Öfteren gekommen.

Ich setzte mich auf die Bettkante und fuhr mir übers Gesicht. Aus meinem Tornister ragte ein Geschichtsbuch über das Römische Reich, eingewickelt in braunes Lebensmittelpapier. Wie lang trug ich das jetzt schon mit mir herum? Fast einen ganzen Monat. Wirklich schlau von Lea, eine Vertiefung in den Buchblock zu schneiden und Erichs Tagebuchaufzeichnungen darin zu verstecken. Der Militärzensur war nichts aufgefallen. Ich musste Erichs Notizen unbedingt lesen. Aber nicht jetzt.

Ich hörte Kanonendonner, das Haus zitterte. War die Front näher gerückt? Welche strategische Bedeutung besaß dieses Dorf?

Ich zog mich an und polterte die Treppe hinunter. Durchs Fenster sah ich ein ausgespanntes Pferd neben einem Wagen mit großen Speichenrädern, Holzbrettern und Balken.

Im Wohnzimmer saß der Priester breitbeinig am Tisch, nach wie vor im verschossenen Nachthemd, das Haar ungekämmt. Gegenüber von ihm hatte der Totengräber Platz genommen, der noch denselben schwarzen Anzug trug wie am Vortag. Die beiden Männer spielten Schach. Offensichtlich fehlten einige Spielsteine, denn auf dem Schachbrett ersetzten ein paar kleine Marienfiguren die Bauern. Einige waren mit Holzkohle geschwärzt.

»Julius!«, rief der Priester. »Du hast wirklich ewig geschlafen, mein Junge. In der Küche steht Kaffee – Lucius hat heute Morgen frisches Wasser und Brot mitgebracht.«

Der Totengräber schien nichts davon mitzubekommen. Mit verschränkten Armen hatte er sich so weit vorgebeugt, dass es aussah, als wollte er sich selbst zu den Figuren stellen, um Tabula rasa zu machen. Er griff nach einem Springer und zögerte. Der Priester sah entsetzt zu.

»Lucius, nein!« Er lehnte sich zurück und schüttelte ungläubig den Kopf. »Das wird dich einen Turm kosten!«

»Nein …«

»Schau! Schau doch nur!« Mit ein paar schnell ausgeführten Zügen bewies ihm der Priester seinen Irrtum.

»Na gut, na gut«, sagte Lucius kleinlaut. »Ich ziehe ihn schon zurück.«

»Ich bitte darum!«

Lucius schob eine weiße Maria nach vorn.

Jetzt war es der Priester, der sich über das Schachbrett beugte. »Das ist schon besser. Viel besser. Spielst du auch Schach, Julius?«

»Eher weniger, Hochwürden.«

»Schach ist ein Gleichnis für das Leben: Die weißen und schwarzen Felder sind wie Tag und Nacht, und auf dem Schachbrett entscheidet sich das Schicksal der Figuren. Die Spieler sind die Götter, die über Opfer, Dauerschach und Pattsituationen entscheiden. Und wenn das Spiel zu Ende ist, wandert eine Figur nach der anderen in die Kiste.« Triumphierend sah er mich an.

Ich lächelte.

Ich brauchte jetzt dringend einen Kaffee und ging in die Küche. Auf der Anrichte standen ein paar Weinflaschen mit klarem Wasser, dort lagen auch vier Baguettes. Auf einmal sprang ein Kater auf die Anrichte, der genauso kohlenschwarz war wie sein Herrchen. Er schnupperte an einer geöffneten Dose Corned Beef und leckte daran. Schon immer hatte ich Katzen, ihre Unabhängigkeit und ihren Raubtierinstinkt, gemocht.

»Julius! Komm, los schnell!«

Im Wohnzimmer kauerte der Priester vor dem Einmachglas. Der Schmetterling verließ die Puppe, und zwar erstaunlich schnell: In nicht einmal fünf Sekunden hatte er sich von seiner Hülle befreit. »Ich finde dieses Schauspiel immer wieder überwältigend«, sagte der Gottesdiener leise.

Der Segelfalter stand Kopf. »Gleich wird er die Flügel entfalten, indem er Körperflüssigkeit in ihre Adern pumpt«, verkündete er. »Großartig! Im April habe ich die ersten Zitronenfalter gesehen, die ich als meine Freunde betrachte. Jedes Jahr bin ich aufs Neue entzückt, wenn ich sie sehe, denn dann beginnt für mich der Frühling. Sogar in diesen finsteren Zeiten.«

.

Die morgendliche Kühle ließ bereits nach. Es versprach ein heißer Junitag zu werden, mit einer frischen, leichten Brise. Ich roch den süßlichen Verwesungsgestank von Kadavern und menschlichen Überresten, die zweifellos noch unter den Trümmerhaufen begraben waren. Meine Gedanken eilten zurück an die Front. Zu der nach einem heftigen Regenguss fortgespülten Erde, die Hände, Füße und Gesichter verschütteter Leichen wieder freigab. Ein Anblick, an den man sich seltsamerweise gewöhnte, im Unterschied zu dem Gestank.

Ob es Totengräbern ähnlich ging? Lucius brach jetzt auf, um ein Grab zu räumen. Es hatte Claudine Irene Chantilly gehört, die vom 24. Dezember 1791 bis zum 19. Februar 1835 gelebt hatte. Ein Christkind. All die Jahre hatte sie das Fleckchen Erde für sich allein gehabt, doch jetzt musste sie einer jüngeren Toten weichen. Lucius begann, die Erde um die Grabplatte herum fortzuschaufeln.

Der Priester trat in einer makellosen Soutane mit Kollar heraus. Er trug eine Lederumhängetasche. »Ich mache jeden Morgen einen Spaziergang durchs Dorf«, sagte er munter. »Um gelenkig zu bleiben. Da mir jetzt niemand mehr begegnet, komme ich inzwischen deutlich früher nach Hause. Sobald wir zurückgekehrt sind, höre ich mir gern den Rest deiner Geschichte an. Wo ist Beethoven?«

Vor der zerstörten Kirchenaußenmauer saß der Kater und leckte sich ebenso sorgfältig wie energisch das Fell.

»Ich führe ihn immer aus. Oder er mich.«

»Beethoven?«

»Mozart ist leider gestorben. Er trieb sich in der Kirche herum, als das Dach einstürzte. Bei dem Versuch, ihn zu retten, ist mir ein Balken aufs Bein gefallen. Deshalb brauche ich inzwischen zehn Minuten für hundert Meter.«

»Waren Sie während der Häuserkämpfe im Dorf?«

Er nickte. »Zu diesem Zeitpunkt waren die meisten Einwohner bereits geflohen. Ehrlich gesagt, habe ich oft gedacht, das ist das Ende. Ich saß in meinem Sessel und habe mir die Ohren zugehalten. Alles hat gewackelt, ein ohrenbetäubender Lärm. Die Glasvitrinen mit meinen Schmetterlingen hatte ich bereits abgehängt. Aber ich bin immer noch am Leben. Anscheinend hat Gott andere Pläne mit mir.«

Er zog zwei Zigarren aus der Tasche und hielt sich eine davon mit einem entrückten Lächeln unter die Nase. »Die hat mir ein preußischer Offizier geschenkt. Ein Kavalier der alten Schule, anders kann man ihn wirklich nicht nennen.« Die andere Zigarre gab er mir. »Die rauchen wir jetzt, mein Junge. Um zu feiern, dass du immer noch unter uns weilst. Aber vor allem, um den Gestank besser zu ertragen.«

Wir marschierten los. Ich hatte keine Ahnung, wohin, aber der Priester schien den Weg zu kennen.

»Wer hat gewonnen?«, fragte ich.

»Wir haben die Partie unterbrochen. Lucius ist ein wenig im Vorteil, aber wir sind ungefähr gleich gut. Es geht uns nicht ums Gewinnen. Ein schlechter Zug beleidigt die Schönheit dieses Spiels, zumindest aus unserer Sicht.«

»Haben Sie als Boxer auch die Schönheit des Kampfes wahrgenommen?«

Er zögerte. »Mann gegen Mann, mit bloßen Fäusten ... Das kann edel sein. Es geht darum, die Oberhand zu gewinnen, so habe ich es zumindest in meinem früheren Leben empfunden.

Mein Trainer hat gesagt, es habe etwas mit Instinkt zu tun, mit unserem Überlebenstrieb. Das mag primitiv sein, aber – als ich mit dem Boxen aufhörte, habe ich mich nur noch nach Ruhe gesehnt. Und die habe ich im Glauben gefunden. In Schmetterlingen.«

»Sehen Sie auch die Schönheit des Krieges?«

Er musste lachen. »Der preußische Offizier hat mir erzählt, dass der Krieg so etwas wie eine Verdi-Oper für ihn sei: überall Drama und Pathos, die Bässe der Haubitzen, die Baritone der Schützengrabenmörser, die Falsette der leichten Feldartillerie. So habe ich das vorher noch nie gesehen. Schönheit hat viele Gesichter. Weißt du, Julius, es ist ein Irrtum zu glauben, dass der Mensch gut ist, aber ein noch größerer Irrtum, dass der Mensch schlecht ist. Sogar im Krieg zeigt er nicht nur sein hässliches Gesicht. Nur dass es dann ganz besonders auffällt, so wie auch Kerzenlicht besser zur Geltung kommt, wenn es draußen dunkel ist.«

»Wie meinen Sie das genau?«

»Ein englischer Soldat hat mir mal eine beeindruckende Geschichte erzählt: Am helllichten Tag hörte er erbärmliche Schreie aus einem feindlichen Schützengraben. Dann ertönte ein Schuss. Vorsichtig kamen vier deutsche Soldaten herausgeklettert, in Todesangst. Sie begannen im offenen Feld Stacheldraht auszubessern! Einer der Tommys schob seinen Gewehrlauf durch die Schießscharte, nahm die Deutschen ins Visier und krümmte den Finger um den Abzug. Andere folgten seinem Beispiel. Aber was rief der englische Sergeant? *Don't shoot.* ›Das ist ein Strafkommando‹, sagte er. ›Die deutschen Offiziere wollen, dass wir sie exekutieren. Diese Männer werden uns ganz bestimmt nicht umbringen. Also werden wir sie auch nicht umbringen.‹ Ist das nicht schön? Für mich war das eine echte Offenbarung.«

Schweigend setzten wir unseren Weg fort. Die Erde erbebte unter dem Kanonendonner. Vor uns lag ein Esel, der von Krähen, Ratten, Aasfliegen und streunenden Hunden angefressen worden war. Teilweise waren schon seine Rippen zu sehen. Ich musste an Claus denken. Nagten an ihm schon die Tiere?

Nach Auffassung unseres Lehrers, Herrn Ingenstau, bestand die Schönheit des Krieges in der Ehre, für eine größere Sache kämpfen zu dürfen, die weit über die Belange des Einzelnen hinausging. Für das Vaterland, das Land unserer Vorfahren, für Freiheit und Fortschritt. Wer war nicht für die Worte des Anwerbers auf dem Dorfplatz empfänglich gewesen, am ersten Tag der Mobilmachung? Sogar Erich hatte sich von dem Pathos mitreißen lassen. Ohne solch geharnischte Poesie gäbe es keine Soldaten. Aber jetzt? Jenseits der Worte?

Ich dachte an Georg Trakl, einen Dichter, zu dem die Welt in Bildern redet, ich dachte an die in *Helian* beschriebenen Sinnestäuschungen, vor allem an die letzten beiden Strophen.

Dem Teppich entsteigt Gebein der Gräber,
Das Schweigen verfallener Kreuze am Hügel,
Des Weihrauchs Süße im purpurnen Nachtwind.

O ihr zerbrochenen Augen in schwarzen Mündern,
Da der Enkel in sanfter Umnachtung
Einsam dem dunkleren Ende nachsinnt,
Der stille Gott die blauen Lider über ihn senkt.

Bei einer grünen, teilweise von Schutt und Trümmern begrabenen Lebensmittelwaage blieben wir stehen. Der Priester ging umständlich auf die Knie und grub die schwere, verbeulte Waage vorsichtig aus. Er sah sich um. »Wir befinden uns gerade in der Rue Balzac. Hier stand einmal der Lebensmittelladen von

Joseph und Odette Clouet. Und diese Waage thronte auf der Ladentheke. Hat dein Vater auch so eine?«

»Das gleiche Modell, Hochwürden, nur in Beige.«

»Sie hatten vier kleine Kinder. Nein, sie *haben* vier kleine Kinder – hoffentlich sind sie bei ihren Verwandten im Süden. Wegen des Ladens brauchen sie nicht zurückzukehren, der ist schon vor Wochen geplündert worden.« Er wühlte ein wenig im Schutt, schob einen Balken zur Seite und fand unter Backsteinen, Dachziegeln und gesplitterten Brettern noch eine verbeulte Dose Kakao und mehrere Stück Seife. Er steckte sie ein. »Zahlen werde ich, wenn sie wieder da sind«, murmelte er. Die Waage stellte er ganz oben auf den Trümmerhaufen. Zur Markierung.

»Glauben Sie, dass die Familie eines Tages zurückkehren kann? Dass das Dorf irgendwann wieder aufgebaut wird?«

»Natürlich!«, sagte der Priester empört. Erst setzte er die Krücke auf und zog dann das Bein nach.

»Ist es nicht mehr als wahrscheinlich, dass es erneut unter Beschuss gerät? Dass es dann für immer in die Steinzeit zurückbombardiert wird?« Es klang grausamer, als ich es beabsichtigt hatte.

Der Priester blieb stehen und sah mich böse an. »Was meinst du mit Steinzeit? Bin ich etwa ein Höhlenmensch?«

»Nein …«

»Na also!« Er lief weiter.

»Aber Hochwürden, was, wenn auch das Pfarrhaus getroffen wird, was Gott verhüten möge?«

»Darüber mache ich mir keine Sorgen, mein Junge. Ich lebe von Tag zu Tag. Der Krieg wird schließlich nicht ewig dauern.«

Wir liefen durch eine Straße, in der die meisten Häuser- und Ladenfassaden stehen geblieben waren. Die Fensterscheiben aber waren alle zerborsten. Für mich war es nur eine Frage der

Zeit, bis die Mauern von Erschütterungen, wenn nicht gar von starkem Wind zum Einsturz gebracht würden.

»Das muss die Rue Voltaire sein«, sagte der Priester und ging einfach weiter, zusammen mit Beethoven. Ich folgte ihm. Was sollte mir schon passieren?

Marie-Azélie Mortier wohnte am Dorfrand, wo ein paar Häuser mehr oder weniger unversehrt geblieben waren. Sie war die Witwe von Hippolyte Mortier, Stellmacher, Zimmermann und Maulwurffänger. Der Priester erzählte, dass er vor drei Jahren an Tuberkulose gestorben war. Marie-Azélie saß in einem erstaunlich sauberen Blümchenkleid auf einer Bank vor dem Haus und schälte Kartoffeln. Ich schätzte sie auf um die vierzig. Ihre regelmäßigen Gesichtszüge verrieten, dass sie einmal sehr schön gewesen war, aber jetzt war sie grau, untersetzt und voller Falten.

Sie umarmte den Priester wie einen Vater.

»Marie«, sagte er. »Ich habe Besuch mitgebracht. Das ist Julius.«

Sie warf mir einen bösen Blick zu und stieß etwas auf Französisch hervor, von dem ich kein einziges Wort verstand. Der Priester legte ihr eine Hand auf die Schulter, und sie beruhigte sich wieder.

»Marie hat drei Söhne an der Front«, erklärte er. »Sie ist nicht besonders gut auf Deutsche zu sprechen.«

Ihr Haus stand noch, gewiss, aber alle Fenster waren zerbrochen und das Obergeschoss mit Brettern vernagelt. Auf der Haustür stand mit weißer Farbe *Gute Leute* geschrieben. Marie bemerkte meinen erstaunten Blick und setzte zu einer Erklärung an.

»Ich kann Sie nicht verstehen, Madame«, sagte ich verlegen. »Aber der Priester wird ihre Worte für mich übersetzen.«

Tatsächliche lüftete er das Geheimnis der Losung auf der Haustür. Marie-Azélie habe einigen Deutschen etwas zu essen gegeben, jungen Männern wie mir. Sie hatten ein Huhn aufgetrieben, dem sie mit einem Bajonett den Kopf abhackten. Marie hatte Kohlsalat und Kartoffelbrei gemacht. Sie hatte große Angst gehabt, aber die jungen Männer hatten sie sogar bezahlt, bevor sie weitergezogen waren. Um sie zu schützen, hatten sie diese Losung auf ihre Tür geschrieben. Es gab nämlich auch Deutsche, die weniger freundlich waren. Sie verschafften sich gewaltsam Zutritt, pissten und kackten in die Betten. Erst letzte Woche hatte einer eine tote Ziege in den Brunnen geworfen. Es kursierten sogar Gerüchte über Morde und Vergewaltigungen. Ob ich etwas damit zu tun hätte?, fragte mich der Priester.

Ich schüttelte den Kopf. Aber mir waren ähnliche Geschichten zu Ohren gekommen. Und ich war Zeuge einer solchen Schandtat geworden. Da hatten deutsche Soldaten einen französischen Bauern, der sich geweigert hatte, einer deutschen Kolonne mit seinem Fuhrwerk auszuweichen, erschossen und mitsamt seinem Wagen in den Straßengraben geworfen. Sein Pferd beschlagnahmten sie. Ich hatte dieses brutale Vorgehen aus nächster Nähe mitansehen müssen.

Der Priester entschuldigte sich für einen Moment und verschwand hinter dem Haus. Marie sah ihm nach. Dann wandte sie sich an mich.

»Alors. Ça va? Tu me comprends?«

»Ça va. Oui. Bien«, sagte ich, auch wenn es nicht unbedingt der Wahrheit entsprach. Für mehr reichte mein Französisch einfach nicht.

Sie musterte mich gründlich und ungeniert. Das war ihr Land, ihr Dorf.

»Juul...?«

»Julius.«

»*Juliüs.*«

»*Oui.* Julius.«

»*Ah!*« Sie zwinkerte mir zu. »*Tu es catholique?*«

»Katholisch? Ja. *Oui.*«

Sie nickte. »*Dieu. Pour tous, n'est-ce pas? Pour tous. Tu me comprends?*«

»*Le Dieu ... Oui, oui.*«

»*Le curé. Optimiste.*«

»Äh ...«

»*Le curé! Lui!*« Sie machte das Kreuzzeichen.

»Der Priester! Optimist? *Oui, oui.*«

»*Tu as vu les papillons?*«

»*Pardon?*«

»*Les papillons.*« Sie ließ die Hände flattern.

»Schmetterlinge! *Oui, oui,* schön. *Beaux.*«

Sie nickte zufrieden. »*Très beaux. Petite amie? L'amour?*«

»*Oui.*« Ich zückte Elfriedes Foto. Sie war begeistert. »*Quel est son nom?*«

»Elfriede.«

»*Ellefrid.*«

»*Oui.*«

Dann kehrte der Priester zurück, mit seiner Krücke, humpelnd. Umständlich zupfte er seine Soutane zurecht.

»Komm, Marie«, sagte er.

Wir betraten das Haus, das kaum mehr bot als ein Dach über dem Kopf. Im Wohnzimmer standen ein gusseisernes Bettgestell und eine Kiefernholzkommode. Der Priester öffnete seine Umhängetasche und legte schwarze Wäsche auf einen Stuhl. Er gab der Witwe auch die Dose Kakao und ein Stück Seife.

Marie strahlte. »*J'ai aussi quelque chose pour vous.*«

Damit reichte sie dem Priester eine Flasche Cognac mit einem versengten Etikett, die sie in den Trümmern des Dorfes gefunden hatte. Darüber hinaus bot sie ihm ein rostiges Fleischermesser, ein paar versprengte Tassen und Teller sowie eine Brille mit gesprungenen Gläsern an, doch er hatte keine Verwendung dafür. Vermutlich waren diese Tauschgeschäfte zu einer Art Ritual geworden.

Auf dem Tisch am Fenster hatte Marie-Azélie auf einer karmesinroten Samtdecke einen Altar errichtet. Eine viel zu große, viel zu hässliche Maria, die bestimmt aus der Toilettenkollektion des Priesters stammte, wachte wie eine entrückte Riesin vor Porträtfotos von ihren drei Söhnen, beschienen von einer Tropfkerze. Marie und der Priester knieten davor nieder und beteten für ihre Söhne.

Marie erhob sich wieder. Sie stellte Beethoven ein Schälchen mit Milch hin, der gierig daran schlabberte. Milch, Eier und Käse bekam sie von ihrer zukünftigen Schwiegertochter Blanche, so der Priester. Die lebte auf einem Bauernhof und besuchte sie jeden zweiten Tag. Blanche war mit Maries ältestem Sohn Raymond verlobt, von dem sie seit mindestens zehn Tagen keinen Brief mehr erhalten hatte. Marie stellte dem Priester eine Frage. Es fiel das Wort *tristesse*. Genau so schaute sie auch drein. Und seine Antwort war ebenso wenig dazu angetan, sie aufzuheitern.

»Marie bleibt hier, damit ihre Söhne sie jederzeit wiederfinden können. Aber sie fragt nach dem Warum. Welchen Sinn kann all diese Not und Verzweiflung haben? Was will Gott damit bezwecken?«

»Was haben Sie ihr darauf geantwortet?«

»Ob sie sich schon mal die Rückseite einer Stickerei näher angesehen hat, dieses Wirrwarr aus Farben und losen Fäden. Nichts als Chaos, Durcheinander. Genau wie im Krieg. Dreht man die Stickerei jedoch um, erkennt man das Muster. Und so ist es mit Gott. Eines Tages wird Marie-Azélie auch die Vorderseite, also Gottes höheren Plan, zu Gesicht bekommen und alles verstehen. Und du ebenfalls, mein Junge.«

Ich lächelte aus reiner Höflichkeit.

Auf dem Rückweg ließ der Lärm nach, und wir hörten keine Kanonen mehr. Zunächst fiel es mir gar nicht auf. Wir hatten bereits die Hälfte des Heimwegs zurückgelegt, als der Priester plötzlich stehen blieb. Gelbgrüner Nebel trieb langsam auf uns zu. Der Priester runzelte die Stirn.

Ich war wie gelähmt.

Bloß keine Zeit verlieren.

Ich schaute mich um. Überall Trümmerhaufen – hier war alles kurz und klein geschossen worden. Fliehen war sinnlos – erst recht mit einem humpelnden, alten Mann.

»Kommen Sie, Hochwürden, schnell!«

»Aber Junge, was hast du nur auf einmal ...«

»Keine Fragen jetzt. Mitkommen, und zwar sofort!«

Er erschrak über meinen Tonfall, doch darauf konnte ich jetzt keine Rücksicht nehmen. Ich schob und zerrte ihn unsanft auf den höchsten Schuttberg. In der Eile stolperte er über die Reste einer Zinkwanne, doch ich fing ihn auf und zog ihn den Hang hinauf.

Die Wolke kam näher. Ich roch den scharfen Chlorgestank, der einem die Tränen in die Augen trieb.

»Ein Taschentuch!«, schrie ich. »Haben Sie ein Taschentuch dabei?«

»Ein Taschentuch? Nein ...«

Ich griff nach meinem eigenen, drehte mich um, knöpfte mir die Uniformhose auf und pinkelte hinein. Mit den letzten Urintropfen besprenkelte ich meinen Ärmel.

»Was tust du da?«, rief der Priester.

Ich presste ihm mein uringetränktes Taschentuch aufs Gesicht. »Vor Mund und Nase halten. Tun Sie, was ich Ihnen sage!«

Wie eine Schlange kroch die Wolke über den Schutt immer näher auf uns zu. Bald würde sie uns umhüllen.

»Beethoven!«, rief der Priester erschrocken. »Wo ist Beethoven?«

Der Kater stand zitternd am Fuß des Trümmerhaufens, hustend und würgend. Ich holte tief Luft und rannte nach unten, strauchelte, stürzte und stand wieder auf, packte das Tier und hielt ihm meinen Ärmel vors Maul. Mit angehaltenem Atem rannte ich zurück. Das Gas hüllte uns ein, aber der Nebel blieb überwiegend in Bodennähe. Ich sah meinen Beichtvater dastehen wie Moses auf dem Berg Sinai, das Taschentuch vor den Mund gepresst.

Der Priester stand vor dem Schmetterlingsglas und starrte auf den Segelfalter, der sich inzwischen vollkommen entfaltet hatte. Wir hatten uns gerade mit der Seife und Wasser aus Lucius' Weinflaschen gewaschen. Ich hatte Schürfwunden an Knien und Oberschenkeln. Uns beiden tränten die Augen, Hals und Nase brannten, aber wir hatten noch mal Glück gehabt. Vermutlich war das Giftgas bereits verdünnt gewesen, und das hatte uns das Leben gerettet.

Einen Chlorangriff hatte ich bereits miterlebt. Aus der gelbgrünen Wolke waren zwei Spatzen und eine Kohlmeise tot auf die Brustwehr und dann in den Schützengraben gefallen. Wir hatten Schutzbrillen und Mulltücher, die wir mit einer bestimmten Flüssigkeit besprenkeln und uns vor Mund und Nase binden mussten. Ich hatte mitansehen müssen, wie ein Kamerad so leichtsinnig gewesen war, auf diese Schutzmaßnahmen zu verzichten. Er hörte gar nicht mehr auf zu husten und sich zu erbrechen. Ein Sanitäter wusste von einem Arzt, dass zu viel Gas die Lunge verflüssige und man dann gewissermaßen in seinem eigenen Körper ertrinke. Davor hatte ich höllische Angst. Schon bei der geringsten Brise, die über die Champagne wehte, hielt ich nach dem Windfähnchen Ausschau. Wir horteten trockene Zweige, Stroh und Petroleum am Eingang des Unterstands, um im Notfall schnell Feuer anzünden zu können. Der Rauch sollte die Wolke unschädlich machen. Aber der Holzvorrat wurde schnell feucht. Und niemand wusste genau, ob man bei einem Gasangriff nun im Unterstand bleiben oder ihn lieber verlassen sollte. »Ich mache mir Sorgen um Marie«, sagte der Priester bedrückt.

»Der Wind stand günstig für sie, Hochwürden. Die Wolke ist bestimmt an ihrem Haus vorbeigezogen.«

»Hoffen wir das Beste! Diesen Spaziergang mit dem vollgepissten Tuch werde ich nicht so schnell vergessen. Wir haben uns schließlich gerade erst kennengelernt. Zurück zu deiner Beichte. Wo waren wir stehen geblieben? Bei der Mobilmachung? Ich nehme an, als Nächstes kommt der Krieg.«

»Ich kann Ihnen meine Geschichte auch später erzählen.«

Er hob die Hand. »Nein. Ich möchte aus erster Hand erfahren, wie es an der Front zugeht. Aber komisch ist das schon: Erst habe ich dich gerettet, und jetzt hast du mich gerettet. Besonders dankbar bin ich dafür, dass du Beethoven zuliebe noch mal den Schuttberg hinuntergerannt bist. Erstaunlich, dass du dein Leben für ein Tier aufs Spiel gesetzt hast.«

teil 3
inferno

An einem frühen Novembermorgen lief eine Katze übers Schlachtfeld. Sie befand sich im schlammigen Niemandsland, ungefähr in der Mitte zwischen den feindlichen Stellungen, etwa zwölf Meter von unserem Schützengraben entfernt. Über den Kanonendonner hinweg hörten wir sie miauen, und zwar dermaßen kläglich, dass wir unsere Qualen vorübergehend vergaßen. Vier Tage lang hatte es unaufhörlich geregnet, besser gesagt: geschüttet, alles war nass und schlammig. Im Schützengraben stand uns das eiskalte Wasser bis zu den Knöcheln. Die Wände bröckelten.

Doch an diesem Morgen hatte sich der bleigraue Himmel etwas aufgehellt, auch wenn es nach wie vor nieselte. Vermutlich war die Katze genauso durchgefroren, durchnässt und ausgehungert wie wir. Wir rätselten, woher sie kam. Von einem der Bauernhöfe in der Nähe?

Seit Tagesanbruch hatten die Franzosen das Feuer eingestellt, und auch wir schossen nicht mehr. Leben und leben lassen lautete das ungeschriebene Gesetz bei diesem unerbittlichen Wetter. Dennoch wäre es niemandem eingefallen, den Kopf über die Brustwehr zu strecken. Einige Kameraden spähten der Katze durch die Schießscharten hinterher. Ich schaute durch das Grabenperiskop. Das Tier war bis aufs Skelett abgemagert, weiß mit schwarzen Flecken und orangebraunen Tupfen, als wäre es von einem betrunkenen Maler verziert worden. Vorsichtig umrundete es die Bombenkrater, die wie Teiche in der zerstörten Landschaft lagen. Gustav Kipp, ein kleiner, drahtiger Mecklenburger, der sich in eine Wolldecke gewickelt hatte, versuchte es anzulocken.

»Pss-psss-psss.«

Das Tier zuckte zusammen, blieb stehen und schaute aufmerksam in unsere Richtung.

»*Minou, viens là*«, schrie plötzlich von der Gegenseite ein Franzose mit heiserer Stimme. »*Pssssssss-psss-psss. Viens là!*«

»Verdammt noch mal!«, sagte Kipp. »Psss, Mieze, hierher, psss-psss.«

Ich schüttelte den Kopf. Wieder einmal war der Krieg in eine ganz neue Phase eingetreten. Die Katze war kurz verwirrt, aber die Franzosen hatten es tatsächlich geschafft, ihre Aufmerksamkeit zu erregen. Witterte sie etwas? Sie entfernte sich von uns.

»Nein!«, sagte Kipp entsetzt. »Nein! Was macht sie bloß?«

Bruno Kipp war hinter seinen Bruder getreten und starrte mit offenem Mund auf das von Kratern übersäte Schlachtfeld. Im Gegensatz zu Gustav war Bruno ein Riese, und wie die Riesen in den alten Sagen verfügte er nur über geringe Geistesgaben. Er wich seinem großen kleinen Bruder nicht von der Seite.

Die Katze war aus meinem Blickfeld verschwunden. Wahrscheinlich war sie unter dem französischen Stacheldraht hindurchgekrochen, um sich in Feindeshand zu begeben. Wir hörten höhnisches Gelächter.

»Mistkerle!«, rief Gustav. »Elende Scheißkatze!«

Bei uns lachte niemand.

Ich musterte meine schlammverschmierten, unrasierten Kameraden, die vor sich hinstarrten oder gelassen eine Zigarette rauchten. Keiner war wie der andere, und doch waren wir alle gleich. Franz Diehm, ein Landarbeiter aus Bayern, hatte Schlammspritzer im Gesicht und schmutzverkrustete Brauen. Er war höchstens zwanzig. Mit einem Baumwolllappen fuhr er über die Innenseiten einer Dose mit Waffenfett und begann sein Gewehr zu polieren. Das machte er jeden Morgen. Er hatte den leeren, kalten Blick eines Frontsoldaten. *Mich berührt gar nichts mehr.* Das sagte er mindestens zwei bis drei Mal am Tag.

Gottlieb Gehringer schöpfte mit einem Blechnapf Wasser aus dem Schützengraben und schüttete es ins Hinterland. Der untersetzte Minenarbeiter aus Bottrop mit dem schütteren Haar war als Einziger mit einem Leben im Bauch der Erde vertraut. Schon sein Vater und Großvater hatten diese Arbeit verrichtet, worauf er auch noch mächtig stolz war. Er schöpfte und schöpfte wie ein Automat, der sich nicht mehr abstellen lässt. Noch diese Nacht hatte er dabei geholfen, Sandsäcke zu schleppen und einen Laufgraben anzulegen, obwohl er gar nicht zum Dienst eingeteilt war. Gottlieb musste sich dringend beschäftigen, und das gab er auch zu: *Denn sonst muss ich nachdenken.*

Gustav Kipp war in die Hocke gegangen und lehnte am Erdwall. Er schaute finster drein und schwieg. Genauso kannte ich ihn. Kipp war die reinste Einmannarmee. Bei einer nächtlichen Patrouille war er mit bloßen Fäusten auf mehrere Franzosen losgegangen. Er hatte sich gebärdet wie ein Wahnsinniger, bis sie stöhnend und blutend am Boden lagen und gefangen genommen werden konnten. Meist wurden solche Anekdoten mit jeder Erzählung heldenhafter, aber in diesem Fall war ich selbst Zeuge seiner Tapferkeit gewesen. Ich staunte, dass sich dieser Mecklenburger mit dem Matrosentemperament von einer streunenden, halb ersoffenen Katze so hatte rühren lassen.

Alle Schützengräben hatten Namen. In unserem Fall Bismarck. Sechs Tage saßen wir hier fest. Schon am Vortag hätte uns eine Kompanie des fünften Bataillons ablösen sollen. »Wo bleiben diese Idioten bloß!«, sagte Diehm verärgert. »Ich will raus aus diesem Drecksloch.«

»Die haben sich bestimmt wieder verlaufen«, schimpfte Gustav Kipp. »Wie die mit dem Proviant. Bald fress ich alles, was man mir vorsetzt, und wenn es ein totes Pferd ist!«

Auch ich hatte Hunger. Die Notration – etwas Zwieback und Dörrfleisch – war schon seit gestern Mittag aufgebraucht. Das Fleisch war so salzig wie Meerwasser. Um den Durst zu löschen, fingen wir Regenwasser in einer Zeltplane auf, die wir an zwei Spaten und einem kaputten Gewehr aufgehängt hatten. Wegen der Ratten und der überall herumtreibenden Leichen wagte es niemand, das Wasser in den Schützengräben und Kratern zu trinken. Bis auf Kipp, aber der war ein Fall für sich.

Inzwischen war das Miauen verstummt. Ich schaute durchs Periskop zur Gegenseite hinüber, konnte aber nicht die kleinste Bewegung erkennen. Am liebsten hätten wir etwas nach den Franzosen geworfen. Ein findiger Soldat hatte es geschafft, Geschosse aus Schießwolle, einem Zündplättchen, einer Lunte und einer Konservendose zu basteln, die mit Schuhnägeln, Nieten und verrosteten Eisenresten vom Hufschmied gefüllt waren. Er warf die Dinger ungefähr zwanzig Meter weit, und sie funktionierten prächtig. Aber beim dritten Mal war ihm die Bombe in der Hand explodiert, und er war noch an Ort und Stelle gestorben.

Unweit meines Tornisters wuselte eine fette Ratte herum. Ich griff nach einer Spitzhacke und versuchte sie zu erschlagen, traf aber daneben. Sie verschwand unter einer Holzkiste. Wie ich diese Biester hasste! Nachts wickelte ich mir eine Decke um den Kopf, um zu verhindern, dass sie Ohren oder Nase anknabberten. Mindestens genauso schlimm waren die Läuse. Zu Tausenden steckten sie noch in den winzigsten Nähten und Falten, teilweise so groß wie Reiskörner. Manche Kameraden rieben sich mit Petroleum ein oder griffen auf Kampfersäckchen zurück, aber auch das half nur wenig.

Endlich tauchte der Mann mit unserem Proviant auf. Gebückt rannte er mit einigen Broten, einer Kanne Kaffee und Wasserkanistern übers offene Feld. Er geriet nicht unter Beschuss. Weitere Männer mit Proviant folgten. Der Kaffee war lauwarm, aber das ließ sich verschmerzen. Die Brote waren nicht so nass und schimmlig wie beim letzten Mal, und das hob ebenfalls die Stimmung. In einem Jutesack hatte er sogar noch Streichwurst, eine Dose Tee, Würfelzucker und ein paar trockene Zigaretten und Zündhölzer mitgebracht.

Einfach himmlisch!

Am späten Nachmittag tauchte die Katze erneut auf, scheu und nervös. Kipp spähte gerade mit hochrotem Kopf durch eine Schießscharte, Bruno neben sich. Andere hatten sich ebenfalls erhoben. Endlich ein bisschen Abwechslung! Die lauten, schrillen Lockrufe waren gut gemeint, aber meine Waffenbrüder klangen, als gehörten sie ins Irrenhaus. Was bei manchen gar nicht so weit von der Wahrheit entfernt war.

Die Franzosen blieben auch nicht stumm. Der Kampf um die Katze tobte erneut – dank der Abwesenheit der Offiziere, die so ein Scharmützel niemals geduldet hätten.

Wieder lief die Katze zu den feindlichen Linien. Wieder ertönte höhnisches Gelächter. »Die Muschi eurer Frauen verführen wir genauso leicht!«, rief ein Franzose mit furchtbarem Akzent.

Bruno Kipp griff zum Gewehr, kletterte eine Leiter hinauf und verließ den Schützengraben. »Ihr Mistkerle!«

Noch bevor der junge Mecklenburger sein Gewehr heben konnte, ertönte ein Schuss. In Todesangst quiekte er wie ein Ferkel und hielt sich das Bein. Sofort gaben wir ihm Feuerschutz. Gustav schrie, und Bruno stolperte blutend zurück, wo er von seinem Bruder an den Knien gepackt und grob in den Schützengraben gezerrt wurde. Mit dem Kopf prallte er gegen den Rand einer leeren Munitionskiste und wimmerte wie ein Säugling.

»Verfluchter Idiot!«, zischte Gustav ihn an. »Bist du jetzt vollkommen wahnsinnig geworden?«

Die Schüsse verstummten rasch, Bruno hatte Glück gehabt, der Feind hatte ihn verschont. Ein Franzose rief etwas. Sehr freundlich klang es nicht.

Nach Sonnenuntergang steckten die Franzosen eine Strohgarbe in Brand: eine Fackel, die das Niemandsland im Umkreis von mehreren hundert Metern erhellte. Ein Freudenfeuer – hätten wir es nicht besser gewusst. In Wahrheit verfügten die Franzosen genau wie wir über zu wenig Leuchtkugeln. In dieser Nacht führte ich eine Patrouille an. Mit meiner aus vier Mann bestehenden Abteilung wollte ich das Niemandsland in Richtung Westen erkunden.

Franz Diehm schulterte sein Gewehr, spuckte in eine Schlammpfütze und war zu allen Schandtaten bereit. Gottlieb Gehringer klopfte mit einem Spaten die nassen Wände des Schützengrabens fest. Und Gustav Kipp warf einen besorgten Blick zu seinem Bruder, der eingedöst war. Der Verband um seinen Oberschenkel war schmutziggrau und blutdurchtränkt. Bruno Kipp hatte von einem vorbeikommenden Militärsanitäter eine Opiumtablette bekommen und sollte am nächsten Tag abgeholt werden.

Der vierte Mann war August Pappernigg. Man kann sich nur schwer einen Soldaten vorstellen, der weniger für den Einsatz an der Front geeignet wäre als er. Beinahe alles an ihm war schief und krumm: seine Hakennase, sein Mund, sein Rücken und seine Füße. Und sein trauriger Blick war einfach nur komisch. Sogar die französischen Kinder in den Dörfern hinter der Front fassten sofort Vertrauen zu ihm. Er hatte immer etwas Schokolade für sie dabei.

Ich zupfte an meinem Mantel, der von getrocknetem Schlamm starrte, entzündete ein Streichholz und hielt einen Korken über die Flamme. Ich schwärzte mir das Gesicht mit Ruß, den ich auf Wangen und Stirn verteilte. Die anderen taten es mir nach.

Dann zogen wir los. Auch die frisch ausgehobenen Verbindungs- und Reservelinien im Hinterland waren voller Morast. Unter der dicken Schlammschicht befand sich sumpfiger Lehm, in dem man leicht mit den Stiefeln steckenblieb. Wir liefen durch den Graben wie hinkende Ballerinen: breitbeinig, auf Zehenspitzen und mit winzigen Schritten. Bloß nicht innehalten, auf keinen Fall innehalten! Es war, als wären wir durch die Erdkruste gefallen, um uns auf einer anderen, tieferen Ebene in einem dunklen Labyrinth wiederzufinden. Links und rechts schliefen an Schlammwände gelehnte oder in eilig ausgegrabenen Schutznischen zusammengesunkene Kameraden. Im Vorbeigehen trat ich ihnen regelmäßig auf Hände oder Füße. Oft merkten sie es nicht einmal.

Nach einer Viertelstunde erreichten wir einen Unterstand für die Regimentsoffiziere, zu dem es mindestens zehn Stufen hinunterging. Ein Telefondraht schlängelte sich über ausgefranste, abgehackte Baumwurzeln. Auf halber Treppe saßen zwei extrem abgemagerte Kameraden mit Fieber und Schüttelfrost. Einer von ihnen drückte seine Zigarette auf den Holzstufen aus.

Unten stand ein Meldegänger. »Was hab ich euch gerade gesagt?«, schrie er.

»Verschwindet, Befehl vom Oberst. Raus hier!«

Murrend trotteten die Männer ein paar Stufen höher. Ich ging die Treppe hinunter, in Richtung Licht und Wärme. Der Meldegänger war gerade dabei, Kohlen in einen gusseisernen Ofen zu schütten. Ich sah einen antiken Haubenschrank mit vier Einschusslöchern in der rechten Tür. An einer Garderobe hingen mehrere Mäntel. Ein dunkelroter Teppich war auf einer Seite umgeschlagen. Ich nahm an, dass dieser Hausrat aus dem Schloss gestohlen worden war, das wenige Kilometer von hier entfernt unter Beschuss genommen worden war. An einem Eichenholztisch mit Löwenfüßen saßen der Oberst und ein mir unbekannter Oberstleutnant und spielten Karten. Sie rauchten Zigarren und tranken Cognac, einen Croizet Grande Reserve. In einem Schälchen lagen getrocknete Feigen.

Oberst Fedor von Bülow-Falkenstein war der Sohn eines Großindustriellen aus Essen, ein verwöhnter Bursche mit sorgfältig getrimmtem Schnurrbart und von Pomade glänzendem Haar. Ich hatte schon von ihm gehört. Das Wohlergehen seiner Soldaten interessierte ihn ebenso wenig wie einen Schakal das Schicksal von verwundeten Büffeln. Um seine Vorgesetzten zu beeindrucken, hatte er sein Regiment mehrmals Bajonettangriffe auf höher gelegene, mit Maschinengewehren ausgerüstete französische Stellungen ausführen lassen, was dramatische Verluste zur Folge gehabt hatte.

Ich salutierte. »Korporal Reinhardt vom siebten Bataillon meldet sich gehorsamst, Herr Oberst.«

Von Bülow-Falkenstein warf mir einen arroganten Seitenblick zu. Er hatte keine Zeit für den Krieg, er spielte Karten. Der Oberstleutnant, ein verklemmter Erbsenzähler mit Schweinsäuglein und Nickelbrille, winkte ab. »Erkunden Sie den westlichen Teil des Niemandslands, Korporal. Dort gab es in letzter Zeit Überraschungsangriffe von Franzosen. Erstatten Sie mir morgen Bericht. Wegtreten!«

»Zu Befehl, Herr Oberstleutnant.«

Während ich die Treppe hinaufging, hörte ich, wie die Offiziere lachten. Ich wusste nicht, ob über mich? Leise Stimmen drangen an mein Ohr, ohne dass ich sie zuordnen konnte.

»Diese Scheißkerle! Zur Hölle mit ihnen!«

»Vielleicht sollten wir ein bisschen nachhelfen?«

Kipp meldete sich. »Korporal, müssen wir Kriegsgefangene nehmen?«

»Wir gehen nur auf Erkundungspatrouille«, erwiderte ich.

Der Mecklenburger nickte zufrieden.

Ich wäre gar nicht auf die Idee gekommen, einen feindlichen Schützengraben zu überfallen. Nach den Anstrengungen und Regenfällen der letzten Tage wollte ich meine Männer so wenig wie möglich beanspruchen und erst recht nicht unnötig in Gefahr bringen.

In der Ferne sahen wir den Schein der brennenden Strohgarbe. In diesem Sektor gab uns die Dunkelheit Deckung. Das Niemandsland war hier breiter, und die französischen Linien waren weit von uns entfernt. Vier dunkle Gestalten – alles Kameraden – mühten sich weiter vorn auf einem Meldeposten mit einer schweren Rolle Stacheldraht ab. Sie waren dabei, Absperrungen anzulegen.

»Ich kenne einen Major, der jeder Patrouille befohlen hat, ein Stück französischen Stacheldraht mitzubringen«, erzählte Gehringer. »Um zu beweisen, dass tatsächlich ein Angriff erfolgt ist. Was er nicht wusste, war, dass eine ganze Rolle davon im Niemandsland rumlag. Davon haben wir dann jeden Abend ein Stück abgeknipst, hinter einem Hügel drei Zigaretten geraucht und noch ein bisschen auf vorbeiziehende Brandgänse geschossen, um anschließend wieder kehrtzumachen.«

»Ich hätte nichts gegen den einen oder anderen Angriff einzuwenden«, sagte Diehm düster und spuckte auf den Boden.

»Hör auf mit dem Unsinn, Mann. Ich kann den Tag kaum erwarten, an dem ich endlich wieder bei meiner Frau und den Kindern sein darf.«

Diehm grinste dreckig. »Das sagen alle alten Leute.«

»Du solltest lieber auf sie hören, Dummkopf!«, zischte Kipp.

»Ruhe jetzt!«, befahl ich.

Wir verließen den Schützengraben und rannten geduckt zu einem Wäldchen, von dem nicht mehr viel erhalten war. Artilleriefeuer hatte die meisten Bäume gefällt. Äste und Stämme waren umgeknickt wie dünne Zweige, weggesprengt oder aber abgefackelt worden. Lauter verkohlte Stümpfe inmitten einer deprimierenden Landschaft, in der es nach Schießpulver und modrigem Laub roch.

Ich hatte das Gefühl, durch einen unheimlichen Märchenwald zu irren, in dem alles verhext war. Wir schalteten die Taschenlampen nicht an. Angespannt achtete ich auf jedes verdächtige Geräusch. In regelmäßigen Abständen blieben wir stehen und lauschten. Doch alles, was wir hörten, war der Kanonendonner in der Ferne.

Der Regen nahm zu. Gehringer ging neben mir in die Hocke.

»Bleiben wir noch lange hier, Korporal?«

Ich überlegte. »Nein, nicht mehr lange.«

Vorsichtig zogen wir weiter. Keiner verlor ein Wort.

Irgendwann nahm ich einen widerlichen Gestank wahr, der rasch stärker wurde. Neben mir blieb Pappernigg mit dem Fuß in einem Loch hängen. Ich hörte ein Knirschen. Im fahlen Mondlicht entdeckte ich einen flachen, halb eingestürzten Graben, eindeutig ein vergessener Schützengraben. Der Regen hatte die provisorisch bestatteten Leichen zum Teil wieder freigelegt. Die Opfer waren Deutsche, soweit ich das erkennen konnte. Waren sie von einem nächtlichen Angriff überrascht worden? Aber wann? Vor drei Tagen? Vor einer Woche? Wer hatte diese jungen Männer mit Erde bedeckt?

Ich machte die Taschenlampe an und ließ den Lichtkegel über das Gelände gleiten.

»Mein Gott«, murmelte Gehringer.

Sie lagen wirklich überall. Unzählige Leichen, in den seltsamsten Positionen. Finger, Beine und Arme ragten wie tote Wurzeln aus der Erde. Leichen und Leichenteile vermischten sich mit zerfetzten Uniformen, beschädigten Tornistern und geplatzten

Feldflaschen. Viele Leichen waren aufgedunsen, die Gesichter angenagt und die Augen ausgehackt.

Wir standen zwischen den Toten und rührten uns nicht. Minutenlang. Pappernigg war damit beschäftigt, seinen Fuß zu befreien. Ich richtete die Taschenlampe auf ihn. Mit seinem Stiefel war er in einen Brustkorb eingebrochen. Jetzt würgte er und musste sich übergeben.

Ich knotete mir ein Taschentuch vor Mund und Nase und holte die Zange aus meinem Tornister. Bei jeder Leiche knipste ich die Kette mit der metallenen Erkennungsmarke durch. Sie hing den Toten um den Hals, manchmal war sie auch ums Handgelenk gewickelt. Als Korporal war dies meine Pflicht. Trotzdem fühlte es sich an wie Diebstahl. Ich machte sie namenlos, ununterscheidbar von den anderen Toten. Gehringer, Diehm und Kipp bedeckten die Leichen hie und da mit Erde, um sie vor Krähen und Ungeziefer zu schützen. Es herrschte eine unheimliche Stille.

Nach einer reichlichen Stunde kehrten wir auf unseren Posten im vordersten Schützengraben zurück. Ich war zu erschöpft, um einschlafen zu können.

Ich hörte einen Schrei. Vor mir hatten sich einige Männer versammelt. Ich gähnte und dehnte behutsam die Muskeln. Es ging um Bruno Kipp, der bleich, verängstigt und nass geschwitzt auf dem Boden saß. Sein Schenkel war völlig zerfetzt, und eine Blutvergiftung konnte tödlich enden. Das Bein musste dringend amputiert werden. Die Wirkung der Opiumpille hatte nachgelassen, und Chloroform oder Chloräthyl hatten wir nicht zur Verfügung. Gustav flößte seinem Bruder Wein aus einer Flasche ein, bis sich dieser verschluckte und einen Hustenanfall bekam. Der letzte Rest Alkohol war für den Sanitäter, der ihn über seine Säge träufelte. Gehringer entblößte das kalkweiße, behaarte

Bein, indem er das Hosenbein erst quer und dann der Länge nach aufschnitt. Diehm säuberte einen Spaten mit Wasser aus seiner Feldflasche und erhitzte ihn über der Flamme einer Petroleumlampe.

Bruno bekam einen Zweig zwischen die Zähne. Vier Männer mit ernsten, starren Gesichtern hielten ihn fest. Ich fixierte das verwundete rechte Bein. Gustav setzte sich hinter seinen Bruder, legte ihm die Hand auf die Stirn und nickte dem Sanitäter zu. Der zögerte keine Sekunde. Bruno biss auf den Zweig und heulte wie ein wildes Tier. Ich musste mich mit meinem ganzen Körpergewicht auf sein Knie und seinen Unterschenkel werfen.

Keine Ahnung, wie lange der Kampf dauerte. Denn genau das war es: ein Kampf. Blut spritzte mir auf Wange und Lippen. Das Zittern der den Knochen durchtrennenden Säge ging mir durch Mark und Bein. Bruno biss und brüllte gleichzeitig. Die Zeit dehnte sich endlos. Wie im Traum hörte ich die leisen, zärtlichen Worte, die Gustav seinem Bruder ins Ohr flüsterte.

Auf einmal erschlaffte das Bein, und ich musste es nur noch halten.

Bruno hatte das Bewusstsein verloren. Der Beinstumpf wurde mit dem Spaten verödet und rasch mit einem Verband umwickelt. Ich hielt das nackte Bein in beiden Händen wie eine Opfergabe, auch wenn niemand wusste, für wen und wofür sie war. Der Stiefel war noch dran. Ich trug das Bein zu den Toten und versuchte, nicht weiter darüber nachzudenken.

Auf dem Rückweg hörte ich wieder die Katze. Ganz in unserer Nähe. Zu meiner Überraschung tauchte ihr Köpfchen oberhalb der Brustwehr auf. Täuschte sie sich? Hatte sie sich verlaufen? Ich winkte ihr, und sie sprang geschmeidig nach unten auf eine Kiste. Ich stellte ihr eine halb leere Fleischkonserve hin – sie schnupperte kurz daran und begann vorsichtig zu fressen. Jetzt hatten wir doch noch unser Maskottchen.

Auf einmal stand Gustav Kipp mit einem Revolver vor mir. Er öffnete die Trommel, legte eine Patrone ein und drehte sie. Dann packte er die Katze am Nackenfell und hielt sie hoch, presste ihr den Revolverlauf ins Ohr. Die Katze fauchte und zappelte mit den Hinterbeinen.

Ich war perplex.

»Diese Verräterin hat neun Leben«, rief er. »Ich bin neugierig, wie viele nach ihren Schlachtfeldausflügen noch übrig sind.«

Er drückte ab. Klick.

Und noch einmal. Klick.

Ich packte seinen Revolver und funkelte ihn wütend an.

»Lass los, Soldat, lass los! Oder ich jage dir eine Kugel durch den Kopf, verlass dich drauf!«

Der Mecklenburger sah, dass es mir ernst war. Ich entwand ihm das Tier und eilte damit davon. Dann ließ ich mich zu Boden sinken, verbarg das Gesicht in seinem Fell und weinte. Zum ersten Mal seit langer Zeit.

Kurz nach Mitternacht begannen wir mit dem Artillerie-feuer. Endlos aneinandergereihte Kanonen standen Rad an Rad im Hinterland. Ich hatte das Munitionslager gesehen, in dem Tausende von Granaten, mit einer Plane bedeckt, aufeinander gestapelt lagen. Die wurden dann auf Holzkarren verladen und von Mauleseln zu den Kanonen gezogen.

Die Franzosen reagierten sofort. Wir sahen, wie sich das rot-violette Mündungsfeuer der französischen Geschütze vom dunklen Himmel abhob. Wuuuuuuusch, bumm. Wuuuuusch, bumm. Das waren die schweren Granaten. Andere Geschosse klangen wie ein schrilles Jaulen. Die Erde bebte, und der Himmel zitterte. Wir pressten uns so fest wie möglich an die Wand des Schützengrabens. Ein klaffender Riss bei der Brustwehr sorgte für eine Lawine aus Lehm, Steinen und Erde.

Ich hatte ein Foto von Elfriede in der Brusttasche, das ich mir jeden Tag ansah. Die Lichtexplosionen waren so häufig, dass ich ihr Gesicht fast ununterbrochen erkennen konnte. Die Feldpost traf unregelmäßig ein. Ich hatte noch keinen Brief von Elfriede erhalten, aber darüber wollte ich im Moment nicht nachdenken.

Es war der vorbereitende Beschuss vor einem Angriff. Ein paar Leitern lagen bereits in einem Laufgraben bereit. Am frühen Abend hatten wir den Männern eine Notration aus Zwieback, Fleisch und Kaffee gegeben, zusätzliche Patronen und eine Schachtel Zigaretten – nicht aus Großzügigkeit, sondern um den zu erwartenden Leichengestank der nächsten Tage einigermaßen erträglich zu machen.

August Pappernigg sagte etwas. Ich konnte ihn nicht verstehen, glaubte aber zu erkennen, dass seine Lippen das Wort »Latrine« formten. Schon seit Tagen litt er an Durchfall. Jetzt hatte er wieder Bauchkrämpfe, wie mir seine verzerrten Gesichtszüge verrieten. Mühsam zog er die Hose herunter und schaute sich ratlos um. Zu meinem Erstaunen griff er nach seinem Essgeschirr und ließ den flüssigen Kot hineinlaufen. Den Hintern wischte er sich mit einem Brief ab. Wusste er, von wem der stammte? Von seiner Mutter? Von seiner Frau? Hatte sie ihn verlassen? Die Absenderin verschaffte ihm jedenfalls eine Form von Erleichterung, auf die sie beim Schreiben nie gekommen wäre.

Ich hörte ein Jaulen und duckte mich instinktiv. Ein Geschoss schlug dröhnend in die Wand ein. Die Druckwelle raubte mir den Atem, und Erdklumpen spritzten gegen meinen Kopf. In der darauffolgenden, ohrenbetäubenden Stille sah ich die Todesangst in Franz Diehms Blick. Die Granate ragte wie eine monströse Insektenlarve aus der Erde, und wir begannen grundlos zu lachen. Alle, ausnahmslos. Auch Diehm und Pappernigg. Es war das Lachen Wahnsinniger: viel zu laut und viel zu angestrengt.

»Wir werden auch diese Nacht überleben!«, rief Diehm. »Das versprech ich euch!« Er schaute zum Himmel empor und machte rasch ein Kreuzzeichen. »Wir haben …« Ein Blitz. Kurz war ich geblendet. Ich hörte auch nichts mehr. Diehm verstummte und erstarrte. Ich spürte etwas Nasses, wischte mir Blut und Fleischfetzen aus dem Gesicht, noch warme Gehirnmasse. Ein Granatsplitter hatte ihm den Hinterkopf weggerissen. Ich hielt die Gedanken und Erinnerungen Franz Diehms in Händen, konnte allerdings nur raten, was er noch hatte sagen wollen.

Auch ein Kamerad neben mir wischte sich entsetzt Diehms Blut von der Uniform, sprang auf ein paar Munitionskisten und kämpfte sich aus dem Schützengraben. Ich konnte ihn gerade noch rechtzeitig an den Knöcheln packen, doch er riss sich los. Schreiend rannte er auf die feindlichen Stellungen zu, ohne Waffe, ohne jede Hoffnung, so schnell er konnte. Er verschwand in einer Explosion aus Licht, aufspritzendem Schlamm und Eisensplittern. Von ihm sollten wir nichts außer einer geschmolzenen Erkennungsmarke wiederfinden.

»Bajonett aufs Gewehr!«

Oberst Fedor von Bülow-Falkenstein hatte sein Versteck verlassen, das mit Zigarren und Cognac bevorratet war. Sein Befehl wurde weitergegeben und kehrte als bleiernes Echo zurück. Holzleitern wurden an die Wände des Schützengrabens gelehnt. Der Oberst beriet sich mit einem Telefonisten, der mit der Artillerie in Kontakt stand. Er schaute zum Leutnant und hob zwei Finger. Zwei Minuten. Anschließend würden unsere Kanonen schweigen, und wir konnten nur hoffen, dass inzwischen die französischen Stellungen in der vordersten Linie ausgedünnt waren.

Ich schaute mich um und versuchte in den Gesichtern meiner Kameraden zu lesen. Was mich immer wieder am meisten erstaunte, war die starre Maske der Gleichgültigkeit. Sie waren scheinbar unfähig, Angst zu empfinden. Aber eben nur scheinbar! Ein älterer Kamerad umklammerte einen Rosenkranz.

Unsere Batterien schwiegen. Ein schriller Pfiff.

Fürs Vaterland!

Wie eine Horde Erdmännchen kletterten wir die Leitern hinauf und strömten aus den schlammigen Gräben. Die Ersten verharrten kurz in der Hocke, bis auch der letzte Mann im grauen Niemandsland stand. Überall Rauchsäulen. Über kahlen, schwarz verbrannten Baumstümpfen schwebten Fallschirme mit Leuchtkugeln.

Vorwärts, vorwärts!

Ich hörte, wie ein Leutnant einen unwilligen Kameraden anschrie, der zitternd auf der Brustwehr knien blieb. Sich die Ohren zuhaltend, wiegte er sich vor und zurück. Der Leutnant trat ihm unbarmherzig in die Seite und richtete seinen Revolver auf die Schläfe des panischen Mannes. Der duckte sich, rappelte sich auf und schloss sich verzweifelt den anderen an. Oberst von Bülow-Falkenstein blieb stehen. Bei der Nachhut. Der Schuft brachte sich hinter einer lebendigen Menschenmauer in Sicherheit.

Wider besseres Wissen gingen wir zum Angriff über und rannten an den zerstörten Stacheldrahtabsperrungen entlang. Ich roch das beißende, explosive Gasgemisch und spürte meinen Atem in der dicken, sengend heißen Luft. Ich rannte und rannte. Ein Kamerad neben mir strauchelte und versuchte rasch wieder auf die Beine zu kommen, um nicht zertrampelt zu werden. Schräg vor mir ließ eine Explosion Soldaten wie Lumpenpuppen in die Luft fliegen.

Wir näherten uns der französischen Linie. Sie war nur fünfzehn Meter von uns entfernt. Und schon ging es los: Mörsergranaten, Gewehrfeuer, Maschinengewehrfeuer. Wir liefen durch den Kugelhagel. Ich ließ mich in den stinkenden Schlamm eines flachen Kraters fallen. Ein Kamerad landete neben mir. Aus seinem Mund rann Blut, und seine Brust war ganz rot. Er packte mich und musterte mich keuchend. Ich sah, wie er sich bemühte, die Augen offen zu halten, er wollte mich weiterhin wahrnehmen, wollte weiterhin etwas erkennen können. Wenige Augenblicke später war er tot.

Lange blieb ich nicht in diesem Krater. Ich war wie von Sinnen. Tollkühn sprang ich mit einigen Kameraden in den französischen Schützengraben. Durcheinander, Geschrei. Wie im Rausch stach ich auf alles ein, was blau war. Ich stand einem Jungen mit hellblauen Augen und flachsblondem Backenbart gegenüber, der weinte und zu nichts mehr in der Lage war. *Non, non, non,* rief er nur noch. Ich hörte ihn und gleichzeitig auch wieder nicht. Ich stach ihm in den Bauch und zog das Bajonett zurück. Er griff in seine Wunde, Blut lief zwischen seinen Fingern hindurch. Er schaute mich an, nicht vorwurfsvoll, sondern fassungslos. Ich stach ihm in die Hand. Er schaute mich weiterhin an. Ich stach ihm ins Herz. Er kippte hintüber und starb mit einem Röcheln, das sofort von Wutgebrüll überstimmt wurde, das, so schien es mir, aus meiner Kehle kam.

Vieles habe ich vergessen. Es sind angefressene Erinnerungen – wie eine Radierung, die zu lange in der Ätzlauge gelegen hat. Die Franzosen ergriffen die Flucht, so viel weiß ich noch. Ich hatte mit heftigerer Gegenwehr gerechnet – die meisten Franzosen waren doch älter, größer und stärker als ich. Wir, die Überlebenden und Sieger, labten uns an dem zurückgelassenen kalten Hühnerfrikassee, dem Räucherspeck und einigen Flaschen Burgunder. Wir durchtrennten die Telefondrähte. Mit einem schweren Vorschlaghammer zertrümmerten wir die feindlichen Schützengrabenmörser, Maschinengewehre und Gewehre. In den Unterständen durchwühlten wir die zurückgelassenen Tornister und beschlagnahmten Schokolade, Zigaretten, Zigarrenkisten, ein silbernes Kreuz, eine Ausgabe der französischen Tageszeitung *Excelsior* und sämtliche Fotos von Mädchen und Frauen – egal ob sie schön oder hässlich waren.

Noch vor zwölf Uhr mittags wurden wir erneut vertrieben.

Jetzt hatten wir einen Feind mehr: die Eiseskälte. Das Schlachtfeld war von Raureif bedeckt, die Pfützen in den Bombenkratern waren überfroren. Ich hatte mich mit meiner Kompanie im Schafstall eines alten Bauernhofs einquartiert. Schneidender Ostwind pfiff durch die Löcher in den Lehmwänden. Wir schliefen auf dem Dachboden, auf durchgeweichtem, nach Pisse stinkendem Stroh. In den Löchern und Ritzen der Dachsparren saßen Käfer und Ohrwürmer. Mit unseren Gewehrkolben hatten wir die schlimmsten Spinnweben entfernt.

Aber ich beschwerte mich nicht. Keiner von uns beschwerte sich. Nach den jüngsten Gefechten und tagelangen Einsätzen an der Front- und Reservelinie hatten wir endlich Ruhe. Die Gräben verzweigten sich rasch. Vor allem die provisorischen Unterstände für die Kameraden und die Laufgräben zu den hintersten Linien waren überlebenswichtig.

Gehringer war tot. Er hatte einen kaputten Sandsack austauschen wollen und war von einem Heckenschützen getroffen worden, der am selben Tag bereits unser Grabenperiskop zerschossen hatte. Ich hatte direkt neben Gottlieb gesessen: Die Kugel ging durch seine linke Ohrmuschel. Wie eine Lumpenpuppe kippte er vornüber, fiel erst auf die Knie und dann auf die Seite. Zu meiner Überraschung hob er noch den Arm. Ich nahm seine Hand, hatte aber nicht den Eindruck, dass er noch bei Bewusstsein war.

Über eine morsche Leiter kletterte ich zu den Schafen hinunter, deren Blöken wie das Rülpsen eines ungehobelten Stallknechts klang. Hinter dem Hof befanden sich Telegrafenmasten,

Porzellanisolatoren und Drahtrollen. Ein Telefonist tauchte sein Jagdmesser in einen Becher mit Wasser und fuhr vorsichtig mit der Klinge über sein eingeschäumtes Kinn. Zwei andere unterhielten sich mit dem Bauern, einem faltigen, alten Mann mit einem zahnlosen Lächeln. Sie tauschten Zigaretten gegen Eier.

Pater Wessendorf setzte sich zu mir. Er war baumlang, bestimmt zwei Meter groß. Ich hatte gesehen, wie er einem sterbenden Feldwebel unter feindlichem Beschuss das letzte Sakrament gespendet hatte. Der Mut des Priesters schien keine Grenzen zu kennen, bis mir einfiel, dass er bestimmt fest davon ausging, überall willkommen zu sein – sei es nun im Himmel oder auf Erden.

Er zog eine Armeebibel aus der Jackentasche und wog sie in der Hand. »Noch aus Napoleons Zeiten«, brummte er. »Von einem preußischen Kavalleristen. In Kalbsleder gebunden. Die würde ich gern gegen ein französisches Remington-Bajonett aus amerikanischer Produktion eintauschen. Kennst du jemanden, der so ein Ding hat?«

»Nein.«

»Denk bitte dran.«

»Warum möchten Sie so ein Bajonett haben?«

»Als Souvenir. Ich sammle Bajonette. Und diese Variante ist ziemlich selten.«

Ich mochte ihn gern. Pater Wessendorf war einer von uns, auch wenn er in der dunkelsten Stunde nur meine Seele und nicht meine sterbliche Hülle retten würde.

Post! Endlich. Ein Brief sorgte für eine Verschnaufpause, selbst wenn sie nur wenige Minuten dauerte. Man wohnte wieder in dem Dorf, der Stadt oder der Region, in die man gehörte, auf einem Fleckchen Erde, wo weder Willkür noch Wahnsinn herrschten. Und wenn es sich um ein Lebenszeichen von der Liebsten handelte, waren ihre Worte genauso überlebenswichtig wie Waffen. Allerdings konnten sie genauso tödlich sein.

Bei jeder Feldpost war auch ein Abschiedsbrief dabei. Sechs oder sieben Unglückliche hatte ich bereits weinen, fluchen und schreien hören. Oder aber verstummen, was noch viel schlimmer war. Die meisten waren nach einer Woche tot. Entweder sie gaben sich einfach auf, oder aber sie wüteten wie die Berserker, weil sie nichts mehr zu verlieren hatten. Ich schaute mich um. Einige Kameraden lasen. Nirgendwo beunruhigte oder betrübte Gesichter.

Ich bekam einen Brief von Elfriede, zum ersten Mal! Sie hatte ihn parfümiert. Ich roch Flieder und konnte mein Glück kaum fassen. Das Warten auf eine Botschaft von ihr war die reinste Qual gewesen. In den letzten Wochen hatte ich sehen müssen, wie sich ihr Gesicht auf dem Foto in meiner Brusttasche unmerklich veränderte. Auf einmal lächelte sie an mir vorbei, und in den letzten Tagen hatte sie mich sogar spöttisch angeschaut. Was hatte ich mir da bloß eingebildet?

Ich dachte an unsere kurze Romanze zurück, die jetzt mehr als hundertfünfzig Tage währte. Am 6. August, dem Abend vor meinem Aufbruch ins Feldlager, hatten wir wieder einmal am Flussufer gesessen. Hin und wieder war ein Mauersegler vorbeigeflogen. Elfriede hatte ein weißes Sommerkleid getragen, das mit runden schwarzen Knöpfen am Rücken geschlossen wurde. Ihre Haut war vor Erschöpfung gerötet.

»Versprich mir, dass du heil zurückkommst«, sagte sie. Es klang bockig, wie aus dem Mund eines Mädchens, das seinen Willen haben will.

»Das werde ich.«

»Wann?«

»Noch vor Weihnachten.« Ich wiederholte, was alle sagten. Vier Monate Krieg waren genau richtig.

»Versprich es mir!«

Sie verstummte.

Ich strich ihr über den Rücken, über ihr dünnes, weiches Baumwollkleid. Ich wollte, dass »es« passierte, traute mich aber nicht so recht. Wäre ich nicht Zeuge des Vorfalls mit Maier geworden, hätte ich am liebsten mit zärtlicher Gewalt an den Knöpfen gezerrt und ihr Kleid zerrissen. Ich wollte auf keinen Fall als Jungfrau fallen.

Sie schmiegte sich an mich. Würde ich es schaffen, den obersten Knopf mit einer Hand zu öffnen? Es waren sechs, ein jeder so groß wie ein Damennagel. Um Zeit zu gewinnen, massierte ich langsam ihren Nacken. Sie atmete schwer. Der Knopf musste auf Anhieb aufspringen. Ich nahm den Stoff zwischen Daumen und Zeigefinger und versuchte den Knopf durchs Knopfloch zu schieben. Daneben. *Mist!* Ich fummelte und fummelte. Der Knopf blieb hängen und saß fest.

Sie schmiegte sich nach wie vor an mich. Ich glaubte zu spüren, dass sie erstarrte, sich verspannte. Ebenso leidenschaftlich wie unbeholfen küsste ich ihr Kinn, ihren Mundwinkel.

»Warte!«, sagte sie.

Stand auf, öffnete die Knöpfe und ließ das Kleid sanft von den Schultern gleiten. Kleine, schöne Brüste. Ich küsste sie. Sie weinte. Starrte zum dunklen Firmament empor. Durfte ich weitermachen? Aber sie rührte sich nicht. War sie zu verkrampft? Ich wusste nicht, wohin mit meiner Erregung.

Sie hatte sich mit den Handballen über die Augen gewischt. »Es tut mir leid, Julius. Aber ich möchte einfach nur bei dir sein.«

Hatte ich sie zu sehr unter Druck gesetzt? Natürlich hätte ich mehr Geduld für sie aufbringen müssen. Warum hatte ich nicht mehr Verständnis für sie gezeigt, nachdem ich doch miterlebt hatte, wie der Stiefvater sie angegrapscht hatte. Jetzt musste ich für mein mangelndes Einfühlungsvermögen büßen. Und dennoch hatte ihre Zurückweisung etwas Unerklärliches für mich. Sie schien mir nicht zu ihrem Wesen zu passen, zu ihrer Sinnlichkeit, ihrer Unbekümmertheit.

Mit meinem Bajonett schlitzte ich den Umschlag auf. Eine Seite.

Lieber Julius,
ich habe deine Briefe gelesen. Alle sieben. Dass du in Schlamm und Regen so oft an mich denkst, in diesem monströsen Krieg, tröstet mich sehr. Ich bete jeden Tag für dich. Auch für Claus, Theodor und die anderen jungen Männer aus dem Dorf.
Kennst du Paul, den Sohn des Schmieds? Er ist in Ypern schwer verwundet worden. Er wird nie wieder laufen können. Seine Eltern sind am Boden zerstört, auch wenn sie froh sind, dass er jetzt zu Hause bleiben darf und nicht gefallen ist. Das ganze Dorf fühlt mit ihnen. Der Priester hat Paul extra in seiner Predigt erwähnt.
Hier geht alles weiter wie gehabt. Ich habe gehört, dass die Lebensmittel knapp werden sollen. Zucker und Butter sind nur schwer zu bekommen, sagt deine Mutter, aber ansonsten kriegen wir hier eigentlich kaum was mit. Ich hoffe, du bekommst bald Heimaturlaub. Tut mir leid, dass ich dir nicht früher geschrieben habe. Ich weiß nicht recht, wie ich mich ausdrücken soll, um einem Dichter Mut zuzusprechen, aber in Gedanken umarme ich dich, Tag für Tag.

Elfriede

Kein Abschiedsbrief. Ich jubelte vor Freude.

Auf einem Dorfplatz, unter einer großen, ramponierten Eiche mit nur einem Ast, der wie ein gelähmter Arm herabhing, scharten sich mehrere Kinder um August Pappernigg. Aus einiger Entfernung schauten auch ein paar Infanteristen, Essenholer sowie ein Meldegänger auf einem Motorrad zu. Pappernigg hatte sein Publikum gefunden. Er zauberte Schlüssel, Münzen und Kugelhülsen aus seiner Nase hervor, zog ein rotes Taschentuch aus dem Ohr und ließ es in der Luft verschwinden. Die Kinder jubelten, hüpften aufgeregt auf und ab und verlangten nach mehr.

An diesem Teil der Front war es relativ ruhig. Zehn, elf Tage lang hatte ich keinen einzigen Schuss abgeben müssen. Trotzdem war der Krieg auch hier überall zu spüren. Eine Kolonne mit klappernden, rostigen Lastwagen, auf deren Ladeflächen Munitions- und Granatenkisten standen, fuhr dröhnend vorbei. Das letzte Fahrzeug zog auf hölzernen, mit Eisen beschlagenen Speichenrädern eine kleine Kanone hinter sich her. Als ich die Straße überquerte, hörte ich Tumult. Auf einem felsigen Gelände hinter einem verfallenen Schuppen hatten sich mehrere Kameraden versammelt. Wenn ich mich nicht täuschte, waren es Mitglieder eines Stoßtrupps und Artilleristen, die sich heiser schrien und lachten. Sie scharten sich um einen improvisierten Kampfplatz aus aufeinandergestapelten Sandsäcken.

Ich erkannte ihn schon von Weitem. Sein blondes, exakt gescheiteltes Haar glänzte fettig. Claus war älter geworden, ja, in wenigen Monaten um Jahre gealtert. Er war auch magerer als früher, und sein Gesicht war wettergegerbt. Ich sah zu, wie er rasch und energisch Münzen und Geldscheine einsammelte, eine Zigarette im Mundwinkel. Er bemerkte mich nicht.

In der »Arena« standen zwei hölzerne Käfige, etwa zwei Meter voneinander entfernt. Die Schiebetüren wurden geöffnet. Eine dicke braune Ratte, so groß wie eine kleine Katze, kroch heraus, während in der anderen Käfigöffnung ein Frettchen erschien. Die Tiere waren verstört und schienen völlig ausgehungert zu sein. Das Frettchen ging direkt zum Angriff über und verbiss sich in der Kehle der Ratte. Diese zappelte und quietschte, konnte sich allerdings nicht mehr befreien. Der Kampf war schnell vorbei – zum Entsetzen der Anwesenden, von denen vermutlich einige viel Geld verloren hatten.

Claus ließ seine Zigarette fallen und drückte sie mit der Stiefelspitze aus. Er wirkte zufrieden, was mich nicht wunderte. Endlich entdeckte er mich. Grinsend und mit offenen Armen kam er auf mich zu, und wir fielen uns um den Hals. Seine Hände waren mit lauter kleinen Bisswunden übersät.

»Ich nehme an, das Frettchen gehört dir?«, fragte ich.

Er nickte. »Er heißt Mister Brown. Allein das ruft schon eine solche Abneigung hervor, dass nur die wenigsten darauf setzen.«

»Wie viel hast du gerade verdient?«

»Genug. So viel wie drei Wochen Sold.«

»Hatte die Ratte auch einen Namen?«

»Ich glaube, sie wurde Goliath genannt, weil das Vieh so riesig war. Sie hatte schon einige Kämpfe gewonnen.«

»Goliath. Was für ein blöder Name!«

»Bei dem Frettchen hat sie sich auch ziemlich blöd angestellt.«

Wir lachten beide lauthals.

Unsere Regimenter wurden zusammengelegt, was ich mit gemischten Gefühlen zur Kenntnis nahm. Dafür stand mir Claus einfach zu nahe. Ich liebte ihn wie einen Bruder. Früher hatte ich mal geträumt, die Seele einer der gestorbenen Frühgeburten meiner Mutter hätte sich nicht in Luft aufgelöst, sondern ein paar Straßen weiter doch noch einen Körper gefunden, eine andere Mutter: die Lehrersfrau, was vielleicht besser war und ein erfüllteres Leben versprach.

In meinen Frontkameraden sah ich nichts als lebende Tote. Verdammte. Ihre Särge waren bereits gezimmert und ihre Gräber bereits ausgehoben. Deshalb hatte mich Gottlieb Gehringers Tod auch nicht wirklich getroffen. Dabei war er ein netter Kerl gewesen. Während unserer Einsätze und Wachdienste hatten wir Zigaretten und Erinnerungen miteinander geteilt – und eine Vorliebe für volle Lippen und schlanke Beine. Gemeinsam hatten wir über einen tuntigen, dicken Rekruten aus Hamburg gelacht, der kreischend hochschrak, weil ihm eine Ratte unter den Mantel gekrochen war, um einen Keks in der Brusttasche des Nichtsahnenden anzuknabbern. Schon einen Tag später hielt ich dem sterbenden Gehringer die Hand.

Ich wollte auch möglichst wenig mit dem »Frischfleisch« zu tun haben – so nannten wir die ahnungslosen, zitternden Grünschnäbel, die wie gefügiges Schlachtvieh in die Gräben getrieben wurden. Schon wenige Monate Gefechtserfahrung hatten einen alten Hasen aus mir gemacht. Ich warnte die Neulinge mehrmals, versuchte, ihnen und ihren Müttern furchtbares Leid zu ersparen. Aber einige von ihnen waren einfach taub, dumm, naseweis, stur oder eine Mischung von alledem. Der eine streckte den Kopf über die Brustwehr, um die Franzosen auf der Gegenseite besser erkennen zu können. Der andere rannte nachts geduckt übers offene Feld zum vordersten Schützengraben, eine brennende Zigarette zwischen den Lippen.

Claus war intelligent und gewitzt, daran zweifelte ich keine Sekunde. Aber der Gedanke, dass er, den ich schon von klein auf kannte, in meinem Beisein fallen könnte, war mir unerträglich. Ich hatte mitbekommen, wie sehr Gustav Kipp gelitten hatte. Es ist schlimm genug, mitansehen zu müssen, wie das Bein eines Kameraden amputiert wird, aber noch viel schlimmer, wenn es das Bein des eigenen Bruders ist. Aber jetzt, wo Claus schon mal da war, beschloss ich, das Beste daraus zu machen. Vielleicht konnten wir uns gegenseitig beschützen.

Am späten Nachmittag marschierten wir als Reserveeinheit nach Osten. Es hatte schon den ganzen Tag getaut, und jetzt fiel leichter Regen. Wegen der zugefrorenen Pfützen und Krater war die Straße kaum zu benutzen. Sechs klapprige Pferde zuckelten vorbei – mühsam zogen sie eine Kanone. Ein tobender Fahrer warf ein paar junge Neuzugänge aus seinem Wagen, weil die Hinterräder im Schlamm stecken geblieben waren. Sie mussten anschieben. Wegen des aufspritzenden Schlamms sahen sie bald aus wie Erdtrolle, aber sie schafften es, den Wagen wieder flottzubekommen. Vor uns lag ein umgekipptes, brennendes Ambulanzfahrzeug. Ich roch Benzin. Inmitten von schwarzem Qualm versuchten zwei Sanitäter das Feuer mit lecken Eimern zu löschen.

Wir, die Infanterie, marschierten mit eingefallenen, unrasierten, verdreckten Gesichtern inmitten all der Pferde, Esel und Fahrzeuge vorwärts. Ein Soldat hatte sich eine Decke um die Schultern gelegt und die Beine mit Lumpen und alten Zeitungen umwickelt, die von Telefondraht gehalten wurden. Ein anderer trug eine blaue französische Uniformjacke wie ein Cape über seiner eigenen Uniform. Keiner verlor auch nur ein Wort darüber.

Irgendwo weiter vorn marschierten Pappernigg, Kipp und die anderen aus meiner Einheit. Claus lief neben mir, den kleinen

Holzkäfig mit Mister Brown versteckte er in einer Umhängetasche aus Segeltuch. Ich hatte Hunger. In meinem Tornister
fand ich ein trockenes Stück Zwieback und teilte es mit ihm.
Stirnrunzelnd sah er mich an.

»Ist das alles, was du noch hast?«

»Nimm ruhig!«

Er steckte sich den Zwieback in den Mund. Kurz darauf
stieß er mich in die Seite und gab mir einen halben Riegel Schokolade.

»Hier, du Hungerleider! Hast du irgendwas von unseren
Freunden gehört?«

»Nichts. Auch nicht von meiner Mutter. Aus ihren Briefen
erfahre ich zwar immer den neuesten Dorfklatsch, den sie im
Laden mitbekommt, aber von Theo und Erich hat sie nichts geschrieben.«

Claus nahm eine Zigarette und zündete sie an. Er inhalierte
tief. Mit gespitzten Lippen versuchte er, Rauchringe zu blasen.
»Wenn ich mich nicht täusche, ist Theo Armeefotograf. Ich
weiß aber nicht, wo. Auch wo Erich steckt, weiß ich nicht. Jedenfalls dürften beide noch leben.«

Am Wegesrand, umstellt von bewaffneten Kameraden, saßen unzählige französische Kriegsgefangene, die trübsinnig vor
sich hin starrten. Das war also der Feind. Ohne ihre andersfar-
bigen Uniformen hätte ich ihn gar nicht als solchen erkannt.
Diese Männer waren genauso erschöpft, schmutzig, verfroren,
mürbe und kriegsmüde wie wir. Ein Küchenjunge warf der
Gruppe einen Eimer mit Essensresten hin. Ich sah faulige Kar-
toffelschalen, Kohlblätter, Fischreste, blutige Fettklumpen und
knorpeliges Fleisch. Die Franzosen kämpften darum wie die
Wölfe. Einer der Gefangenen saugte einen Fischkopf aus. Der
Küchenjunge, eine magere Rotznase mit flachsblondem Schnurrbart, stellte sich daneben. Er lachte und spuckte auf sie.

Claus legte Tasche und Tornister beiseite und ging zu dem Küchenjungen. Er stieß ein paar Franzosen zur Seite und nahm sich einen Knochen. Dann packte er den Küchenjungen im Nacken.

»Iss!« Seine Stimme war gefährlich ruhig.

Erschreckt sah der Küchenjunge Claus an.

»Nein … Nein.«

Claus nahm sein Ohr in den Mund und biss zu. Ganz fest. Der Junge blutete und schrie vor Schmerz.

»Iss, du Stück Dreck! Jetzt, sofort! Oder aber ich fress dein Ohr auf.«

Die Franzosen sahen erstaunt zu. Einer kaute auf einem Kohlblatt und schien seinen Hunger ganz zu vergessen.

Der Küchenjunge leckte an dem Knochen und zog mit den Zähnen ein großes Fettstück davon ab, das riss wie ein Gummiband. Zitternd begann er zu kauen.

»Jetzt weiß du, wie es sich anfühlt, ein Hund zu sein. Oder ein Schwein. Hast du jemals bis zu den Knien im Schlamm gesteckt? Hast du jemals gesehen, wie einer deiner Kameraden blutend im Stacheldraht hängt? Hast du jemals auch nur einen einzigen Schuss abgegeben?«

Der Küchenjunge schüttelte den Kopf. Er hatte Todesangst.

»Und jetzt runter damit!«

Er schluckte.

Claus schnaubte verächtlich. »Und du willst hier den Helden markieren?« Er gab dem Küchenjungen einen so heftigen Stoß, dass der in seine eigenen Abfälle fiel. Schnell rappelte er sich wieder auf, betastete sein Ohr und verschwand in der Menge.

Ein Franzose – ein Leutnant, dessen Arm in einer Schlinge hing, und der sich abseits gehalten hatte – begann zu klatschen. Claus beachtete ihn nicht weiter.

Kurz darauf durchquerten wir ein verwüstetes Dorf, in dem alte Leute zwischen den Trümmern nach Lebensmitteln und allem, was noch zu gebrauchen war, suchten. An einem kleinen zerschossenen Bahnhof wanden sich die Gleise wie schlaffe Triebe nach oben. Die Bahnschwellen lagen kreuz und quer. Auf einem verlassenen Waggon stand eine Flugabwehrkanone, dessen verbogener Lauf zur Seite zeigte.

Nichts schien mehr heil zu sein, bis eine riesige weiße Marienstatue vor uns auftauchte. Sie wurde von den Scheinwerfern einer Kolonne von Munitionswagen erhellt, die uns überholten. Die Skulptur war unversehrt, kein einziger Schlammspritzer besudelte ihr marmornes Antlitz oder Gewand. Die Frauen aus dem Dorf mussten sie sorgfältig geschrubbt haben.

Claus blieb stehen, legte Gewehr und Frettchenkäfig auf den Boden, senkte den Kopf und machte das Kreuzzeichen. »Das ist ein Wunder«, sagte er. »Alles ist kaputt, und sie steht immer noch, strahlend weiß. Eine echte Schönheit, nicht wahr?«

»Ja«, sagte ich. »Für diejenigen, die noch daran glauben können. Warum bist du auf einmal so religiös?«

Er sah auf. »Ich hoffe einfach nur auf Gottes Hilfe. Mehr nicht.«

Außerhalb des Dorfs trafen wir auf ein Feldlazarett, das in einer kaputten Schule untergebracht war. Ein Soldat ohne Nase kam heraus. Sein Kopf war fast vollständig bandagiert.

»Wo möchtest du am allerwenigsten getroffen werden?«, fragte Claus plötzlich.

»In die Stirn.«

»Sehr witzig.«

»Oder in den Schwanz oder die Eier wie wir alle. Wieso, woran hast du gedacht?«

Er schwieg. »Im Gesicht. Ich habe Jungs mit furchtbaren Wunden gesehen – von Granatsplittern. Welche Frau nimmt dich da noch? Meiner Meinung nach bleibt man dann für den Rest seines Lebens allein. Oder aber man tritt auf dem Jahrmarkt auf: ›Kommen Sie und staunen Sie! Hinein ins Kabinett der Monstrositäten! Gänsehaut garantiert.‹« Er lachte verbittert auf.

Wir verbrachten die Nacht in einer verlassenen Scheune. Im Schein einer Fackel wärmten sich einige Kameraden an einem Ölfass, das mit Zweigen und Holzresten beheizt wurde. Andere versuchten auf dem Ziegelboden zu schlafen.

Es stank fürchterlich, allein schon durch die schmutzigen Uniformen. Eine alte Bäuerin hatte kopfschüttelnd meine verdreckte Hose gewaschen und gebügelt – als Gegenleistung dafür, dass wir eine umgestürzte Eiche in ihrem Garten zu Kleinholz gehackt hatten.

»Bleiben wir hier?«, fragte ich.

Claus lächelte nur, und ich wusste Bescheid.

Mister Brown, sein Frettchen, ließ er zurück. Das war nicht der richtige Zeitpunkt für Käfigkämpfe. Dafür nahmen wir ein Gewehr mit.

Die Nacht war sternenklar. Im fahlen Mondlicht sahen wir die Trümmerlandschaft und die zerschossenen Gebäude. In der Dorfmitte waren hie und da noch eine Fassade oder eine Mauer stehen geblieben, mehr nicht. Wir hörten den Kanonendonner, der überall zu vernehmen war. Ich fragte mich, ob ich mich je wieder an wirkliche Stille gewöhnen würde.

»Was schreibst du nach Hause?«, fragte Claus.

Seine Frage traf mich unvorbereitet. »Nur gute Nachrichten.«

Er lachte. »Das müssen sehr kurze Briefe sein.«

»Ich schreibe, dass es ruhig ist an der Front. Dass es aufgehört hat zu regnen. Dass wir gerade Kaffee bekommen haben.«

»Lauwarmen Kaffee vielleicht, abgestanden und bitter. Mit viel Kaffeesatz. Steht das auch in deinen Briefen?«

»Ich versuche meine Mutter zu beruhigen. Aber die ist natürlich nicht dumm. Ich schreibe auch, dass wir nachts Wache schieben müssen, und wie hart das ist. Dass der Leutnant ein Lump ist. Und dass ein Bauer aus Bayern scheißen kann, dass er den ganzen Latrinengestank übertrumpft, damit der Franzose in mehreren hundert Metern Entfernung auch noch was davon hat.«

»In zwanzig Metern Entfernung.«

»Bei hundert höre ich auf, wenn du verstehst, was ich meine.«

Claus nickte. Irgendetwas stob vor uns davon.

»Und du?«, fragte ich. »Schreibst du deinem Vater?«

»Bisher erst ein einziges Mal.«

»Und was?«

Er zuckte mit den Schultern. »Zwei Sätze auf einer Postkarte. Dass ich noch lebe, dass es mir gut geht. Mehr nicht.«

»Hat er dir zurückgeschrieben?«

»Mein Vater? Nein.« Er lachte verächtlich. »Der ist froh, dass ich endlich weg bin. Der Krieg wird meinen Charakter stählen, hat er behauptet. Vielleicht leiste ich in seinen Augen wenigstens jetzt etwas Anständiges. Aber im Grunde ist mir das auch egal.«

Schatten, in weiter Ferne. Sofort duckten wir uns hinter einem Schuttberg. Claus entsicherte vorsichtig sein Gewehr. Wir sahen uns an und verharrten reglos. Die Schatten verschwanden. Waren das Franzosen gewesen? Zur Sicherheit warteten wir noch ein paar Sekunden.

Die Lage schien ruhig genug zu sein, um eine Zigarette rauchen zu können. Für alle Fälle hielt ich die Hand vor die Glut.

»Meiner Mutter schreibe ich schon manchmal«, sagte Claus. Er kaute auf einem langen Holzspan.

»Und was schreibst du ihr so?«

»Die Wahrheit.« Grinsend sah er mich an. »Die Wahrheit, Julius.«

»Wie meinst du das?«

»Was für eine kranke, gottverdammte Scheiße das hier ist. Und dass die einzig gute Nachricht lautet: Ich bin noch am Leben.« Er sah zu den Sternen empor. »Wo wärst du jetzt am liebsten?«

»Jetzt? Bei Elfriede im Bett.«

»Das glaub ich dir gern! Ich meine, an welchem Ort. Wo auf der Welt wärst du jetzt am liebsten? In Amerika? In Afrika? In den Bergen? In der Wüste? Auf dem Meer?«

»An einem Ort, wo es weder Regen noch Schlamm gibt. Wo man nicht zusammengeschossen wird. In Deutschland. Ich muss gar nicht so weit weg. Mein Vater bildet sich ein, dass ich den Laden übernehme, aber ich möchte Schriftsteller werden. Und wo wärst du jetzt am liebsten?«

»In Amerika.«

»In Amerika? Warum denn da?«

»Ein Freund meines Vaters war mal in New York. Das ist die neue Welt, Julius, die bauen bis in den Himmel. Hochhäuser mit dreißig, vierzig Stockwerken! Der Kerl hat sogar von fünfzig Etagen gesprochen, eine Höhe über zweihundert Meter, was natürlich vollkommen unmöglich ist. Aber wenn, will ich ganz weit oben wohnen. Im zehnten Stock oder so, mit Blick über die ganze Stadt.«

»Dafür braucht man bestimmt viel Geld.«

»Auch deswegen will ich ja Unternehmer werden, mein eigener Herr sein.«

Er stand auf und klopfte sich den Staub von der Hose. »Komm, lass uns dieses Dorf erkunden. Mal schauen, ob wir jemanden ausfindig machen, der unserer Sprache mächtig ist.«

Es war nicht ungefährlich, im Dunkeln durch die Trümmer zu laufen. Immer wieder rutschten wir aus oder traten in Nägel, Glas und Stacheldraht. Oder schlimmer noch auf etwas

Weiches, Steifes. Nur am Dorfrand waren einzelne Häuser noch mehr oder weniger heil geblieben. In einem davon, bei dem nur die Rückseite beschädigt war, brannte noch Licht. Das Dach war eingestürzt und mit Wellblech abgedichtet worden. Einige Kameraden – Artilleristen – hatten den Hausrat hinausgetragen und mit den zersplitterten Fensterrahmen, Schubladen und einer kaputt getretenen Vitrine ein Feuer gemacht. Sie schienen keine Angst vor französischen Patrouillen zu haben, offensichtlich war die Front weiter entfernt als gedacht.

»Aber schön warten, bis ihr an der Reihe seid, kapiert?«, sagte ein dürres, unscheinbares Männlein, das in eine Decke gehüllt war und uns misstrauisch musterte.

»Wie meinen Sie das?«, fragte Claus

Ein alter Kamerad mit müden Augen lachte und hustete. Wie der Monarch eines verwüsteten Königreichs saß er in einem Rauchersessel inmitten der Trümmer. »Dafür seid ihr noch zu jung.« Ich hörte, dass er betrunken war.

Claus legte mir die Hand auf die Schulter »Wenn ich mich nicht täusche, sind wir auf ein Bordell gestoßen, Julius.«

»Es sind zwei Schwestern«, sagte das unscheinbare Männlein. »Mit üppigen Schenkeln und leckeren Fötzchen.« Lüstern ließ er die Zunge kreisen.

»Wir wollen zur Abwechslung mal mit einer anderen Kanone schießen«, sagte der alte Kamerad im Rauchersessel. Wieder dieses röchelnde Lachen, wieder ein Hustenanfall. Sollte er den Krieg überleben, wäre das wirklich ein Wunder.

»Wir haben noch jede Menge Munition übrig«, sagte das Männlein breit grinsend.

Der alte Kamerad musterte uns herablassend. »Wenn ich mich nicht täusche, sind diese Burschen noch Jungfrau«, sagte er. »Die wollen natürlich zum Mann werden. Falls sie überhaupt wissen, wie das geht.«

Jungfrau.

Ich sah Claus an. »Sind wir noch Jungfrau?«

»Das geht die einen feuchten Kehricht an«, sagte er böse.

»Ich glaube, dass diese Milchbubis ihn nicht mal hochkriegen«, rief der alte Kamerad.

»So was passiert jungen Männern deutlich seltener als alten Opas«, erwiderte Claus eisig.

»Na hör mal, du Rotzlöffel! Weiß deine Mutter überhaupt, wo du bist?«

»Wissen deine Urenkel, wo du bist?«

Das Männlein lachte. Der im Sessel nicht. In der Türöffnung tauchte ein schmuddeliger Kerl mit Schnauzbart auf, der umständlich sein Hemd in die Hose steckte und rülpste.

Der alte Kamerad musterte Claus und entspannte sich wieder. »Sieh mal einer an!«, sagte er. »Der Kerl hier hat Mut. Solche Leute brauchen wir. Mit solchen Jungs gewinnen wir den Krieg.« Er machte eine weit ausholende Geste. »Los dann, nach euch.«

Claus schwieg. Ich auch.

Er scheuchte uns noch mal vor. »Los, Marsch! Viel Spaß!«

Claus lehnte sein Gewehr an die Fassade und öffnete die Hintertür. Zögernd folgte ich ihm. Die Küche sah aus, als wäre sie erst gestern verlassen worden, mit einem Kohlenofen und gusseisernen Töpfen, die in einem offenen pfefferminzgrünen Schrank nebeneinander hingen. Es roch nach vergorenem Wein. Wir liefen durch einen schmalen, dunklen Flur. Die Dielen knarzten.

Bis zu diesem Zeitpunkt hatte ich ein einziges Mal in meinem Leben eine Hure gesehen. In der Stadt. Sie war jung und blond gewesen und hatte ausgesehen wie eine Fee. Meine Mutter hatte mich hastig fortgezerrt. Ich war zu klein gewesen, um das Hinterteil dieser »Erscheinung« sehen zu können. Und jetzt? Würde ich es schaffen, ihrem Sirenengesang zu widerstehen?

Und würde ich das überhaupt wollen? Elfriede war weit weg. Wie lange sehnte ich mich schon nach einem frisch bezogenen Bett und einem warmen Frauenkörper?

Die Tür eines kleinen Zimmers stand offen. Im Schein einer Petroleumlampe sah ich ein großes, gusseisernes Bettgestell, in dem tatsächlich zwei Schwestern lagen. Doppelt so alt wie wir. Und auch doppelt so dick.

»*Bonjour*«, sagte die eine Madame heiser. »Willkommen.« Sie war fett. Noch fetter als die andere.

»Hmm, fesche Soldaten«, sagte diese. Sie hatte riesige Hängebrüste. Ich nahm schon an, sie wollten uns bezahlen, um über uns herfallen zu können, aber das war ein Irrtum. Zehn Mark pro Nase. Claus zahlte und sah mich lachend an. »Worauf wartest du noch?«

Schnell zogen wir uns aus. Die Schwestern hatten einen Zinkeimer mit trübem Wasser und einem grünen Stück Seife neben dem Bett stehen. Mit einem Schwamm säuberten sie uns so rasch und gründlich wie möglich. Claus sprang als Erster ins Bett und vergrub seinen Kopf zwischen den runzligen Brüsten der Dickbusigen. Sie lachte laut auf. Ich wurde von der Fetten unter die Decke gezogen. Sie legte sich auf mich, und ich spürte, wie mein Körper von den Falten ihres Schwabbelbauchs umschlossen wurde. Sie leckte mir mit einer langen, nassen Zunge über den Hals. Ich nahm einen fischigen Geruch wahr. Neben mir hörte ich das Seufzen und Stöhnen der Dickbusigen.

Die Frau auf mir griff nach meinem Geschlecht und fasste daneben. Irritiert sah sie mich an. Dann setzte ihre Zunge den Weg bis zu meinem Bauchnabel fort.

Claus kam mit einem tiefen Stöhnen, doch bei mir regte sich nichts. Und das würde bestimmt auch so bleiben. Ich begann, mich unter den Fettmassen der Dicken hervorzuarbeiten. Claus schaute kurz zur Seite und kletterte dann von seiner Madame auf meine, die nun ebenfalls stöhnte. Die beiden Schwestern umrahmten Claus und ließen ihn nicht so schnell wieder fort. Ich saß auf den kalten Holzdielen, lehnte mich ans Bett und zog die Decke an die Brust, um nicht auszukühlen.

Am nächsten Tag erreichten wir einen Sektor, in dem es in den letzten Wochen hoch hergegangen war. Eine Kompanie an der Frontlinie war schon seit elf Tagen nicht mehr abgelöst worden. Die Leute kamen schier um vor Hunger. Einige hatten blauschwarz gefrorene Füße. Ich kannte diese Männer nicht, war ihnen nie zuvor begegnet, sah ihnen aber an, dass sie nicht mehr dieselben waren wie vorher.

In der Vorweihnachtszeit schien der Armeeführung zu dämmern, dass der Krieg länger dauern würde als gedacht. Dieser Schützengraben mit dem Namen Siegfried war sicherer und komfortabler als andere. Auch hier gab es dunkle, unheimliche, durch den Frost entstandene Erdrisse, aber nach nächtelangem Schuften hatten Kameraden für Laufgräben und Unterstände gesorgt. Die Wände wurden von Bretterverschlägen gestützt.

Ein französischer Heckenschütze, der bestimmt schon seit einer Woche auf der Lauer lag, machte uns schwer zu schaffen. An einem Dezembernachmittag holte er sich sein achtes Opfer: einen Telefonisten, der beim Reparieren einer durchtrennten Leitung einen Wadenkrampf bekommen hatte und kurz aufstehen musste, und zwar an einer Stelle, an der der Schützengraben noch nicht tief genug war, weil sich die Arbeitseinheit am Vorabend mit Wein und Rum berauscht hatte.

»Warum schafft ihr es nicht, den Kerl zu erledigen?«, fragte Claus.

Ein Kamerad, der gerade von einem Meldeposten zurückgekehrt war, sah ihn spöttisch an. »Weil er schlau ist. Es gibt auch schlaue Franzosen, mein Freund, ist dir das noch nicht aufgefallen? Oder hältst du uns etwa für Idioten? Nur weil wir es immer noch nicht geschafft haben, diesen Hundsfott zu erwischen?«

Claus ließ sich nicht aus der Ruhe bringen. »Wie arbeitet er?«

»Nach jedem Schuss verändert er seine Position. Er flutscht uns durch die Finger wie ein Aal.«

»Er wird dieses Weihnachten nicht mehr erleben«, sagte Claus seelenruhig.

Der Kamerad musterte ihn herablassend, aber ich kannte meinen Freund gut genug, um zu wissen, dass das keine leere Drohung war.

Bei den Essenholern bestellte Claus Hühnerdraht, einen Eimer mit Wasser, einen Gummischlauch, einen Sack Reis, Mehl, Salz, Paprikapulver und Zeitungen. Jede Menge Zeitungen. Ich sah, dass er so richtig in seinem Element war. Er brachte frischen Wind und ein bisschen Abwechslung in die Truppe. Über unseren Besuch bei den Hurenschwestern hatten wir kein Wort mehr verloren. Ich spürte eine gewisse Kluft zwischen uns und fühlte mich ihm gegenüber irgendwie im Rückstand.

Am nächsten Tag probierte er fünf Gewehre derselben Bauart aus. Ein Zielfernrohr stand ihm nicht zur Verfügung. Mit jeder Waffe schoss er auf ein rotes Stück Stoff, dass auf der französischen Seite im Stacheldraht hängen geblieben war. Der Abstand betrug etwa zwanzig Meter. Wie gut konnte Claus schießen? Auf unserer Jagdpartie hatte er den Rehbock in die Flanke getroffen, nicht in Kopf oder Brust. Den Gewehrlauf auf einen Sandsack gestützt, visierte er sein Ziel hochkonzentriert an und drückte ab. Ich konnte nicht sehen, ob er den roten Stofffetzen traf, und wagte es nicht, ihn danach zu fragen.

Am späten Vormittag hatte sich Claus für ein Gewehr entschieden. Keine zwei Stunden später wurde ihm die bestellte Ware gebracht. Allein das war schon ein kleines Wunder – anscheinend waren die Soldaten bereit gewesen, sich zu beeilen.

Auf einer Granatenkiste, mit einer Zigarette im Mundwinkel, begann Claus, den Hühnerdraht zu formen. In dem Eimer rührte er aus Wasser, Salz und Mehl eine dicke Pampe an, und mit seinem Jagdmesser schnitt er das Zeitungspapier in Streifen. Diese weichte er kurz in der Pampe ein und legte sie über den Hühnerdraht. Endlich fiel bei mir der Groschen.

»Mehl klebt besser und trocknet schneller«, erklärte Claus. »Schon meine Oma hat das so gemacht. Außerdem lässt sich hier Mehl leichter organisieren als Tapetenkleister.« Er formte den Hühnerdraht zu Nase und Kinn und bedeckte alles mit nassen Papierstreifen. Der Kopf nahm langsam Gestalt an.

»Das ist Willy«, verkündete er. Mit Wasser und Paprikapulver sorgte er für einen natürlichen Teint. Ein wenig zu rot vielleicht, wodurch Willy unfreiwillig schüchtern wirkte.

Claus setzte ihm einen Helm auf, den er unterm Kinn festband. Mit der Messerspitze bohrte er ihm ein Loch für die Zigarette in den linken Mundwinkel, diese war innen mit dem Schlauch verbunden. Anschließend legte er den Kopf auf einen Spaten. »Willy raucht«, sagte Claus. »Ich hoffe, er muss mit seinem Leben dafür bezahlen.«

Es wurde dunkel. Um diese Tageszeit hatte der Heckenschütze bereits zwei Mal zugeschlagen. Bevor es Abend wurde, suchte er sich noch ein letztes Opfer. *Nachtkuss* nannten das die Kameraden. Deshalb wollte Claus auch nicht länger warten. Er zündete die Zigarette an, ich saugte an dem Schlauch, und die Zigarettenspitze glomm auf,

»Du wartest auf mein Zeichen«, befahl Claus »Und dann hebst du ihn hoch.«

Er brachte den Gewehrlauf vor die Schießscharte, gestützt von dem Sack Reis. Zuschauer hatten wir genug – wir hockten bestimmt zu zwanzig aufeinander.

»Jetzt!«

Langsam hob ich Willys Kopf und saugte an dem Schlauch. Die Zigarette glomm auf, aber nichts passierte.

»Der ist gerade am Futtern«, bemerkte einer der Männer trocken.

»Wenn du mich fragst, isst der nie etwas«, meinte ein anderer.

»Höher!«, befahl Claus, ohne aufzuschauen. Ich streckte den Arm und inhalierte erneut.

Peng.

Die Kugel traf Willys Gesicht und prallte gegen den eisernen Spaten. Durch den Aufprall wurde mir der Kopf aus der Hand gerissen. Claus schoss sofort zurück. Drei Mal. Wir hörten keinen Schrei, aber in den Stunden und Tagen danach gab es keine weiteren Opfer zu beklagen.

Es war kurz vor Weihnachten. Alle wollten nur noch nach Hause, nach vier Monaten war der Reiz des Neuen verflogen. Ein Christbaum mit brennenden Kerzen hätte die Stimmung deutlich gehoben, aber von sämtlichen Bäumen weit und breit waren nur noch die allseits bekannten schwarz verkohlten Stümpfe übrig. Würde es eine Waffenruhe geben? Wir brauchten dringend eine Verschnaufpause, Stille – die anderen etwa nicht?

Noch am selben Abend wurde die Frage beantwortet. Am Horizont blitzte es, gefolgt von einem Feuerregen und einem so ohrenbetäubenden Lärm, dass er bestimmt noch auf dem Mond zu hören war. Die Franzosen hatten schwerere Geschütze, anders ließ sich das nicht erklären. So schlimm war es noch nie gewesen. Ich hielt mir die Ohren zu und kletterte mit den Kameraden in den Unterstand, der sich zwei Meter unter der Erde befand. Selbst die Ratten wurden hysterisch – quietschend rannten sie zwischen unseren Beinen hindurch nach unten.

Das Sperrfeuer hörte gar nicht mehr auf, so als wollten die Franzosen den Krieg noch vor Weihnachten entscheiden. Jedes Mal, wenn eine Granate in der Nähe explodierte, flackerte die Kerzenflamme. Durch die Erschütterungen kam ein Deckenbalken herunter, Erde rieselte nach. Ein Volltreffer, und wir würden hier lebendig begraben. Ich sah Männer, die beteten. Ich sah Männer, die sich übergaben. Ich kannte genug Kameraden, die die anhaltenden Kanonaden nicht am, sondern *im* Kopf getroffen hatten. Und das war schlimmer, deutlich schlimmer. Ich hatte sie singen und tanzen sehen wie Revuegirls. Oder aber sie reagierten auf gar nichts mehr, waren gefangen in Stille und Leere, einer Hölle mit umgekehrten Vorzeichen.

Ich summte vor mich hin. Kinderlieder. Das half in der Regel, und niemand hörte es.

Das kann mein letzter Abend sein, wurde mir auf einmal bewusst. Seltsamerweise war mir der Gedanke vorher so noch nie gekommen. Alle anderen fielen, klar, aber ich doch nicht! Was war an diesem Abend anders? Ich drehte mein Handgelenk über der Kerze, um zischend ein paar Läuse zu verbrennen. Ein Feldwebel ging vorbei, nicht einmal sein Geschrei war zu verstehen, doch es war auch so klar, was er wollte. Wir mussten unsere Bajonette aufstecken. Ein Maschinengewehrschütze kam mit einem auf einem Dreifuß montierten MG 08 an. Der Feldwebel zeigte auf Claus – er sollte schießen. Nachdem er den französischen Heckenschützen ausgeschaltet hatte, war er sowohl bei den Soldaten als auch bei den Unteroffizieren hoch angesehen.

Auf einmal legte sich der französische Kanonendonner. Wir rannten nach draußen. Auf unserer Seite wurden fünf, sechs Leuchtkugeln gezündet, die das Niemandsland in ein seltsam magisches Licht tauchten. Claus positionierte hastig das Maschinengewehr vor der Schießscharte und öffnete die Holzkiste mit den Magazinen. Wir sahen sie kommen, Tausende von Männern, über eine Breite von mehreren hundert Metern. Und wir hörten sie kommen, mit tierischen, markerschütternden Schreien. Wir feuerten wie die Wahnsinnigen, ohne wirklich zu treffen. Claus drehte das MG 08 hin und her, und ein Munitionsgurt nach dem anderen verschwand in den eisernen Eingeweiden der *Königin des Schlachtfelds.* Ich hatte diesen Spitznamen immer albern gefunden, aber jetzt war ich dankbar, dass die Waffe ihm alle Ehre machte.

Der Angriff geriet ins Stocken. Die Franzosen waren keine zehn Meter mehr von unseren Stellungen entfernt, aber ihre

Reihen waren so ausgedünnt, dass es keinerlei Truppenverband mehr gab. Sie suchten Deckung in Bombenkratern.

Claus packte sein Gewehr. »Vorwärts! Vorwärts!« Wir kletterten in Scharen aus dem Schützengraben. Die Angreifer glaubten nicht mehr an einen erfolgreichen Überfall und traten langsam den Rückzug an.

Claus gebärdete sich wie ein Wilder. Er rannte vorneweg und stach einem vor Angst kreischenden Franzosen in den unteren Rücken, der anschließend von nachrückenden Kameraden überrannt und niedergetrampelt wurde. Wir näherten uns der Gegenseite. Dort wurden wir unsererseits von Maschinengewehrschützen empfangen und zurückgedrängt. Ich rannte geduckt zu unseren Stellungen und sprang in den Schützengraben. Ich lebte noch. Aber wo war Claus?

»Suchst du deinen blonden Freund?«, fragte ein Korporal mit schmerzverzogenem Gesicht. Ein Sanitäter legte ihm gerade einen Druckverband an seiner Schulter an. »Ich habe ihn fallen sehen.«

»Wo?«, schrie ich.

»Tut mir leid, Kamerad, mach dir keine Illusionen. Es war …«

»Wo, verdammt noch mal? Wo!«

»Auf halber Strecke. Irgendwo auf halber Strecke.«

Verzweifelt spähte ich über die Ebene. Sie war mit Leichen übersät. Das Stöhnen, Röcheln, Weinen und Schreien klang wie aus einer anderen Welt. Es wurde nach wie vor geschossen. Ich wusste nicht, auf wen. Auf Krankenträger? Egal. Ich wollte aus dem Schützengraben klettern, aber ein Sanitäter hielt mich zurück. »Nicht! Wir gehen da auch nicht raus. Warte eine Stunde.«

Gewaltsam riss ich mich los. In einer Stunde konnte Claus verblutet sein. Ich ließ ihn nicht krepieren, denn das würde ich mir niemals verzeihen. Auf dem Bauch robbte ich auf die französische Linie zu, vorbei an flehenden, starren und trüben Augen.

Manchmal hob ich vorsichtig den Kopf in dem Versuch, Claus irgendwo zu entdecken. Auf einmal wurde ich von einem Kameraden gepackt. »Wasser«, sagte er. »Wasser, bitte.« Er hatte eine Bauchwunde, durfte also nichts trinken. Ich gab ihm trotzdem meine Feldflasche, in der Hoffnung, ihm so das Sterben zu erleichtern. »Claus!«, rief ich. »Claus! Claus!« Ich weinte. Wir hatten doch aufeinander aufpassen, uns gegenseitig beschützen wollen. Ich *musste* ihn einfach finden.

Eine Leuchtkugel flog übers Firmament. In ihrem flackernden Schein sah ich am Rande eines tiefen Kraters einen Soldaten liegen, der Claus sein konnte. Blondes Haar lugte unter dem Helm hervor, er lag seltsam verdreht da. Ich rappelte mich auf, rannte geduckt auf ihn zu und ließ mich fallen. Überall Blut. Ich drehte sein Gesicht zu mir. Er war es tatsächlich.

Ich konnte keinen klaren Gedanken mehr fassen. Ich stand auf und legte ihn mir energisch über die Schulter, spürte sein Gewicht kaum. Wie im Rausch stolperte ich auf meine Linien zu.

teil 4
opfer

Der Schmetterlingspriester musterte mich nachdenklich. »Und, wie ging es Claus?«

»Er hatte drei Wunden: eine an der Schulter, eine am Bein und eine am Hintern. Er wurde sofort behandelt, noch vor allen anderen. Wie bereits gesagt: Nachdem er den Heckenschützen ausgeschaltet hatte, genoss er überall hohes Ansehen.«

»Er war also nicht tot.«

»Nein, Hochwürden.«

»Du bist schuld am Tod zweier Kameraden. ›Ohne mich würden sie noch leben‹, hast du gesagt. Und jetzt erfahre ich, dass du Claus gerettet hast?«

»Das stimmt.«

»Ehrlich gesagt, mein Junge, verstehe ich nicht ganz, warum diese Geschichte eine Beichte sein soll. Was hast du denn Schlimmes getan?«

»Ich fürchte, die Geschichte ist noch nicht zu Ende. Ich möchte Ihnen wahrheitsgemäß schildern, wie der Alltag im Feld aussah, Hochwürden. Denn sonst werden Sie kein gerechtes Urteil über mich fällen. Was ich getan habe … Das hier ist durchaus eine Beichte, das können Sie mir glauben!«

Eine Pause trat ein. Der Priester richtete sich auf, entschuldigte sich und ging austreten.

Mir war bereits aufgefallen, wie gut er zuhören konnte und wie sehr er von Vorurteilen frei war. Fragen stellte er so gut wie nie. Manchmal nickte er, mal ernster, mal weniger ernst. Gelegentlich zog er die Brauen hoch, zum Beispiel als er hörte, dass Pater Wessendorf die Bibel gegen ein französisches Bajonett eintauschen wollte. Auch als ich erzählte, dass Claus und ich bei den Huren gewesen waren, hatte er besorgt die Stirn gerunzelt. Aber selbst darüber machte er keine Bemerkung.

Bedrückt kehrte der Priester zurück. Er zögerte. »Jetzt muss ich etwas tun, das mir extrem zuwider ist.«

Er holte etwas aus dem Schrank, umwickelte einen Wattebausch mit Faden, schraubte ein braunes Fläschchen auf und drückte es mit der Öffnung nach unten in die Watte. Äther. Essigäther. Er stellte sich vor das Schmetterlingsglas.

Ich war bestürzt.

»Er spürt das gar nicht«, brummte er.

Ich schwieg.

»Aber ich.«

Der Priester öffnete das Fenster und warf die Watte hinaus.

Mein Beichtvater war müde und wollte einen Mittagsschlaf halten. Im Gästezimmer holte ich das Geschichtsbuch mit Erichs Tagebuchnotizen aus meinem Tornister und beschloss, nach draußen zu gehen. Es war bewölkt, aber nicht kalt. Ziellos lief ich durch die apokalyptische Landschaft, vorbei an Ruinen und Trümmerhaufen und begleitet vom lauten Krächzen der Krähen.

Dadurch, dass ich meine Geschichte erzählt hatte, war der Krieg wieder näher gerückt. Vor allem eine Erinnerung drängte sich mir auf:

Unter schwerem Beschuss liege ich mit zwei Kameraden in einem Bombenkrater. An dessen Rand wachsen büschelweise gelbe Butterblumen, die beim letzten Artilleriesperrfeuer wie durch ein Wunder unversehrt geblieben sind. Vor uns befindet sich eine Stellung mit französischen Maschinengewehrschützen, wir können hier nicht weg. Dann gerät der Angriff ins Stocken. Der Kamerad neben mir, ein Student an der Universität

Bonn, der erst am Vortag angekommen ist und es gar nicht erwarten kann, »losschlagen« zu dürfen, gibt gerade vor lauter Angst und Verzweiflung sein Abendessen wieder von sich – Kartoffelsuppe mit Fleisch von einem gefallenen Pferd.

Ich schaue zu dem anderen Kameraden hinüber. Ich habe seinen Namen vergessen, aber vor ein paar Tagen hat er jedem, der es sehen wollte, das Foto von einem Mädchen gezeigt, das er geschwängert hat. Sie hat ein schönes, liebes Gesicht und sieht aus wie die Unschuld vom Lande. Er will sie heiraten, im ersten Heimaturlaub. Damals hatte ich Kopfschmerzen und wollte nur noch schlafen. Ich habe ihm viel Glück gewünscht, in der Hoffnung, dass er endlich den Mund hält. Inzwischen ist es schon ziemlich dunkel, deshalb glaube ich nicht, dass er mich erkennt. *Arthur* heißt er, jetzt fällt es mir wieder ein. Ich muss an Rimbaud denken.

Arthur bindet einen Rasierspiegel an seinen Handspaten und hält ihn vorsichtig über den Rand des Kraters. Ganz schön schlau! Leider wird sein Spiegel innerhalb kürzester Zeit zerschossen. »Zum Flankenangriff!«, rufe ich ihm zu. Er nickt. »Feuerschutz«, befehle ich dem Studenten. »Jetzt!« Arthur und ich rennen beide in dieselbe Richtung. Die Franzosen beginnen sofort zu schießen, also lasse ich mich in einen anderen Krater fallen, schaue zur Seite und sehe, wie mir der Student zwar Feuerschutz gibt, aber geduckt zurück zu unseren Stellungen rennt, um sich in Sicherheit zu bringen. Arthur bekommt die volle Ladung ab. Er fällt und bleibt liegen, wird von immer mehr Kugeln getroffen, und sein Kopf explodiert. Noch am selben Tag habe ich den Studenten bis aufs Blut geschlagen und getreten, bis mich drei Kameraden überwältigen konnten. Anschließend wurde der Feigling abgeführt.

Und Erich? Was hatte er getan?

Er war desertiert, das wusste ich. Hatte er seine Kameraden ebenfalls unter feindlichem Beschuss im Stich gelassen? Eigentlich konnte ich mir das nicht vorstellen. Andererseits weiß man nie, wie Menschen in Todesangst reagieren, selbst wenn man sie schon ein Leben lang kennt. War Erich ein Feigling? Oder wollte ich das alles lieber gar nicht wissen, um die Erinnerung an unsere Freundschaft nicht zu besudeln? Nein, ich wollte die Wahrheit wissen. Ich musste wissen, warum er sich in der Ziegelei erhängt hatte.

Inmitten der Trümmer fand ich einen umgestürzten Sessel. Ich grub ihn aus und klopfte das grüne Polster sauber. Ich schaute mich um. Nichts als Zerstörung. In der Ferne sah ich ein paar schwarze Rauchsäulen. Ich wickelte das Geschichtsbuch aus dem Lebensmittelpapier. In den Buchblock hatte Lea eine etwa dreißig Seiten dicke Vertiefung geschnitten, um das Heft mit Erichs Tagebuchnotizen darin zu verstecken. Ich holte tief Luft und schlug es auf.

6. August 1914

Ich habe gerade meinen siebten Brief an Lea zerrissen.
Ich weiß nicht, was ich ihr schreiben soll, denn so gut wie Julius kann ich mich nicht ausdrücken. Er schreibt Gedichte und hat das schönste Mädchen im ganzen Dorf. Ich habe das liebste Mädchen im ganzen Dorf, aber wie kann ich sie mit Worten zurückgewinnen?
Morgen komme ich in ein Ausbildungslager für Rekruten.
Ist es eine gute Idee, in den Krieg zu ziehen? Ist es das wert?
Ich hätte Lea gern noch so viel gesagt. Ich entscheide mich nicht *gegen* sie. Ich entscheide mich *für* meine Freunde. Die Jungs haben immer zu mir gehalten. Wenn mein Vater mich wieder mal verprügelte, trösteten sie mich. Sie haben sogar dann noch an mich geglaubt, als ich selbst längst den Glauben an mich

verloren hatte. Claus hat einmal gesagt: »Gib dem Kerl doch auch eine aufs Maul!« Das habe ich nie vergessen. Andererseits macht Claus es mir auch nicht gerade leicht. Ständig muss er mich provozieren, aber dann gehen bei mir die Schotten dicht, genau wie bei meinem Vater. »Claus macht sich Sorgen«, glaubt Theo. »Er will dich bloß abhärten, damit du später überlebst.« Na toll, genau dasselbe sagt mein Vater auch immer!

Ich kann die Jungs unmöglich allein in den Krieg ziehen lassen. Wenn sie fallen, werde ich mir das niemals verzeihen. Ich möchte mit ihnen Seite an Seite gegen die Franzosen und Engländer kämpfen. Warum versteht Lea mich nicht? Warum lässt sie nichts von sich hören? Jeden Abend weine ich mich in den Schlaf, aber niemand merkt das. Ich will meine Probleme für mich behalten und niemandem damit zur Last fallen.

Ich kann nicht glauben, dass alles aus ist zwischen uns.

Ich will es auch gar nicht glauben, sonst geh ich noch kaputt.

Ich bin eigentlich nicht der Typ, der unbedingt ein Tagebuch führen will. Aber ich merke, dass es guttut, einfach aufzuschreiben, was mir in den Sinn kommt, ohne darüber nachzudenken, wie andere es aufnehmen. Ich bin so müde.

Ich muss schlafen.

17. August 1914

Wir sind schon eine ganze Weile im Rekrutierungslager und schlafen auf Strohsäcken in einer großen weißen Kaserne. Ich schreibe »wir«, meine aber damit nicht die Jungs. Zu meinem großen Bedauern sind wir getrennt und auf verschiedene Einheiten verteilt worden.

Tag für Tag müssen wir exerzieren, bis wir nicht mehr können. Neulich ist die Nachhut nicht ordentlich nachgerückt, und da hat uns der Feldwebel, ein wirklich unsympathischer Kerl, eine halbe Stunde länger üben lassen – und das bei strömendem Regen. Anschließend mussten wir auf alle vieren gehen und durch den Schlamm kriechen. Ich habe das in einem Brief an meine Mutter erwähnt. Sie hat mir ein Paket mit zwölf Seifenstücken geschickt. Mit zwölf!

Ich vermisse Lea ganz fürchterlich. Ich habe ihr schon zwei Briefe geschickt, und immer, wenn die Feldpost verteilt wird, hoffe ich, dass sie zurückgeschrieben hat. Ich gebe die Hoffnung nicht auf, kann aber nicht behaupten, dass ich hier glücklich bin. Das Kämpfen liegt mir einfach nicht. Wir stecken das Bajonett aufs Gewehr und greifen laut schreiend Strohpuppen in französischen Uniformen an. Andere stechen die Puppen in den Hals, und der Feldwebel lobt sie dafür. Ich tue das auch, besser gesagt, ich mache es ihnen nach. Aber wie wird das erst später sein, wenn es ernst wird? Echt röcheln können diese Strohpuppen schließlich nicht.

Ich gehöre nicht hierher. Aber das schreibe ich weder Lea noch meiner Mutter, weil sie das bloß nervös machen würde. Die Leute hier sind äußerst ungehobelt, grob und ohne jede Manieren. Gestern haben mir ein paar »Kameraden« eine tote Maus unter die Bettdecke gelegt. »Mäuse unter sich!«, hat einer gerufen, ein nicht allzu heller Bauernlümmel. Das sollte wohl ein Scherz sein, doch ich konnte beim besten Willen nicht darüber lachen. »Besser eine Maus als eine Ratte«, habe ich gesagt. Nein, gedacht. Immer schön ehrlich bleiben, Braun! Ich habe mir die Bemerkung verkniffen, denn ich will keinen Ärger. Wenn Claus doch bloß hier wäre! Der hätte dem Kerl gehörig Bescheid gesagt. Oder die anderen Jungs. Meine Güte, wie ich sie alle vermisse!

Ich legte das Heft beiseite. Mit beiden Händen fuhr ich mir übers Gesicht. Es war, als ob Erich direkt neben mir säße, dieser hoch aufgeschossene, dürre Junge mit dem verträumten Blick, der so viel lieber in der Vergangenheit lebte als im Hier und Heute. Durch das Heft konnte ich seine Gedanken lesen, seinen Humor spüren, aber auch seine Ängste und Sorgen. Noch nie zuvor war ich ihm so nahe gewesen – ausgerechnet jetzt, wo er tot war.

20. August 1914

Was für eine beschissene Zeit! Ich weiß nicht, wie ich das alles überstehen soll. Als ich mich freiwillig gemeldet habe, dachte ich, ich würde zusammen mit meinen Freunden kämpfen, aber daraus wird wohl nichts. Theo wollte Armeefotograf werden, ob er es geschafft hat? Claus und Julius sind bei der Infanterie, und ich werde Feldartillerist. Ich bin froh, dass ich nicht an der Front kämpfen muss. Aber Claus kann das. Wenn das jemand schafft, dann er. Dasselbe gilt für Julius. Die beiden können es kaum erwarten. Ich kann nur hoffen, dass ihnen nichts passiert.
Ich gehe auf die »Artillerieschule«, wie ich sie nenne: Jede Menge Theorie über die einzelnen Geschütze, darüber wie man laden und zielen muss, über Koordinaten, Winkel, Windrichtung und Windstärke. Anscheinend gibt es nicht genug Geschützbemannungen, denn sie haben es furchtbar eilig. Ich weiß nicht, was mich erwartet. Ich kann nur hoffen, dass wir die Franzosen in wenigen Wochen überrannt haben werden, damit ich zurück ins Dorf zu meinem Mädchen darf. Und dann werden wir heiraten.

29. August 1914

Ein Brief von Lea! Erst wagte ich es gar nicht, ihn zu öffnen.
Sie denkt also noch an mich. In diesem Moment war ich seit
Langem mal wieder richtig glücklich. Ich las den Brief bei
Kerzenschein in einer Scheune, und fast wäre er in Flammen
aufgegangen. Vielleicht wäre das besser gewesen, denn ich wusste
bereits mehr als genug. Trotzdem las ich weiter. Sie will nach
wie vor nichts von einer Versöhnung wissen. Aber sie hat mir
immerhin geantwortet!
Wir sind ganz nah an der Front. In der Ferne kann man Kanonendonner hören. Ich bin der vierten Batterie des Artillerie-
regiments 42 zugeteilt worden. Im Moment sitze ich auf einer
Munitionskiste, über die ich eine Pferdedecke geworfen habe,
und schreibe in das Heft auf meinen Knien. Es ist früh am
Morgen, das Gras ist noch taunass, aber die Sonne dringt schon
durch den Nebel und wärmt unsere Knochen. Wir liegen irgendwo nordöstlich von Paris, in einer Weide mit gelbgoldenen
Heuhaufen. Lange Infanteriekolonnen in feldgrauen Uniformen
ziehen über die Straßen, über leuchtende Hügel. Manchmal
sieht man das Metall von Essgeschirr, Spaten, und Gewehren
aufblitzen.
Die Artilleristen um mich herum sehen aus wie Vagabunden
mit ihren ungewaschenen Gesichtern, aufgeknöpften Uniform-
jacken und nackten Oberkörpern. Weiter vorn spricht Konrad
mit einem Pferd. Das tut er öfter. Konrad ist ein seltsamer Kauz
um die dreißig und ein bisschen zu dick. Aber er bringt uns
zum Lachen. Im Moment »unterhält« er sich mit seinem Lieb-
lingspferd, einem schwarzen Hengst, den er aus irgendeinem
Grund Vesuvius nennt: »Na, denkst du an eine schöne Stute?
An welche denn? Soll ich was für dich organisieren, alter
Knabe?«

In der Feuerkuhle von gestern Abend liegt nasse Holzkohle. Zwei Kanoniere versuchen mit feuchtem Stroh und Zweigen ein neues Feuer zu machen. Sie wollen Kaffee kochen, aber es qualmt und stinkt nur. Zum Glück ist der Feind in weiter Ferne. Aber man spürt die angespannte Atmosphäre. Viele junge Männer sehnen sich nach dem Krieg, haben aber auch Angst davor. Ich bete darum, dass ich später im Kampf nicht wie gelähmt bin vor lauter Angst. Die Schande wäre einfach unerträglich Schon jetzt, wo ich das schreibe, bekomme ich sofort einen Knoten im Magen. Ob es den anderen genauso geht?

Gestern früh sah ich, wie ein Wagen mit gefallenen Soldaten vorbeifuhr – es waren so viele, dass man die Leichen aufeinander gestapelt hatte. Ein schrecklicher Anblick. Es gibt so etwas wie eine Grimasse des Todes: Sie blecken ausnahmslos die Zähne. Von den Verletzungen und verstümmelten Körpern ganz zu schweigen – etwas, das ich gar nicht erst beschreiben möchte. Am Rand der Ladeklappe lag die Habe dieser armen Männer: zerfetzte Jacken und Hosen, Gewehre, Feldflaschen, Gürtel und Bajonette, an denen noch Blut klebte … Ich habe bloß Eugen angeschaut, und der dachte genau dasselbe: Erwartet uns das gleiche Schicksal?

Mit Eugen habe ich mich ein wenig angefreundet. Er ist Anwaltsgehilfe in Düsseldorf und macht sich wegen der Luftbombardements auf eine dortige Zeppelin-Basis große Sorgen um seine alten Herrschaften und die drei jüngeren Brüder. Wir haben festgestellt, dass wir fast genau gleich alt sind. Ich bin nur drei Tage jünger als er. Er ist ein wenig schüchtern und in sich gekehrt, genau wie ich. Ich habe sein Mädel auf einem Foto gesehen, Ute. Ich finde Lea deutlich hübscher, aber das habe ich ihm natürlich nicht gesagt!

30. August 1914

Gestern zum ersten Mal das Feuer auf feindliche Stellungen
eröffnet. In einem Wäldchen neben einem Kartoffelacker
standen französische 75er-Kanonen, leichtes Feldgeschütz,
dieselben wie unsere. Trotz einer Tarnung aus Zweigen und
Zeltplanen haben sie uns schnell entdeckt, die Schweine.
Uns wurde übel mitgespielt. Ich kam kaum nach mit Laden,
sodass für Angst gar keine Zeit blieb. Darüber bin ich froh!
Aber dieser bittere Geschmack im Mund! »Vom Schießpulver«, so Eugen, das wusste er von altgedienten Soldaten.
Wir mussten den Rückzug antreten. Leutnant Jakob Mendelssohn, unser Geschützkommandant, rief: »Anspannen und Auf-
steigen! Schnell!« Sogar unsere Pferde hatten Schwierigkeiten,
die 77er-Kanonen durch den Morast zu ziehen, mit Glück sind
wir nochmal davongekommen. Aber das Wichtigste ist, dass
ich nicht in Panik geraten bin wie ein Schuljunge. Aus mir wird
noch mal ein guter ~~Soldat~~ Kanonier.

31. August 1914

Ich habe Stallwache. Die Pferde schnauben so unruhig,
dass ich die ganze Nacht nicht schlafen kann. Die armen
Tiere haben es auch nicht leicht: Schweif und Mähne sind
mit getrocknetem Schlamm und Mist bedeckt, sie werfen
die Köpfe hin und her, um die Schmeißfliegen zu verjagen.
Ein Wallach hat eine eiternde Wunde an der Flanke.
Gestern Abend hat sich ein Pferd das Bein gebrochen,
ihm hat der Geschützkommandant mit einem Revolver
in den Kopf geschossen. Ich musste sofort an den zuckenden
Rehbock denken, damals bei der Jagdpartie mit den Jungs.

Schrecklich! Wie habe ich Julius und Claus damals ~~gehasst~~ verabscheut!

Eugen und ich mussten gestern in einem kleinen Dorf eine halbe Stunde Schlange stehen, bis wir zur Brunnentränke kamen. Es liegen mindestens fünf Bataillons hier in der Gegend, und die vielen Pferde müssen alle etwas trinken. Als wir endlich vor der Tränke standen, war das Wasser hellrosa (Blut?) und voller Schleim von den Pferdemäulern. Unsere Tiere haben sich geweigert, es zu trinken! Mit dem Holzeimer einer alten Bäuerin durften wir frisches Wasser aus dem Brunnen holen, sodass wir nicht umsonst angestanden haben. Eugen hat ihr im Gegenzug ein paar Zigaretten für ihren Mann geschenkt.

Ich habe einen Brief an meine Mutter geschrieben und ihr alles geschildert. Ich weiß, dass mein Bruder Alfred mitliest, ihn interessieren die Kanonen. Kein Wunder, er ist schließlich erst elf! Für ihn bin ich ein Held. Er will alles über die Artillerie und das Schießen wissen, um bei den Klassenkameraden mit seinem älteren Bruder anzugeben. Ich habe ihm geschildert, wie die 77er-Kanonen in einer langen Reihe nebeneinander stehen, mit ihren großen, eisenbeschlagenen Speichenrädern. Dass hinter dem Panzerschild zwei Sitze für Richtschütze und Schütze angebracht sind, und dass weitere drei Mann fürs Laden und Bereithalten der Munition benötigt werden. Dass sie sechs Granaten pro Minute abfeuern, ja dass geübte Geschützbemannungen sogar noch schneller feuern können. Und nichts davon ist gelogen.

Aber ich verschweige, dass meine Hand geblutet hat, als ich mir einmal beim schnellen Zurück- und Vorschieben des Stoßbodens die Finger eingeklemmt habe. Dass der Lärm so höllisch ist, dass alles zischt, bebt und zittert. Auch den Volltreffer von einer der Kanonen in der Nähe erwähne ich nicht, geschweige denn dass Schütze, Richtschütze und zwei Kanoniere zerrissen worden sind, und ihre Eingeweide über dem Lauf hingen.

2. September 1914

Mit unserer fünfköpfigen Geschützbemannung übernachten wir gerade in einer Scheune, die zu einem großen, weißen Gehöft mit rot-weißen Fensterläden gehört. Auf dem Giebel steht Anno Domini 1789. Wir schlafen bei den Schafen, die Viecher stinken bestialisch nach Mist. Von der Frau des Hauses haben wir ein kleines Abendbrot bekommen. Sie hat eine Kuh für uns gemolken und Eier mit Speck gebraten. Es gab auch Buttermilch, mit dicken Klumpen drin, herrlich! Allerdings ist mir aufgefallen, dass sie eine Riesenangst vor uns hatte. Sie hat eine junge Tochter, die im Haus bleiben musste. Vielleicht hat sie Söhne, die im Krieg kämpfen. Trotzdem: Das Essen haben wir dankbar angenommen. Diese Woche habe ich (fast) nur verschimmeltes Brot und ranziges Fleisch aus der Dose gegessen und kein einziges Mal mehr aus einem Glas getrunken.

(Abends/Nachts)

Die Männer schlafen im Stall. Einer schnarcht, und das nicht gerade leise. Ich muss wieder Wache schieben und bleibe draußen unter der Dachtraufe. Zum Glück ist es nicht kalt. Es war ein ganz besonderer Abend. Leutnant Jakob Mendelssohn hat sich zu mir gesetzt. Er ist schon älter, um die vierzig, ein netter Kerl mit einer natürlichen Autorität. Er schreit nicht, wenn er Befehle gibt. Wir haben uns über die Pferde unterhalten, die im Krieg so sehr leiden müssen. Er hat vorgeschlagen, Rum zu trinken, auf der Veranda, wo ich die Pferde im Auge behalten kann.

Ich weiß gar nicht mehr, wie wir darauf gekommen sind, aber Leutnant Mendelssohn hat mir von seinem Vater erzählt. Der ist schon vor fünfzehn Jahren gestorben, hat aber Briefe hinterlassen, in denen genau stand, wie sein ältester Sohn zu leben habe: Jakob sollte die Firma übernehmen, vergrößern und einen Stammhalter produzieren. Das hat er auch alles brav getan, obwohl er viel lieber Musiker geworden wäre. Jakob spielt Klarinette, aber da sein Vater Streit mit der Verwandtschaft hatte (die anscheinend berühmt ist für ihre Musik), kam das nicht infrage. Dieser Krieg sei das reinste Geschenk, so der Leutnant. Endlich kann er seine eigenen Entscheidungen treffen. Dafür hat er alles zurückgelassen, sogar Frau und Kinder, und er bereut es keine Sekunde.

Im Gegensatz zu seinem Vater hat Leutnant Mendelssohn seinen Kindern erlaubt, ihren Beruf frei zu wählen. Er hat das wirklich sehr schön formuliert: »Wenn man Sand festhalten will, darf man nicht krampfhaft die Faust ballen, denn dann rinnt er einem nur zwischen den Fingern hindurch. Man muss ihn ganz locker und entspannt in die hohle Hand nehmen.« Dann hat er sich auf einmal nach mir erkundigt, nach meinem Vater.

Keine Ahnung, woran es lag, ob an der Wärme in seiner Stimme, am Rum oder am klaren Sternenhimmel … Auf jeden Fall sprudelte es nur so aus mir heraus: Ich war sechs, als ich mir das Schlüsselbein brach und im Krankenhaus lag, in einem eiskalten Saal. Mein Vater kam vorbei und ließ nicht locker, bis die sauertöpfisch dreinblickenden Nonnen den Kachelofen anmachten. Endlich Wärme! Die anderen Jungen haben meinen Vater vergöttert. Und mich auch. Was war ich stolz auf ihn! Doch seit er als Vorarbeiter von der Ziegelei entlassen worden war, weil er wollte, dass Überstunden bezahlt werden, ging es nur noch bergab. Vollmer war damals gerade Direktor geworden. Nach einer Weile durfte mein Vater zwar zurückkehren, aber bloß als Lehmstecher. Er musste sich sogar noch entschuldigen! Diese Demütigung musste er schlucken, denn wir hatten Hunger. Daraufhin ist er Sozialist geworden und hat sich Ideale zugelegt. Er war schon immer ein dominanter Sturkopf, aber jetzt war er gnadenlos autoritär – auch meiner Mutter gegenüber. Wir sollten *abgehärtet* werden, Alfred und ich. In einem besonders kalten Winter mussten wir uns mit Schneewasser waschen und zwei Minuten nackt draußen stehen.

Ich weiß nicht mehr genau, wann er damit angefangen hat, uns zu schlagen. Er wollte eine Kämpfernatur aus mir machen und hat mich zum Boxen gezwungen. Wenn ich mich vor seinen Schlägen duckte, gab er mir von unten voll eins auf die Nase. Und wenn ich dann weinte, wurde er erst recht wütend. Ich weiß noch, wie mich mein Vater aufgefordert hat, vom Dach zu springen. Er würde unten im Garten stehen und mich auffangen. Ich war dreizehn und noch sehr klein für mein Alter, und das Dach war bestimmt drei Meter hoch. Ich habe mich nicht getraut, aber er stand mit ausgebreiteten Armen parat. Da bin ich gesprungen. Und er hat absichtlich einen Schritt zur Seite gemacht. Ich habe mir den Knöchel verstaucht. Seine Lektion lautete: Du darfst niemandem vertrauen, nicht einmal deinem eigenen Vater. Im Kampf für eine bessere Welt muss man mitleidslos und brutal sein.

Und meine Mutter? Sie hat davon gewusst, sich aber nicht eingemischt. Deshalb habe ich mich von ihr auch nicht davon abhalten lassen, in den Krieg zu ziehen. Mein Vater wollte es mir verbieten, doch es ist ihm nicht gelungen. Beim Abschied hat er noch gesagt: »Ich hoffe, dass du aufgrund meiner Lektionen überleben wirst. Eines Tages wirst du mir dankbar dafür sein.«

Ich habe nicht darauf geantwortet. Heute denke ich: Ich bin der Sand, der zwischen deinen Fingern hindurchgeronnen ist. All das habe ich noch nie jemandem erzählt. Weder meiner Mutter noch meinen Freunden, ja nicht einmal Lea. Weil ich mich geschämt habe. Ich wollte keine Schwäche zeigen. Vielleicht bin ich auch deshalb zur Armee gegangen, um mich nicht *wertlos* zu fühlen. Der Krieg ist eine Art Neubeginn. Als ich Leutnant Mendelssohn davon erzählt habe, sah ich den Schmerz in seinem Gesicht. *Meinen* Schmerz.

Es war tiefe Nacht, als wir uns voneinander verabschiedet haben. Er hat mir einfach nur zugehört. Ich wollte ihm die Hand geben, aber er hat mich umarmt. Wenn er doch nur mein Vater wäre! Ich merke, dass ich weine. Aber einem Tagebuch kann man alles anvertrauen, Papier ist geduldig.

5. September 1914

Wir stehen kurz vor Compiègne! Wie viel Kilometer es wohl noch bis nach Paris sind? Weniger als hundert! Ich sehe mich schon über die Champs-Élysées flanieren!

Wir haben ein Lager in den Flussauen der Marne aufgeschlagen. Die lauten Explosionen schwerer Geschütze, vermutlich 105 mm, hören sich an wie ein bedrohliches Gewitter. Es geht hier um jeden Zentimeter, und das ist uns sehr genau bewusst.

7. September 1914

Ich bin erschöpft, hungrig, durchnässt und friere. In den letzten zwei Tagen habe ich höchstens drei, vier Stunden geschlafen. Eugen hat gerade die Lederkappe von der Gewehrmündung genommen und säubert den Lauf mit einer Bürste. Innerhalb kürzester Zeit haben wir Hunderte von Granaten abgefeuert. Ich konnte kaum noch den Bleistift halten, will aber auch weiterhin regelmäßig in mein Tagebuch schreiben. Es ist hart, extrem hart. Ich habe Durchfall. Die Medikamente sind aufgebraucht. Pflaumenbaumrinde soll helfen, aber noch merke ich nichts davon.

7. September (Abends)

Unsere Batterien schießen und schießen: ununterbrochener, höllischer Lärm. Wir kämpfen wie die Löwen, aber der Durchbruch bleibt aus. Unsere Truppen haben sehr unter den französischen 75er-Kanonen zu leiden. Sie haben eine höhere Feuergeschwindigkeit. Hätten wir die doch auch!

9. September 1914

Bei Einbruch der Dämmerung flog ein französisches Flugzeug zur Gefechtsfeldaufklärung über uns hinweg. Wir haben mit unseren Gewehren darauf geschossen, aber die Dinger sind kaum zu treffen. Am liebsten würden wir diese dunklen Raubvögel (wie Konrad, der komische Kauz, sie immer nennt) mit unseren Kanonen beschießen, aber wir kriegen den Lauf nicht hoch genug. Außer wir würden schnell eine Grube graben, um die Zugstange darin unterzubringen. Der Flieger hat keine Bomben abgeworfen, aber ein paar Leuchtkugeln gezündet, um unsere Stellungen zu orten, anschließend ist er wieder zurückgeflogen. Gleich darauf wurde unsere Batterie verlegt – zum Glück, denn kurz darauf regnete es dort, wo wir gerade noch gestanden hatten, schwarze Granaten. Wir wären pulverisiert worden. Unser Kommandant vermutet ein Eisenbahngeschütz hinter den Hügeln.

10. September 1914

Schreckliche Neuigkeiten: Leutnant Mendelssohn ist tot.
Er saß gerade im Latrinengraben, als ihm ein Granatsplitter die Kehle zerfetzt hat. Ich bin noch zu ihm gerannt. Er sah mich nur ganz intensiv an, nach wie vor mit heruntergelassener Hose. Er packte mich und wollte mir noch etwas sagen, aber dann ist er röchelnd erstickt. Wie lange habe ich ihn gekannt? Höchstens zwei Wochen. Aber er hat mir sehr viel bedeutet.
Ich habe geweint, und das hat er noch mitbekommen, aber die anderen nicht, wegen des strömenden Regens. Ich habe sein Gesicht mit Blättern und Zweigen bedeckt wie das aller Toten. Doch es gibt noch mehr schlechte Nachrichten: Die Franzosen rücken nach. Diese Schlacht haben wir verloren. Der Rückzug verläuft alles andere als geordnet. Auf Straßen und Rübenfeldern liegen Hunderte von toten Kameraden – von den Feldkanonen, Tornistern, Gewehren und Bajonetten ganz zu schweigen, die wir in der Eile zurücklassen müssen.
Ich bin unvorstellbar müde. Aber der Krieg ist immer noch nicht vorbei.

Für einen Moment legte ich das Tagebuch beiseite. Trotz all der Not, die mir daraus entgegenschlug, war ich erleichtert, denn ich hatte jetzt Gewissheit: Erich war kein Feigling. Dass er bei unserer Artillerie-Einheit gewesen war, hatte ich gar nicht gewusst. Wir hatten also doch Seite an Seite gekämpft, wenn auch ohne es zu wissen. Was Erich beschrieb, war mir nur zu bekannt: die toten Pferde auf den Straßen und die Leichen in den Rüben- und Maisfeldern. Die Franzosen hatten Hunderte von Kriegsgefangenen genommen. Aber wir gaben nicht auf. Wir gruben uns ein wie die Maulwürfe, nördlich der Aisne auf erhöhtem Gelände, und von dort konnten sie uns nicht vertreiben.

Ich wollte weiterlesen, denn es fehlten nur noch wenige Seiten. Erichs Tagebucheintragungen wurden unregelmäßiger. Was war in den Wochen danach bloß passiert?

30. September 1914

Es wird höchste Zeit, dass ich wieder Tagebuch schreibe. Dabei schreibe ich auch sonst durchaus, aber in erster Linie Briefe. Ich weiß nicht, ob Lea, meine Familie oder vielleicht Julius, Claus oder Theo dieses Heft je in Händen halten werden, wenn ich mal nicht mehr bin. Möchte ich das eigentlich? Andererseits wird man es automatisch in meinem Tornister finden. Und dann werden sie bestimmt wissen wollen, was mir zugestoßen ist.

Ich bin krank vor Heimweh. Diesen Scheißkrieg bin ich schon seit Wochen leid. Es regnet so oft, dass alles nass und feucht ist und die Uniform an einem klebt. In den Dörfern und Weilern kursieren Gerüchte von Einbrüchen und Plünderungen, von Vergewaltigungen junger Mädchen vor den Augen ihrer Eltern. Sind das unsere Leute, die so etwas tun? Oder ist das bloß französische Propaganda?

Die Front kann keinen Zentimeter weiter vorrücken. Wir haben uns eingegraben und leisten heftigen Widerstand. Auf beiden Seiten entstehen mehrere hundert Meter lange Schützengräben, die sich durch die Landschaft mit ihren entwurzelten, umgestürzten Bäumen winden. Wir beschießen sie – auch nachts, wenn sie gerade graben –, und sie schießen zurück. Wir machen derart intensiv von unseren Kanonen Gebrauch, dass sich die Läufe abnutzen und unbrauchbar werden. Wegen der Zensur darf ich das in meinen Briefen nicht erwähnen, aber zum Glück habe ich mein Tagebuch.

1. Oktober 1914

Eines hätte ich gestern noch notieren sollen – für den Fall, dass ich irgendwann einmal meine Memoiren lesen will: Ein Artillerist aus dem achten Bataillon (nicht das unsere!) sammelt Blindgänger. Im Dunkeln gräbt er sie aus und schleppt sie ins Hinterland. Dort trägt er französische Granaten jeden Kalibers zusammen – in sicherer Entfernung von unseren Kanonen natürlich. Das ist sein Steckenpferd. Er hat bestimmt schon dreißig, vierzig beisammen, und niemand wagt es, sich ihnen zu nähern. Der Kerl ist entweder sehr tapfer oder aber sehr beschränkt beziehungsweise vollkommen durchgeknallt. Vermutlich Letzteres.

15. Oktober 1914

Wieder ein Brief von Lea, wenn auch ein sehr kurzer.
Ihr letzter, wie sie schreibt. Sie will nicht mehr antworten, weil sie sonst nach wie vor an mich denken muss. Ich habe schon fünf Mal um Urlaub gebeten, kriege aber keinen.
Wie komme ich hier bloß WEG?

6. Dezember 1914

Ich bin auf der Flucht. Wenn ich durch eine französische oder deutsche Kugel falle, sollen Lea und meine Freunde und Verwandten wissen, was passiert ist. Fast hätte ich mein Tagebuch vergessen, doch ich muss alles aufschreiben – so detailliert wie möglich.

Ich war Späher, zusammen mit Eugen. Wir haben uns eng angefreundet, sind fast so was wie Brüder. In einem Dorf, das tagelang von französischer Artillerie unter Beschuss genommen worden war, sind wir um elf Uhr abends auf den Kirchturm gestiegen, um die Lichtblitze feindlicher Kanonen zu orten. Die Kirche war beschädigt, aber das Treppenhaus noch einigermaßen benutzbar. Wir blieben eine Stunde dort, um Entfernungen und Ziele bestimmen zu können.

Als wir wieder nach unten gingen, brach ein Teil der Treppe ein. Eugen stürzte und fiel bestimmt fünf, sechs Meter tief. Er hatte furchtbare Schmerzen – überall, aber vor allem im linken Bein. Ein Knochen ragte heraus. Ich nahm ihn vorsichtig auf die Schultern. Nach einem Fußmarsch von zwanzig Minuten erreichte ich die Krankenstation. In einem großen Zelt lagen mindestens vierzig Verwundete, leicht Verwundete – ein paar Tage zuvor hatte es einen Angriff gegeben. Der diensthabende Arzt schlief gerade, und die junge Krankenschwester wollte ihn nicht stören. Da habe ich Eugen auf ein Feldbett gelegt und den Kerl geweckt. Als er hörte, dass es nur um einen Sturz geht und nicht um eine Kugel- oder Granatenwunde, wurde er furchtbar wütend. Wie ich es wagen könne, ihn zu wecken! Ich wusste schon, dass viele Ärzte arrogant sind, aber der hier war wirklich schlimm: Haut ab, ich habe hier keine Zeit für Stümper wie euch! Ich kann kaum noch schreiben, so sehr zittern mir die Hände. Sämtliche Erniedrigungen, die ich je erlitten habe – durch

meinen Vater, Claus und Julius –, all die Vorwürfe, ich wäre
nicht stark genug, kamen auf einmal in mir hoch. Und da habe
ich den Kerl einfach gepackt und gegen die Zeltwand geworfen.
Vor lauter Wut hätte ich ihm am liebsten die Nase abgebissen,
aber ich brauchte ihn leider noch. Vor mir lag ein Holster
mit einem Revolver. Ich habe ihm den Lauf gegen die Schläfe
gedrückt, war wirklich bereit, ihn umzubringen. Er bekam
Todesangst und zitterte wie Espenlaub. »Wenn mein Kamerad
zum Invaliden wird, mach ich dich ebenfalls zum Krüppel«,
habe ich ihm gedroht, und das war mein voller Ernst.
Eugen hatte ein gebrochenes Bein und innere Blutungen.
Die Operation dauerte bis zum Morgengrauen. Die Krankenschwester hat geholfen, und ich bin dabeigeblieben. Eugen
war gerettet.
Jetzt sitze ich in einem Zug nach Osten. Von meinem letzten
Geld habe ich mir eine Fahrkarte gekauft. Hemd, Jacke und
Hose habe ich von einer Wäscheleine gestohlen und meine
Uniform zurückgelassen. Für die Menschen dort tut es mir leid,
aber ich kann nicht länger in meiner Armeeuniform rum-
laufen. Wie lange es wohl dauert, bis mich mein Kommandant
vermisst? Ich hatte keine Zeit mehr, meine Erkenntnisse als
Späher weiterzugeben. Ich habe einen Arzt, einen Offizier, mit
dem Tode bedroht. Ich bin geflohen, desertiert. Das Strafmaß
dafür? Eine Kugel oder Gefängnis. Eher die Kugel.

7. Dezember 1914

Was soll aus mir werden? Wenn ich mich selbst anzeige,
kann das nur böse enden. Ich will auch gar nicht mehr zurück,
keine Leben mehr auslöschen. Zum Glück werde ich bald
meine Liebste wiedersehen. Dann werden wir zusammen

fortgehen, in ein neutrales Land wie die Niederlande oder die Schweiz. Die Fahrt dauert ewig, der Zug bleibt oft stundenlang stehen, warum weiß ich nicht. Morgen bin ich wieder zu Hause.

8. Dezember 1914

Nach einer langen Reise halte ich mich in der Ziegelei auf, im Trockenschuppen. Das wird vermutlich mein letzter Tagebucheintrag sein. Es geht mir sehr schlecht. Das Schicksal hat entschieden, und ich kann nichts mehr daran ändern. Aber was hätte ich denn sonst tun sollen? Eugen krepieren lassen?
Ich habe meinem Vaterland ein Opfer gebracht oder besser gesagt meinen Freunden. Und ich habe einem Frontkameraden ein Opfer gebracht. Aber um welchen Preis? Hätte ich lieber zuerst an mich denken sollen?
Heute Morgen bin ich im Dorf angekommen. Ich hatte zwei Tage nichts gegessen und kaum etwas getrunken, bloß Regenwasser. Zu meinen Eltern wollte ich nicht. Mein Vater wird ohnehin finden, dass ich nicht abgehärtet genug bin. Ich habe mir so sehr gewünscht, dass Julius Urlaub hat – vergeblich natürlich. Aber seine Eltern würden mir bestimmt weiterhelfen. Ich hab ihren Laden betreten. Herr Reinhardt war sehr erstaunt, mich zu sehen. Ich habe ihn gefragt, ob er etwas zu essen für mich hat. Die Frage hat ihn gewundert. Er wollte wissen, ob Julius auch zurück sei. Nein, habe ich gesagt. Frau Döringer war auch im Laden. »Du bist mir ja einer, Braun!«, hat sie gesagt. »Wie kommt es, dass du schon wieder zurück bist?« Julius' Vater wollte wissen, ob ich Urlaub habe. Da kam der Metzger rein. »Was machst du denn hier?«, fragte er.
Ich wusste nicht genau, was ich darauf antworten sollte.
»Er ist desertiert«, meinte Julius' Vater.

»Was für eine Schande«, so Frau Döringer. Ich wollte gehen, aber der Metzger hat mich gepackt. »Was für ein dreckiger Feigling!«, hat er gesagt. »Der lässt die anderen einfach im Stich!« Ich habe mich losgerissen und bin fortgerannt, die Straße hinunter.

Ich bin so müde, so wahnsinnig müde. Ich kann keinen klaren Gedanken mehr fassen, kaum noch schreiben. Aber ich will meine Geschichte zu Papier bringen, bevor man mich verhaftet.

Ich ging zu Lea. Warum eigentlich nicht gleich? Vom Dorf hatte ich nichts zu erwarten. Alma machte mir auf. Auch sie war mir feindlich gesinnt und wollte mich zuerst nicht reinlassen. Aber zum Glück tauchte Lea hinter ihrem Rücken auf. Ich war so froh, sie zu sehen! In der Küche der Familie Presser aß ich Brot und Suppe, Suppe vom Vortag, aber das war mir egal – drei Schüsseln hintereinander. Und trank eine ganze Karaffe Milch dazu. Schmatzend versuchte ich, meine Geschichte zu erzählen, bekam aber kaum ein Wort heraus. Mir wurde einfach nicht warm, nicht einmal direkt am Ofen. Lea blieb bei mir, war aber irgendwie distanziert. Warum? Ich war doch wieder da? Ob sie einen anderen hat, hab ich sie gefragt. Nein, sagte sie. Aber was denn jetzt aus mir werden solle?

Ich hab sofort gemerkt, dass etwas nicht stimmt. Sie wollte, dass ich an die Front zurückkehre, weil dann *vielleicht* alles wieder gut wird. Aber sie hat ja keine Ahnung, was die Armee mit Deserteuren macht! Ich habe sie angefleht, mit mir fortzugehen, aber sie hat sich geweigert. Anscheinend habe ich sie zu sehr verletzt, als ich in den Krieg gezogen bin und unsere Liebe aufs Spiel gesetzt habe. Hätte ich etwa ihretwegen im Dorf bleiben und die Jungs im Stich lassen sollen? Ich weiß es nicht. Ich weiß nur, dass mein Leben keinen Sinn mehr hat.

Ich möchte mich nicht wie einen räudigen Hund erschießen lassen. Nicht nach allem, was passiert ist!

Ich bin in die Ziegelei gegangen, um mir einen Schlafplatz zu suchen. In einer der Türnischen, in denen ich früher mit Lea war. *Früher* – dabei ist das doch erst wenige Monate her! Hier habe ich sie zum ersten Mal geküsst. Hier wird niemand nach mir suchen. Noch nie habe ich mich so einsam gefühlt, aber ich will niemandem Vorwürfe machen. Das ist nun mal der Lauf der Dinge. Wie es Eugen wohl geht? Hoffentlich darf er zu seinem Mädel zurück und muss nie wieder in den Krieg. Denn sonst ist alles umsonst gewesen, und der Gedanke ist mir unerträglich. Ich will, dass meine Tat einen Sinn hatte. Einen *Sinn.*

Hier brach das Tagebuch ab. Das Wort »Sinn« war fett unterstrichen. Ich blätterte bis ans Ende … Nichts als stumme, leere Seiten. Wusste Erich damals schon, dass er Hand an sich legen würde? Ich kam nicht umhin, Lea zu verfluchen. Und Claus. Aber auch mich selbst.

In einem offenen Grab am Rande des Friedhofs, das Gesicht in der schwachen Abendsonne und beide Hände auf den Spaten gestützt, kaute Lucius Kautabak. Er musterte mich vom Scheitel bis zur Sohle. Versuchte er bereits Maß für meinen Sarg zu nehmen? Ein berufsbedingter Tick natürlich.

Der Friedhof wirkte sehr gepflegt mit seinen gefegten Wegen, geharkten Gräbern und entmoosten Grabsteinen. In den Dörfern und Städten unweit der Front blieben nicht einmal die Gottesäcker verschont. Ich hatte genug Volltreffer gesehen, die die geweihte Erde aufgewühlt, vermoderte Särge und halb verweste Leichen zutage gefördert hatten. Als ob diejenigen, die längst tot waren, erneut getötet werden müssten. Wo doch die Dichter sagen, dass ein Mensch erst dann für immer gestorben ist, wenn sich niemand mehr an ihn erinnert.

»Du bist also aus dem Krieg zurückgekehrt«, sagte Lucius. Sein Deutsch war erstaunlich gut.

Ich nickte.

Energisch spuckte er Kautabak aus. »Es gilt ein Fleckchen, worauf die Zahl den Streit nicht führen kann, nicht Gruft genug und Raum, um die Erschlag'nen nur zu verbergen.« Er musterte mich scharf. »Aber das verstehst du vermutlich nicht.«

»Ehrlich gesagt, nein.«

»Man bringt euch heutzutage aber auch gar nichts mehr bei in der Schule!«

Mit seiner Schaufel schlug er gegen eine Baumwurzel. »Weißt du, über welche Kräfte die Natur verfügt? Nein, natürlich nicht. Solltest du noch nicht tot sein, erwürgen dich spätestens die

Baumwurzeln. In deinem Sarg. In deinem Sarg! Ich habe Leichen ausgegraben, deren Hals davon umwunden war. Als ob der Baum sicherstellen wollte, dass der Tote auch wirklich tot ist. Du glaubst mir nicht, nicht wahr?«

»Warum sollte ich Ihnen nicht glauben?«

»Hast du Angst?«

Ich schwieg lange. Lucius war das egal. Er stellte Fragen, ohne Antworten zu erwarten. Vermutlich sprach er so auch mit den Toten.

»Ich weiß es nicht«, sagte ich. »Was sagen Sie? Wenn man dem Tod so oft ins Gesicht geschaut hat – hat man dann weniger Angst vor ihm oder eher mehr?«

Schmerz stahl sich in seinen Blick. Doch dann hellte sich seine Miene wieder auf. »Ich werde auf Friedhöfen immer ganz fröhlich«, sagte er mit fester Stimme. »Fröhlich, jawohl. Das klingt verrückt, nicht wahr? Aber egal, was passiert – schlimmer als in einem solchen Grab, in der kalten, nassen Erde, kann es gar nicht mehr werden.« Er spuckte den letzten Rest Kautabak aus. Mit der Spitze seines Spatens schaufelte er weiter Morast aus dem Grab, das mich auf einmal an einen Schützengraben erinnerte.

Der Priester stand am geöffneten Fenster und beobachtete den Totengräber. Ich hörte, wie der alte Mann vor sich hin spuckte, schaufelte, rotzte und murmelte.

»Du hast dich mit Lucius unterhalten«, sagte der Geistliche.

»Ja, Hochwürden. Er hat von einem Fleckchen Erde geredet, um das wir streiten. Mit weder genug Gruft noch Raum, um die Toten zu begraben. Dieses Bild hat mich sehr berührt.«

Der Priester lachte. »*Hamlet,* wenn ich mich nicht täusche. Lucius ist ein großer Bewunderer Shakespeares. Die meisten Menschen halten ihn für einen ganz gewöhnlichen Totengräber –

aber wenn die wüssten! Lucius spricht fünf Sprachen fließend, unter anderem Russisch, weil er Tolstoi und Dostojewski im Original lesen wollte.«

»Wo wohnt er?«

»In einem kleinen Haus unweit des Dorfes, wie ein Einsiedler. Aber er kommt oft hierher. Alle paar Tage findet er eine neue Leiche unter den Schuttbergen. Die Särge zimmert er selbst. Schau nur, wie gleichmäßig und gerade die Wände dieses Grabes sind! Ein ordentlich ausgehobenes Grab ist für ihn Ehrensache. In Lucius' Fall würde ich fast sagen, richtige Erfüllung.«

Der Priester schloss das Fenster und setzte sich an den Tisch. »Lucius und ich sind beinahe gleich alt, wir wurden im Herbst 1846 geboren. Vor einigen Jahren habe ich mit seiner Schwester gesprochen, die ihn nach langen Nachforschungen gefunden hatte. Lucius ist einmal ein brillanter, vielversprechender Kopf gewesen: Schon als junger Mann war er Professor der Literaturwissenschaft in Metz oder Nancy, so genau weiß ich das nicht mehr. 1870 ging er zur Armee und wurde Leutnant bei den Dragonern. Der Krieg – und damit meine ich nicht nur die Kämpfe – hat vieles in ihm zerstört. Seine Familie stammt aus einem kleinen Dorf in Lothringen. Er hat seine Frau und seine zwei Kinder verloren. Sie wurden von preußischen Soldaten ermordet. In all den Jahren hat Lucius kein einziges Wort darüber verloren. 1891 hat er sich in diesem Dorf niedergelassen, nur wenige Jahre nach mir. Seitdem kümmert er sich um die Gärten, die Parks und den Friedhof. Und jetzt … Jetzt höre ich mir Geschichten aus diesem Krieg an, erlebe aus nächster Nähe, was er anrichtet. Junge Männer fallen oder werden schwer verwundet. Junge Männer, die vom rechten Weg abgekommen sind und keinen Gott mehr kennen. Unser Lucius ist nie mehr ganz der Alte geworden. Und ich sehe, dass mit den jungen Leuten genau dasselbe passiert. Das macht mich sehr traurig.«

»Stört es ihn nicht, dass ich hier bin? Als Deutscher, meine ich?«

»Nein, mein Junge. Er hat großen Respekt vor Deutschland. Nicht für das preußische, militaristische Deutschland, sondern für das Deutschland eines Goethe, Nietzsche, Brahms oder Beethoven. Er weiß, dass du ein junger Dichter bist, und deshalb hat er dich ins Herz geschlossen, auch wenn er es nicht so zeigen kann.«

»Lucius hat mir erzählt, dass ihn der Tod fröhlich macht. Dass ihn Friedhöfe fröhlich machen. Nehmen Sie ihm das ab?«

»Keine Ahnung. Meiner Meinung nach wäre Lucius lieber auf dem Schlachtfeld gefallen, um sich den Schmerz zu ersparen, der ihn jahrelang gequält hat. Leid lässt sich nur schwer rechtfertigen, aber Gott hat mit jedem von uns etwas vor. Und das weiß auch Lucius. Trotzdem empfindet er das Leben als Strafe – eine, die inzwischen bereits fünfundvierzig Jahre lang andauert. Der Tod ist ein Feind, der ihm alles genommen hat, doch mittlerweile sieht er in ihm eher einen Freund, der ihn mit seinen Lieben wiedervereinen kann, irgendwann im Paradies.«

Ich konnte dem Drang, dem Priester von Erichs Tagebuch zu erzählen, nicht widerstehen. Inzwischen war ich mir sicher, dass ich stolz auf meinen Freund sein konnte.

»Ändert das irgendwas?«, fragte der Priester. »Ich meine, belastet dich sein Tod jetzt weniger?«

»Er lebt nicht mehr, Hochwürden. Ich habe meinen Freund zwar nicht direkt ins Verderben geschickt, aber indirekt vielleicht schon. Erich war ein guter Mensch, und er scheint ein guter Kanonier gewesen zu sein. Doch er hatte im Krieg nichts zu suchen.«

»Aber du schon? Oder Claus und Theo?«

»Wir haben uns freiwillig dafür entschieden.«

»Und Erich nicht?«

»Ich habe ihn in den Krieg getrieben! Ohne mich würde er noch leben, da bin ich mir sicher. Hätte ich ihn nicht so bedrängt, hätte er sich vermutlich seinem Vater gefügt und wäre zu Hause geblieben. Doch ich wollte unbedingt, dass er sich gegen seinen Vater durchsetzt. Hätte er es dieses eine Mal bloß nicht getan!«

»Da täuschst du dich, mein Junge. Damals hast du das wahre Gesicht des Krieges noch nicht gekannt. Du kannst dir doch nicht vorwerfen, dass du vor zehn Monaten noch nicht gewusst hast, was du heute weißt. Du konntest Erichs Zukunft schließlich nicht vorhersehen. Er ist aus einem ganz anderen Grund in den Krieg gezogen, nämlich weil er seine Kameraden nicht im Stich lassen wollte. Und das sprichst du ihm jetzt einfach so ab? Er hatte seine eigenen Beweggründe.«

»Und warum fühle ich mich dann trotzdem noch schuldig?«

»Diese Frage kannst du dir nur selbst beantworten. Wie wär's mit einem Cognac?«

Er nahm zwei Gläser und schenkte uns ein. »Auf Marie-Azélie. Und auf ihre Söhne. Die in diesem Krieg ebenfalls nichts zu suchen haben.«

Wir prosteten uns zu. Ich nahm einen großen Schluck, und der Cognac brannte mir im Magen. Der Priester wischte sich über den Mund und rutschte nervös auf seinem Stuhl hin und her. Irgendwann stand er auf, ging zum Fenster, nahm das Schmetterlingsglas in beide Hände und stellte es auf den Tisch. Ich hätte eigentlich gedacht, der Segelfalter würde wunderschön wie Schneewittchen, aber völlig leblos in seinem gläsernen Sarg liegen. Doch der Priester hatte die Krönung der Schöpfung bislang am Leben gelassen.

»Ich habe einige Jahre in einem Orden in Reims verbracht«, sagte er. »Um Gott näherzukommen, aber vor allem um mir näherzukommen. Man nannte mich dort nur den »Schmetterlingsmönch«. Vater Abt hat mich sogar mit der Anlage eines eigenen Schmetterlingsgartens betraut, und damit fing alles an. Und jetzt ... Manchmal sitze ich abends allein auf meinem Zimmer und fühle mich regelrecht von Schmetterlingen umringt. Als ob sie das Glas der Vitrinen überwinden und um mich herum flattern können. Darin besteht für mich die Gnade Gottes. Näher kann ich ihm gar nicht mehr kommen. Verstehst du das?«

Ich nickte.

»Es tut mir weh, einen Schmetterling einzuschläfern. Es tut mir körperlich weh. Aber ich betrachte es als Opfer, das mir die Ruhe und die Kraft gibt, das Wort Gottes zu verkünden. Aber heute war es anders. Nach deiner Geschichte von Leid, Tod und Zerstörung war es mir einfach zuwider. Ich bin auf meine alten Tage doch noch sentimental geworden, mein Junge. Und, wie geht es Claus jetzt? Gibt es auch gute Nachrichten von der Front?«

teil 5
hoffnung

An Heiligabend 1914 um acht Uhr begann ein Franzose zu singen. Mit einer tiefen, getragenen Stimme, kristallklar. Bei stechender Kälte.

Härter hätte der Feind uns gar nicht treffen können.

Wir waren wie gelähmt, stumm und starr. Sang er nur für seine Kameraden? Oder auch für uns? Aber im Grunde spielte das überhaupt keine Rolle. Wir vergingen schier vor Kälte, Angst und Schmerz. Ich glaube, in diesem Moment der Gnade gelang es uns sogar, den Tod kurz zu vergessen.

Mit geschlossenen Augen ließ ich das Weihnachtsfest des Vorjahrs Revue passieren: Meine Mutter, die den Hirschbraten vom Herd nimmt, die Wärme des nach Tannenzapfen und Harz duftenden Sandsteinofens, die in beiges Packpapier aus dem Laden eingewickelten Geschenke, die Christmette und die heiße Schokolade danach. Nachdem der Franzose die letzte Note gesungen und die darauffolgende, ohrenbetäubende Stille sogar das dumpfe Kanonengrollen in der Ferne übertönt hatte, wurde mir die Sinnlosigkeit dieses Krieges stärker bewusst denn je. Wir applaudierten dem Opernsänger, denn dass er einer war, stand für uns außer Frage. Auch wir sangen. Nicht allzu sauber, aber dafür umso inbrünstiger. *O Tannenbaum, o Tannenbaum*.

Jetzt waren es die Franzosen, die begeistert applaudierten und auf den Fingern pfiffen. Fast wäre ich auf die Brustwehr geklettert und hätte mich verbeugt. Um mir prompt eine Kugel einzufangen, natürlich. Wir blieben auf der Hut. War das ein Ablenkungsmanöver? Wollten sie uns angreifen?

Die französischen Soldaten sangen nun ihrerseits: *Cantique de Noël*. Nun war kein Zweifel mehr möglich: Dieses Weihnachtslied war für uns bestimmt. Was war hier nur los?

»*Fritz!*«, rief ein Franzose nach dem Singen. »*Vous pouvez m'entendre? Ne tirez pas!*« In zwanzig Metern Entfernung erschien ein Soldat mit einer Petroleumlampe. »*Ne tirez pas*«, wiederholte er. Ich bewunderte seinen Mut.

Plötzlich ertönte direkt neben mir ein Schuss. Der Franzose duckte sich. »*Merde, non, ne tirez pas, ne tirez pas!*« Er ließ seine Laterne fallen und verschwand wieder im Schützengraben.

Ein junger Grünschnabel sah sich Beifall heischend um. Dummheit tut immer ein bisschen weh. Er war erst gestern eingetroffen, und das war vermutlich der erste lebende Franzose, den er je zu Gesicht bekommen hatte. Einer der Kameraden schnappte sich den Rotzlöffel und schlug seinen Kopf gegen die Wand des Schützengrabens. Ein anderer trat ihn in den Bauch. Der Kerl krümmte sich wimmernd und humpelte davon. Ich formte mit den Händen einen Trichter und wandte mich an die französische Linie. Keine Reaktion.

Wie entschuldigt man sich auf Französisch? Keiner wusste Bescheid. Keiner hatte es je zuvor getan.

Ich ging zu Claus in den Unterstand. Schon auf der Treppe kam mir der Geruch nach feuchter Erde, Schlamm und Petroleum entgegen. Ein Kohlenofen allein bekam den unterirdischen Raum einfach nicht ordentlich warm. Claus lag mit drei Schusswunden auf einem Feldbett in der Ecke, in der Nähe von anderen Verwundeten. Trotz der paar Öllampen war es ziemlich dunkel. In den nächsten Tagen würde man ihn abholen, um ihn in einem Feldlazarett im Hinterland weiterzubehandeln. Aber vorher mussten erst ein paar Schwerverwundete krepieren, damit wieder Betten frei wurden.

Claus hatte sich auf seinem Strohsack auf die Seite gelegt. Er war blass und unrasiert. Sein mit Pomade eingeschmiertes Haar klebte ihm im Gesicht. Ich hatte bereits zwei Mal nach ihm gesehen. Inzwischen war er wieder bei Bewusstsein, aber noch benommen. Vorsichtig betastete er seinen Schulterverband.

»Hat da gerade jemand gesungen?«, fragte er. »Oder hab ich das nur geträumt?«

»Wir haben gesungen.«

»Ist Weihnachten?«

»Heiligabend. Die Franzosen haben auch gesungen.«

Er nickte langsam, als hätte er nichts anderes erwartet.

»Du hast mir das Leben gerettet.« Er sah mich kurz an.

»Na ja, dass ich dich holen musste, weil du verwundet wurdest, geht gerade noch. Aber erwarte jetzt bitte kein Weihnachtsgeschenk von mir.«

Er rang sich ein Lächeln ab. »So kenn ich dich, Krämersohn!«

»Woran erinnerst du dich noch?«

»An nichts. Ich habe auch gar nichts gespürt. Einer der Krankenträger hat mir erzählt, dass ich blutend minutenlang weitergekämpft habe. Dann hat er mich zurückkehren sehen. Auf deinen Schultern.«

»Du hast auch eine Wunde am … äh …«

»Am Hintern, ja. Es muss also eine deutsche Kugel gewesen sein. Wenn ich den Kerl erwische, der mir die besorgt hat … Ich weiß nicht mehr, wie ich liegen, geschweige denn wie ich sitzen soll.«

»Du kannst froh sein, dass er dir nicht die Eier weggeschossen hat!«

»Hör auf!«

»Und, wie geht's deinem Bein?«

»Ein Streifschuss. Nur eine Fleischwunde.«

Mühsam griff er nach einer halb gerauchten Zigarette und steckte sie sich zwischen die Lippen. »Ich habe einen Brief von meinem Vater bekommen.« Er beugte sich vor zur Kerze, um seinen Glimmstängel anzuzünden. »Hätte ich seine Handschrift nicht wiedererkannt, hätte ich es nicht für möglich gehalten.«

»Was schreibt er denn so?«

»Über uns. Über Vater und Sohn. Ich glaube, er begreift langsam, wie distanziert er immer gewesen ist.« Ein heiseres Lachen. »Keine Ahnung, wie viel der Alte gesoffen hat, bevor er sich dazu durchringen konnte, zum Stift zu greifen.«

»Er bemüht sich eben.«

»Ja, schon. Meine Güte, hätte ihm das nicht ein bisschen eher einfallen können? Was soll ich jetzt damit, hier in diesem stinkenden Morast?«

Ich schwieg.

»Er bildet sich nach wie vor ein, dass ich einmal Lehrer werde.«

»Und?«

»Na, was glaubst du? Ich weiß jetzt schon, dass ich ihn bald wieder enttäuschen werde. Ich will ein anderes Leben führen. Die Witwe Callenbach ist tot, wusstest du das? Sie ist die Treppe runtergefallen. Viele Stammgäste im Wirtshaus werden sie vermissen – von den vielen Runden, die sie ausgegeben hat, einmal ganz zu schweigen. *Nobel geht die Welt zugrunde,* haha! Ich konnte sie immer gut leiden.«

»Und von Theo oder Erich hast du vermutlich auch nichts gehört?«

»Nein.«

»Ich mach mir Sorgen um Erich.«

Er lachte höhnisch auf. »Das kann ich gut verstehen. Erich ist ein Schlappschwanz.«

»Wir reden hier von unserem Freund, Claus.«

»Na und? Er ist unser Freund, aber trotzdem ein Schlapp-schwanz. Ich habe ihn auf die Probe gestellt, und du auch. Dabei wussten wir beide, dass er nicht den Mumm hat, den Rehbock zu töten.«

»Im Nachhinein finde ich, wir sind zu weit gegangen.«

»Wir wollten ihn abhärten! Ich kann gut verstehen, dass sie in der Ziegelei über ihn hergefallen sind.«

»Meine Güte, was bist du nur für ein Arschloch!«

Er grinste.

»Im Krieg bleibt einem gar nichts anderes übrig, als ein Arschloch zu sein, Julius. Ein widerliches Arschloch. Und das weißt du auch.«

»Schau nur, wohin dich das gebracht hat.«

»Stimmt genau«, sagte er ungerührt. »Und deshalb musst du mir einen Gefallen tun. Mister Brown hat Hunger. In meinem Tornister sind zwei tote Mäuse.«

»Wo hast du die schon wieder her?«

Mit schmerzverzerrtem Gesicht versuchte Claus aufzuste-hen. »In jeder Einheit gibt es jemanden, der für mich Mäuse oder Ratten fängt und sie erschlägt: Für eine Maus gibt es vier Zigaretten, für eine Ratte sechs. Manchmal fange ich auch sel-ber welche. Nur, dass meine Ratten jetzt alle verbraucht sind. Der Käfig mit Mister Brown steht noch an Ort und Stelle, ne-ben der Lampe. Dort liegt auch mein Tornister.«

»Der stinkt bestimmt bestialisch.«

»Sie sind noch ziemlich frisch.«

Die Totenstarre war bereits eingetreten, aber die Mäuse stanken tatsächlich noch nicht. Ich packte sie am Schwanz und warf sie in den Holzkäfig. Das Frettchen verschlang sie sofort. Wie lange hatte das Tier nichts zu fressen bekommen?

»Es wird Zeit, dass ich Mister Brown wieder freilasse«, sagte Claus erschöpft. »Aus Wettkämpfen dürfte in nächster Zeit ohnehin nichts werden. Vermutlich darf ich bald nach Hause. Dabei fing es gerade an, mir hier so richtig zu gefallen.« Er drückte seine Zigarette aus. »Ich werde versuchen etwas zu schlafen. Bis nachher.«

Draußen im Schützengraben scharten sich mehrere Kameraden um den Feldwebel. Karl Faber war ein ruhiger, kultivierter Lehrer aus Leipzig, der sogar Kartoffelstampf mit Messer und Gabel aß. Im Gegensatz zu vielen anderen Unteroffizieren kämpfte er bei einem Angriff in vorderster Reihe. »Die Franzosen wollen jetzt, dass wir zu ihnen kommen«, sagte er. »Ich finde, das sind wir ihnen schuldig. Wer traut sich?«

Es wurde still, unangenehm still. Claus hätte bestimmt den Mut dazu gehabt. Der wäre längst auf die Brustwehr gesprungen, um den Franzosen mit einer Flasche Wein zu winken.

»Jetzt hört mir mal gut zu«, fuhr Faber energisch fort. »Ich melde mich freiwillig, will aber nicht allein gehen. Wie wär's, wenn wir zu fünft ein Streichholz ziehen, das ist doch ein fairer Vorschlag? Also noch einmal: Wer traut sich? Ich möchte niemanden einteilen müssen.«

Spontan hob ich die Hand. Einige Kameraden, darunter Gustav Kipp, taten dasselbe. Feldwebel Faber nahm fünf Streichhölzer, brach eines entzwei, drehte sich um und ordnete sie in seiner Hand.

Niemand konnte wissen, wie gefährlich diese Friedensmission war. War es ein französischer Hinterhalt? Oder hatten sie ursprünglich aufrichtige Absichten gehabt, jetzt aber noch eine Rechnung mit uns offen? Würden sie Heiligabend einen Mann exekutieren? Und wer möchte schon sterben, wenn eine Geburt gefeiert wird. In diesem Fall hätte ich lieber anderen den Vortritt gelassen.

Gustav Kipp musste als Erster ein Streichholz ziehen. Ich mochte den seltsamen Mecklenburger. Er war in letzter Zeit noch stiller gewesen als sonst; dass seinem Bruder das Bein amputiert worden war, hatte ihm schwer zu schaffen gemacht. Aber irgendwann sah er darin ein Geschenk des Himmels: Bruno war wieder zu Hause bei seiner Mutter, und das war für alle das Beste. Kipp zog ein langes Streichholz. Er blies die Backen auf und seufzte erleichtert.

Dann kam ich an die Reihe und entschied mich für das Streichholz links am äußeren Rand. Auch ein langes!

Der Dritte war Reinhold Engelhardt, ein grobschlächtiger Fischer mit krummen Beinen, aber ein echtes Original. Er kam aus Bremerhaven und vermisste das Meer. Das konnte ich gut verstehen: Er hatte in dieser Schlammgrube ebenso wenig verloren wie eine Makrele oder ein Kabeljau. Von den drei übrig gebliebenen Streichhölzern nahm er das mittlere … und zog das Kurze. Er sagte zwar nichts, aber ich sah, wie er erblasste.

»Engelhardt also«, sagte der Feldwebel ungerührt.

Mir fiel ein, dass Engelhardt mit der letzten Feldpost ein ganzes Bündel Briefe bekommen hatte, elf Stück, um genau zu sein: einen von seiner Mutter, einen von seiner Frau und je einen von seinen neun Kindern – vier Söhne und fünf Töchter, wenn ich mich nicht irrte. Das Zehnte war gerade unterwegs. Beim Anblick der vielen Zeichnungen und des kindlichen Gekrakels war der stolze Seemann dahingeschmolzen, so weich geworden wie das Innere einer Muschel. Doch jetzt hatte er den Kürzeren gezogen.

»Ich gehe!«, sagte ich mal wieder spontan. Erstaunte Gesichter. Engelhardt sah mich an, nach wie vor stumm.

»Ich gehe.« Diesmal sagte ich es, um mir selbst Mut zuzusprechen.

Kipp stellte mir eine Leiter hin. Mit beiden Händen umklammerte ich sie und kletterte langsam Sprosse für Sprosse nach oben.

Da stand ich nun, eine einsame Gestalt in der verschneiten Kraterlandschaft des Niemandslands. Mein Atem bildete weiße Wölkchen. In der Ferne hörte ich einen Kanonenschuss, der in dieser geweihten Stille wie ein Versehen klang. Mit Sicherheit konnten sie mich sehen. Möglicherweise gaben sie mir noch ein paar Minuten Vorsprung. Langsam ging ich auf den französischen Laufgraben zu. Das Klappern meiner Stiefelabsätze auf dem gefrorenen Schlamm hallte in meinem Kopf nach. Ich musste an Claus denken, an unsere Freundschaft. Daran, wie sich im Nu alles ändern kann.

Ich drückte den Stacheldraht nach unten und kletterte darüber hinweg. Mein Soldatenmantel blieb hängen und riss. Ich lief weiter. Hier und da lagen noch Leichen von den letzten Gefechten herum. Ein deutscher Soldat saß schief in einem Bombenkrater und starrte mich an. Erstaunen lag in seinem Blick. Ich kannte diesen Gesichtsausdruck: Für mich war das nicht der letzte Blick eines Lebenden, sondern der erste eines Toten. So als sähe er etwas, das uns Lebenden verborgen bleibt.

In der Mitte zwischen den feindlichen Linien blieb ich stehen. In höchstens zehn Metern Entfernung befanden sich die französischen Stellungen, die durch Sandsäcke erhöht waren. Es roch nach Suppe: Bohnensuppe. War das ein Weihnachtsbaum im Schützengraben? Mit brennenden Kerzen?

»*Bienvenu Fritz! Joyeux Noël!*«

Wildes Gelächter. Ich konnte wieder durchatmen.

Zwei, drei Männer kletterten aus dem Schützengraben und kamen mir entgegen. Sie waren unbewaffnet und guter Dinge.

Beidhändig schüttelten sie mir die Hand und stellten sich als Max, Lucien und Jean-François vor.

»Frohe Weihnachten«, sagte Max, ebenfalls ein Korporal. Er setzte seinen Helm ab und fuhr sich über das glatte blonde Haar. Er trug eine kleine ovale Nickelbrille. Mit breitem Lächeln schraubte er einen Flachmann auf und reichte ihn mir. »Der Wein wird dir guttun!« Ich nahm einen Schluck. Sofort wurde mir innerlich warm. Auch er setzte den Flachmann an die Lippen. »Ich spreche ein wenig Deutsch. Ruf deine Kameraden, mein Freund, und lass uns die Kämpfe einstellen.«

Ich drehte mich um und sah bereits graue schemenhafte Gestalten durch den eisigen Nebel laufen. Bestimmt zehn Kameraden waren mir gefolgt und näherten sich der französischen Linie. Ein Mann lief vorneweg: Reinhold Engelhardt. Lucien und Jean-François gingen ihnen entgegen. Verschiedene Franzosen verließen nun ihrerseits die Stellungen.

Mitten im Niemandsland begrüßten sich die Männer wie lang vermisste Brüder. Eine Flasche Wein machte die Runde, Zigarren und Zigaretten wurden ausgeteilt und getauscht. Ein Deutscher und ein Franzose rückten eng zusammen, um die Flamme eines Streichholzes zu schützen. Sie lachten. Nie hätte ich für möglich gehalten, dass ein Krieg auch gefeiert werden kann. Max stupste mich an. »Alle Menschen werden Brüder.«

Ich lächelte. Eigentlich hätte hier ein Symphonieorchester spielen müssen, irgendwo in einem Bombenkrater oder bei ein paar verkohlten Baumstümpfen, um diese Begegnung mit Beethovens Neunter feierlich zu untermalen. Wo war der französische Sänger geblieben?

In den verwitterten, erschöpften Mienen der Franzosen erkannte ich das Gesicht des Krieges. Vermutlich waren sie im August genauso begeistert gegen uns gezogen wie wir gegen sie. Doch auch ihr Eifer hatte mittlerweile stark nachgelassen.

Von beiden Seiten strömten Soldaten herbei. Ich hörte, wie ein paar Franzosen summten. Meine Landsleute klatschten lebhaft Beifall. Warum konnten wir so zivilisiert miteinander umgehen? War es die Erleichterung darüber, dass die Waffen endlich schwiegen und der Tod nicht mehr so erdrückend gegenwärtig war? Oder wurden wir zu Brüdern in dem Wissen, dass Politiker und Generäle unsere größten Feinde waren? Warum kamen diese blutrünstigen alten Männer mit ihren kaputten Hüften und überholten Strategien nicht selbst aus ihren Schlössern, um den Kampf zu entscheiden?

Max stammte aus dem Elsass und war mit seiner Familie ins Burgund gezogen. Sein Vater war Versicherungsangestellter in Dijon. Er hatte zwei Brüder, die sich beide freiwillig zum Kriegsdienst gemeldet hatten. Sein jüngerer Bruder Louis war schon vor der ersten Kampfhandlung gefallen, als er auf einer stark befahrenen Zufahrtsstrecke unter die Räder einer Kanone gekommen war, die sich von einem Transporter losgerissen hatte. Ohne auch nur einen einzigen Schuss abzugeben, hatte das Geschütz sein erstes Opfer gefordert. Sein älterer Bruder André war Meldegänger bei einem Regiment, das näher an der Westfront lag. Er hatte von ihm gerade erst einen Brief erhalten – mit der Nachricht, dass seine Frau ein Kind erwartete. Er, Max, wurde also bald Onkel.

»Und wo kommst du her?«, fragte er unvermittelt. »Aus Berlin?«

Ich hätte einfach Ja sagen können, was spielte das schon für eine Rolle? Berlin besaß Größe, Berlin besaß Charme. Ich hätte behaupten können, mein Vater wäre Künstler und hätte letztes Jahr eine Ausstellung gehabt, von der Max noch nie etwas gehört hatte. Aber an diesem Abend waren Lügen einfach unangebracht, und so war ich bloß ein Krämersohn aus einem kleinen sächsischen Dorf, ohne Geschwister, dafür mit einem

Jugendfreund, der gerade mit mehreren Schusswunden in einem Unterstand lag. Letzteres hätte ich ihm vielleicht lieber nicht gesagt, denn Max senkte den Blick. Vielleicht schämte er sich, schließlich hätte er der Schütze sein können.

»Möchtest du etwas Suppe?«, fragte er. Ohne meine Antwort abzuwarten, bedeutete er mir, ihm in seinen Schützengraben zu folgen. Kurz wurde ich misstrauisch, wollte meinen Urängsten aber nicht nachgeben, nicht Weihnachten.

Der französische Schützengraben war schlichter und schmutziger als unserer. Das war mir nach einem erfolgreichen Angriff schon vorher aufgefallen. Der Boden war nur hier und da mit kaputten Holzpaletten bedeckt, die Seitenwände provisorisch mit alten Balken und Brettern abgestützt. Dafür gab es einen Weihnachtsbaum, an dem weiße Kerzen brannten.

Max nahm mein Essgeschirr und schöpfte Suppe aus einem eisernen Feldkessel, der über einem nachglühenden Feuer hing. Wir setzten uns auf eine Kiste mit Granaten-Munition. Ein paar Spaten lagen auf einer zusammengefalteten Zeltplane. Einer davon war vorne scharf geschliffen worden und gefährlicher als ein Bajonett. Ich hatte Kameraden, die genau dasselbe machten.

Ich nahm das Essgeschirr und kostete vorsichtig: kalt gewordene Bohnensuppe mit einer hart gewordenen Fettschicht. Sie schmeckte grauenvoll. Max aß gierig, als hätte er seit Tagen nichts mehr zu essen bekommen. Ich nahm behutsam schlürfend einen weiteren Löffel davon, um meinen Gastgeber nicht vor den Kopf zu stoßen. Noch am Vortag hätte ich es tatsächlich getan – mit meinem Gewehrkolben.

Ich zitterte. Ich war nicht warm genug angezogen – nicht für diese späte Stunde. Das entging auch Max nicht.

»Komm!«, sagte er.

Er betrat einen Laufgraben, der aus dem Niemandsland herausführte. An der Wand neben mir verlief ein Telefondraht, der alle paar Meter mit einer Öse befestigt war. Ich befürchtete, jederzeit von Soldaten überwältigt zu werden, die mir dann an einem geheimen Ort die Zähne ziehen würden, um Informationen von mir zu erpressen. Dann wäre ich der dümmste Deutsche überhaupt – von August Pappernigg einmal abgesehen. Aber nicht mal der wäre so dämlich gewesen.

Etwa dreißig Meter von der vordersten Linie entfernt befand sich der Eingang zum Unterstand. »Eigentlich darfst du das gar nicht wissen«, sagte Max. »Aber ich verlass mich darauf, dass du keinerlei Information an eure Artillerie weitergibst.« Er sagte es scherzhaft, jedoch mit einem ernsten Unterton. An einem Holzpfosten hing eine Glocke, die unserer Ladenglocke zum Verwechseln ähnlich war: Auch hier diente sie dazu, Besuch anzukündigen.

Auch die Unterstände waren schmutziger als unsere. Es lagen nur ein paar kaputte Paletten am Boden. Der Raum wurde von ein paar Öllampen erhellt, die an Stützbalken befestigt waren. Ich musste mich erst langsam an die Dunkelheit gewöhnen. Ich erkannte zwei Reihen mit je vier Feldbetten. Am anderen Ende stand ein Tisch, an dem drei Franzosen saßen.

»*Quoi? Qu'est-ce que c'est ça?*«

Ein Franzose mit einem schmalen Bärtchen und dünnen Lippen sprang energisch auf und kam auf mich zu. Seine Augen waren stahlblau. Ich sah, dass seine Hand auf dem Jagdmesser lag, das in einem Lederfutteral an seinem Gürtel hing. Ich war jetzt ganz auf Max angewiesen. Der lachte. »*Camarades! C'est Noël!*«

»*Toi, salaud! Qu'est-ce qu'il fait ici?*«

»*Emile! Emile!*«, rief ein Franzose hinter ihm. »*C'est Noël. Il y a un armistice!*«

Doch dieser Emile wollte eindeutig nichts von einer Waffenruhe wissen. Er warf mir etwas auf Französisch an den Kopf und holte plötzlich schwungvoll aus – ein Fausthieb traf mich auf die linke Wange, ganz nah am Auge. Ich geriet ins Taumeln und sah, dass er sein Messer zückte. Max packte Emile am Arm und stieß ihn fort. Gemeinsam fielen sie auf den Tisch. Fluchend versuchte Letzterer sich wieder aufzurappeln, wurde aber von seinen entsetzten Kameraden im Zaum gehalten.

»*Fini*«, rief Max. »*J'ai commis une erreur. Nous partons tout de suite.*«

Er zog mich die Treppe hoch. In der eisigen Kälte des Schützengrabens versuchte ich wieder zu Atem zu kommen. Ich war wie gelähmt vor Schreck.

»Es tut mir leid«, sagte Max. »Aber wie du dir vielleicht denken kannst, hat Emile erst vor Kurzem seinen Bruder verloren.«

»Beim letzten Angriff?« Vorsichtig betastete ich meine Wange. Sie schien geschwollen zu sein, aber der Schmerz war erträglich.

»Nein, schon vorher. Maurice war Heckenschütze, der Beste aus unserer Einheit. Ich glaube, du weißt, wen ich meine.«

Ich nickte zögernd.

»Wenn du mich fragst, war er ein krankes Arschloch. Ich glaube, wir hatten alle Angst vor ihm. Er hat sich mit Vorliebe Schützengräben ausgesucht, an denen noch gearbeitet wurde. Er hat das Schießen richtig genossen. Stundenlang konnte er auf der Lauer liegen und durch sein Visier spähen. Weißt du, was er gemacht hat, wenn er jemanden erwischt hat? Dann hat er Eisendraht zum Ring gebogen und sich den an einem Lederband um den Hals gehängt. Er hatte unzählige davon: Um die Toten direkt am Körper zu tragen, wie er sich ausgedrückt hat.«

Ich wollte keine näheren Einzelheiten wissen. Die Waffenruhe sorgte nämlich auch für gnädiges Vergessen, auch Max schien das langsam zu dämmern.

»Du hast dein Geschirr im Unterstand liegen lassen«, sagte er.

»Dorthin kehre ich lieber nicht zurück.«

»Die Suppe ist echt eklig, stimmt's?«

»Ich dachte schon, du willst mich vergiften!«

»Man hat uns vor euch gewarnt, weißt du das? Es heißt, ihr seid Bauernlümmel, die Nonnen vergewaltigen und Babys umbringen.«

»So etwas hören wir auch über euch: Die Franzosen sind arrogant, herzlos und materialistisch, nichts als ein Haufen rohe, gewissenlose Gesellen. Das hat erst neulich wieder ein General bei der Inspektion gesagt. Kriegsgefangene werden gezwungen, Informationen zu verraten. Sie werden getreten und geschlagen.«

»Mehr nicht?«

»Und dann werden sie erschossen.«

Auf einmal sah ich Claus vor mir, humpelnd, von zwei Mann gestützt und mit einer hölzernen Krücke. Ein langer Mantel hing ihm wie ein Cape um die Schultern. Fehlte nur noch, dass man eine Ehrengasse für ihn bildete. Aber zum Erstaunen der Franzosen applaudierten ihm die umstehenden Deutschen und reckten jubelnd die Fäuste. Claus genoss es sichtlich.

»Wer ist denn das?«

»Das ist der Mann, der euren Heckenschützen ausgeschaltet hat. Aber bitte erzähl deinen Kameraden bloß nichts davon!«

Wir gaben uns die Hand darauf – schüchtern, verlegen, aber freundschaftlich.

Nach wenigen Stunden waren wir Deutschen alle wieder in unseren Schützengräben oder zumindest in deren Nähe. Die Stimmung war ausgelassen. Ein Kamerad steckte eine brennende Kerze auf sein Bajonett und drückte den Griff in einen kaputten Sandsack. Direkt hinter der Gefechtslinie errichteten wir ein Freudenfeuer – aus Pfosten, Brettern und Balken, die eigentlich für die Befestigung von Unterständen gedacht waren. Wir konnten uns darauf verlassen, dass der Einsatzleiter der französischen Artillerie Flammen und Rauch nicht als Ziel auswählen würde. Meine Haut prickelte vor Kälte. Ich wärmte mich an den emporlodernden, knisternden Flammen. Claus hatte ich aus den Augen verloren. Ich stellte mich zu Gustav Kipp, der missmutig eine Zigarette rauchte. Er hatte ein gewagtes Souvenir auf dem Kopf: ein französisches Käppi.

»Gefällt dir die Mütze?«, fragte ich.

Entschlossen nahm der Mecklenburger einen letzten Zug und schnippte die Kippe mit Daumen und Zeigefinger ins Feuer. »Ich habe meinen Helm mit einem André oder René oder wie auch immer diese Kerle heißen getauscht. Er wollte mit meinem Helm vor seinen Freunden angeben. Morgen tauschen wir wieder zurück, das haben wir so vereinbart. Falls ich ihn jemals wiedersehen werde.« Er verzog unvermittelt das Gesicht und fuhr sich über den linken Kiefer.

»Schmerzen, *Gustave?*«

»Schon die ganze Woche, Korporal. Ein fauler Zahn. Und, was sagen Sie dazu? Zu dieser Waffenruhe?«

»Ich bin genauso überrascht wie alle anderen auch.«

»Ich traue diesen Mistkerlen nicht. Ich werde heute Nacht aufbleiben. Bestimmt greifen sie uns morgen früh an. Das war alles bloß Theater: eine Zigarette hier und eine Zigarette da – ach, sind wir nicht nett? Aber hören Sie auf meine Worte, Korporal! Morgen früh greifen sie an. Es sind schließlich nach wie vor Franzosen.«

Dann entschuldigte sich Kipp, er musste auf die Latrine.

Es war seltsam, in der offenen Landschaft zu stehen, ungeschützt und dann noch im Schein des Feuers. Die Stille war unwirklich – als hätte man eine gläserne Kuppel übers Niemandsland gestülpt, als befänden wir uns in einer Art Vakuum. Bedeutete diese Waffenruhe das Ende aller Kämpfe? Oder würde die Armeeleitung eingreifen, wodurch der Krieg bestimmt noch bis zum Sommer dauern würde? An Letzteres wollte niemand denken, alles, was zählte, war dieser Moment.

Vor mir sah ich August Pappernigg mit einer geöffneten Konservendose. Er machte ein verdutztes Gesicht. Seine Mutter hatte ihm ein Weihnachtspaket mit Lebkuchen und Buttercremetorte geschickt, um das wir ihn alle beneideten. Jetzt hatte er seine köstlichen Süßigkeiten mit einem Franzosen getauscht. Gegen Fleisch, getrocknetes Pökelfleisch.

Ich schlief nur wenige Stunden, weil ich dem Frieden nicht traute und weil die Stille so unheimlich war, obwohl viele Kameraden noch bis tief in die Nacht aufgeblieben waren. Ich musste Kipp recht geben: Was wäre, wenn ein französischer Offizier beschloss, ausgerechnet an den Weihnachtstagen anzugreifen? Wie viele Männer würden es wagen, einen solchen Befehl zu verweigern?

Oder wenn umgekehrt wir angriffen – würde ich dann den Mut aufbringen, Nein zu sagen?

In der Nacht waren die Laternen auf der französischen Brustwehr gelöscht worden. Ich sah und hörte niemanden mehr. Waren sie weg? Was wäre das erst für ein Weihnachtsgeschenk, wenn unsere französischen Schicksalsgenossen beschlossen hätten, nach Lyon, Paris und Bordeaux zurückzukehren, um zu Hause mit ihren Familien Weihnachten zu feiern, sich an der Wärme eines Kohleofens, an *coq au vin* und einem alten Burgunder zu laben! Auch wir würden nichts lieber tun, als hier die Gräben zuzuschütten und die Erde festzustampfen, um pünktlich wieder zu Hause zu sein. Paris würden wir einfach links liegen lassen.

Am ersten Weihnachtsfeiertag, gegen neun Uhr morgens, tauchten zwei Franzosen auf dem gefrorenen Kraterfeld auf, offensichtlich unbewaffnet. Einer von ihnen war ein Hauptmann. Der andere, ein Korporal, winkte mit einem weißen Taschentuch. Am Stacheldraht blieben sie stehen. Der Hauptmann bat Feldwebel Faber um eine Unterredung mit seinem befehlshabenden Offizier. Das war Hauptmann Ludwig Eichenbrenner, ein unerschrockener, tapferer Kämpfer, der lieber mit den Männern im Feld Bier trank als Cognac mit seinesgleichen. Deshalb war er vermutlich nach wie vor Hauptmann statt Oberstleutnant oder General. Eichenbrenner konnte Franzosen nicht ausstehen, von Engländern ganz zu schweigen, trotzdem hatte er erstaunlich milde auf den spontanen Weihnachtsfrieden reagiert. Dadurch war er in der Achtung der Soldaten nur noch gestiegen. Hauptmann Eichenbrenner wurde eiligst aus der Reservelinie geholt.

Die zwei Franzosen warteten. Nicht ohne von mindestens zehn Kameraden angestarrt zu werden.

»*Joyeux Noël*«, sagte der französische Hauptmann fröhlich.

Niemand sagte etwas darauf. Wenn es sich nicht gerade um Eichenbrenner handelte, hatten die meisten Kameraden eine tiefe Abneigung gegen Offiziere entwickelt – und zwar unabhängig von der Farbe ihrer Uniform.

»Frohe Weihnachten«, versuchte es der Korporal.

Ein Deutscher nickte. Ein anderer spuckte auf den Boden.

»*Tout va bien?*«, fragte der Hauptmann.

Ein paar Krähen flogen kreischend vorbei.

Es begann zu schneien. Der Korporal klopfte sich warm.

Nach sieben endlosen Minuten kam Hauptmann Eichenbrenner in seiner typischen strammen Gangart heranmarschiert. Energisch war er aus dem Schützengraben geklettert und lief in kerzengerader Haltung auf die Delegation zu. Die Franzosen salutierten, Eichenbrenner desgleichen.

Der französische Hauptmann fragte etwas, wovon ich nur *les morts* verstand. Sein Landsmann, der Korporal, begann zu übersetzen. Es ging um das Bergen der Toten. Eichenbrenner signalisierte, dass er die Botschaft verstanden hatte, und sagte: »Gut.«

Höflich senkte der Franzose den Kopf. »Bis zwölf Uhr mittags werden wir nicht schießen.«

»Wir auch nicht.« Noch bevor der Franzose etwas erwidern konnte, hatte Eichenbrenner sich umgedreht und marschierte zurück.

»*Merci*, Herr Hauptmann!«

Ohne sich noch einmal umzusehen, hob unser Hauptmann die Hand. Er kletterte hinunter in den Laufgraben und rief Faber zu sich. »Leutnant, holen Sie unsere Jungs vom Feld, jetzt sofort! Die armen Kerle liegen schon viel zu lange dort.«

In diesem Sektor befanden sich bestimmt zwanzig deutsche Gefallene. Langsam wurden sie von weißem Neuschnee bedeckt, was den Anblick der starren Leichen etwas erträglicher machte.

Wir besaßen nur eine Krankentrage und beschlossen, jeweils zu viert einen Toten abzuholen. Ich stand neben einem zerfetzten jungen Mann in einer zerrissenen Uniform. Ein Bombensplitter hatte ihn von der Scham bis zur Schulter aufgerissen. Seine Augen waren gebrochen, und auf seinen blauen Lippen lag Raureif. Die Erkennungsmarke war an einem Lederband ums Handgelenk gewickelt: Adolf Dietz, geboren am 15. April 1892 in Hannover.

Adolf lag zusammenkrümmt in Embryonalhaltung dar. Seine weiße Haut fühlte sich hart und eiskalt an. Wir drehten ihn mühsam auf den Rücken. Er glich einer gefrorenen Statue. Wir versuchten, Oberkörper und Knie zu strecken – vergeblich. Zwei Mann setzten sich auf sein Gesicht und seinen aufgerissenen Brustkorb, zwei Mann auf seine Oberschenkel. Es krachte, ein abscheuliches Geräusch. Vermutlich brachen wir ihm das Rückgrat, aber nur so konnten wir ihn strecken. Wie ein steifes Brett schleppten wir den Gefallenen in einer Zeltplane ins Hinterland, wo einige Kameraden mit Spaten und Spitzhacken Gräber aushoben und Latten leerer Proviantkisten zu einem Kreuz zusammennagelten.

Ein trauriger Akkordeonwalzer hallte gedämpft über die Ebene – ob französischer oder deutscher Herkunft spielte keine Rolle. Er war eine passende Begleitmusik für diese Arbeit. Noch hatte ich keinen Schuss fallen hören, nicht einmal in der Ferne. Mir wurde bewusst, dass auch Claus hier hätte liegen können. Wie es ihm wohl gerade ging? Ich merkte, dass ich mich mit ihm schwertat: Seine Verachtung für unseren gemeinsam Freund Erich war für mich kaum zu ertragen.

Der Feind war früher mit dem Einsammeln der Gefallen fertig als wir. Einige Franzosen standen bei einem unserer Kameraden, der zusammengesunken in einem der Bombenkrater saß. Ich erkannte ihn an seinem erstaunten Blick: Ich war an ihm vorbeigekommen, als ich allein zur französischen Linie gelaufen war. Jetzt schaute er noch erstaunter drein, denn die Franzosen hoben ihn hoch, legten ihn auf eine Krankentrage und brachten ihn auf seine Seite, zu unserem Schützengraben.

Niemand sagte etwas. Ich sah, wie ein paar unserer Jungs schluckten.

Eine halbe Stunde später war das Niemandsland wieder Niemandsland. Jetzt begann unter den Soldaten ein wildes Tauschen. Neben Schokolade und Zigarren waren französische Gürtelschnallen bei den Kameraden sehr beliebt. In der Menge entdeckte ich Pater Wessendorf – der wegen seiner enormen Größe kaum zu übersehen war. Ich tippte ihm auf die Schulter.

»Und, haben Sie Ihr französisches Bajonett inzwischen bekommen?«

Er musste lachen. »Nein, ehrlich gesagt habe ich gar nicht mehr daran gedacht. Schön, dich zu sehen, Julius! Das tut gut, nicht wahr? Das macht Hoffnung. Ich erkenne darin die Hand Gottes. Ich habe mich gerade mit einem französischen Kollegen ausgetauscht – du wirst staunen!«

Kurz darauf mussten wir uns in mehreren Reihen aufstellen – die Franzosen auf der einen und wir auf der anderen Seite. Ich fragte mich, zu welchem Zweck?

Von beiden Seiten aus wurden Holzschemel ins Niemandsland getragen, die quer zu den Reihen der Soldaten platziert wurden. Dort nahmen die Offiziere Platz, unter ihnen auch Hauptmann Eichenbrenner, der stur geradeaus schaute, um jeden Blickkontakt mit seinen französischen Kollegen zu vermeiden. Alle Männer hatten ihre Kopfbedeckungen abgenommen, und zwar ausnahmslos.

Vor der »Ehrentribüne« mit den Offizieren erschienen Pater Wessendorf und ein französischer Feldgeistlicher, beide mit der Bibel in der Hand. Jetzt wurde mir alles klar: Hier sollte ein Gottesdienst abgehalten werden.

Pater Wessendorf ergriff das Wort. »Ich heiße Sie alle zu dieser Messe am ersten Weihnachtsfeiertag willkommen, Deutsche ebenso wie Franzosen. Wir sind hier unter dem wachenden Auge Gottes zusammengekommen, und zwar an dem Tag, an dem sein Sohn, Jesus Christus, geboren wurde. Die Waffen schweigen, und das ist erfreulich. Wir möchten mit dieser kurzen Zeremonie der Männer gedenken, die gerade vom Feld geholt wurden und Gottes Stille gegenübertreten. Wir möchten auch der Männer gedenken, die schon vorher in diesem Krieg in Jesu entschlafen sind. Lasst uns Psalm 23 lesen.

Der Herr ist mein Hirte; mir wird nichts mangeln.
Er weidet mich auf grüner Aue
und führet mich zum frischen Wasser.
Er erquicket meine Seele;
er führet mich auf rechter Straße
um seines Namens willen.

Und ob ich schon wanderte im finstern Tal,
fürchte ich kein Unglück; denn du bist bei mir,
dein Stecken und dein Stab trösten mich.

Du bereitest vor mir einen Tisch im Angesicht meiner Feinde.
Du salbest mein Haupt mit Öl und schenkest mir voll ein.

Gutes und Barmherzigkeit werden mir folgen
mein Leben lang,
und ich werde bleiben im Hause des Herrn
immerdar.

Aufmerksam lauschte ich den Worten, während ich Schnee schmeckte und spürte, wie mir das kalte Schmelzwasser Nacken und Rücken hinunterrann. Jetzt las der französische Feldgeistliche den Psalm. Gott als guter Hirte – das war für beide Parteien ein schöner, tröstlicher Gedanke. Aber half das noch Adolf Dietz und den anderen Männern, die wir soeben begraben hatten?

Ein letztes Gebet. Alle Soldaten fielen murmelnd mit ein. *Vater unser im Himmel …*

Wir alle hatten zu ihm gebetet, zu unserem Vater. Es blieb ruhig. Und dann begannen wir wieder zu kämpfen.

Es war August Pappernigg, der damit anfing. Nach einem Amen aus zahlreichen Kehlen sah ich, wie er sich bückte, mit nackten Händen Schnee zu einem Ball formte und ihn mit aller Kraft der anderen Seite entgegenschleuderte. Was für ein Idiot! Er traf einen Franzosen am Arm, der verdattert stehen blieb, genau wie alle anderen. Erst als ein weiterer Deutscher einen Schneeball warf, verstanden sie. Sofort waren sie außer Rand und Band. Ich mischte kräftig mit, mit harten Eisbällen, zielte auf hässliche, französische Visagen. *Deutschland über alles.*

Wir lachten wie die Kinder. Zwei Infanteristen lagen am Boden und rangen miteinander, versuchten sich gegenseitig einzuseifen. Ganz wie zu Hause. Ein paar Kameraden zielten sogar auf Offiziere. *Einen* rangniedrigeren Soldaten hätten sie vielleicht noch zur Ordnung rufen können, aber nicht eine ganze Horde davon, die wieder zu kleinen Jungen geworden waren. Der französische Hauptmann und ein Leutnant benutzten ihren Hocker als Schild und eilten rasch zu ihrem Schützengraben. Nicht so Hauptmann Ludwig Eichenbrenner: Der marschierte ebenso gelassen wie würdevoll zurück. Ein Schneeball zerplatzte an seiner Uniform, was ihn jedoch nicht aus der Ruhe zu bringen vermochte. Seinen Hocker ließ er einfach stehen.

Plötzlich ertönte ein gellender Schrei.

»Aïe! Merde!«

Ein Franzose blutete, am Auge. Er war von einem Schneeball getroffen worden, in dem ein Stein steckte.

»Qu'est-ce que c'est que ça?«, fragte ein Franzose.

Böses Gemurmel, vorwurfsvolle Blicke. Wieder merkte ich, wie brüchig die Waffenruhe war. Pater Wessendorf und der französische Feldgeistliche versuchten, die Gemüter zu beruhigen.

Feldwebel Faber trat nach vorn. »Entschuldigung, das war ein Scherz, wenn auch ein völlig unpassender. Ich bitte um Verzeihung. Darf ich Ihnen eine Zigarre anbieten?« Damit löste sich die Spannung wieder auf. Ein paar Soldaten klatschten sogar Beifall.

Kurz danach zupfte ich den Feldwebel am Ärmel.

»Sie waren das doch nicht, oder? Sie haben doch nicht den Stein geworfen?«

Er lächelte nur.

Die Annehmlichkeiten schienen gar kein Ende mehr nehmen zu wollen: Ein Kamerad hatte einen Lederball und lederne Schnürsenkel in seinem Weihnachtspaket gefunden, Geschenke von seinem Fußballverein. Er trat den Ball in die Luft. In dieser umgepflügten Kraterlandschaft ließ sich unmöglich Fußball spielen. Doch die Herren wurden sich rasch einig: Der Boden musste eingeebnet werden. Mehrere Soldaten holten Spaten aus ihren jeweiligen Schützengräben. Zwischen zwanzig und fünfundzwanzig Männer waren nicht mehr damit beschäftigt, Gräber auszuheben, sondern Kuhlen zuzuschaufeln.

So flach wie ein Billardtisch würde das Schlachtfeld nie werden, aber ein einigermaßen ebenes Fußballfeld ließ sich durchaus herstellen. In der französischen Hälfte dienten zwei rote Käppis als Torpfosten, in der deutschen zwei Pickelhauben. Blieb die Frage nach dem Schiedsrichter: Niemand hier war neutral. Im Namen Gottes wurde der Priester zum Unparteiischen gekürt.

An beiden Seiten des »Spielfelds« standen Soldaten, ja sogar Offiziere. Ich interessierte mich nicht für Fußball und beschloss, durchs Niemandsland zu laufen. Ich war müde, unglaublich müde, und fand es erholsam, allein durch die aufgewühlte, verschneite Landschaft zu spazieren – nach Monaten endlich einmal nicht von lärmenden, schnarchenden und stinkenden Kameraden umgeben zu sein. Ich sah keine Männer in den Schützengräben, weder auf der linken noch auf der rechten Seite. Alle wollten dem Fußballspiel beiwohnen.

Ich lief bis zur letzten Laterne auf der französischen Brustwehr. Wie weit konnte ich noch gehen, ohne mich in zu große Gefahr zu begeben? Herrschte in den anderen Sektoren ebenfalls Waffenruhe? Der Lärm des Fußballspiels war kaum noch zu hören. Vor mir lag eine verschneite Ebene mit vereinzelten schwarzen Baumstümpfen. Ich genoss die weiße Stille und fühlte mich wie der letzte Überlebende dieses Krieges.

Am Rande eines Bombenkraters schob ich etwas Schnee beiseite und legte mich hin. Vorsichtig betastete ich meine schmerzhaft dicke Wange. Ich zog eine Zigarette aus der Packung, die ich von Max bekommen hatte. Deutscher Tabak schmeckte deutlich besser als dieser minderwertige französische Dreck aus Buchenblättern und Heu. Wenn ich mich nicht täuschte, war sogar getrockneter Pferdemist dabei. Aber ich hatte nichts anderes.

Ich nahm einen Zug und starrte zum bleigrauen Firmament empor. Ich dachte an Erich. Und an Theo. Wo sie wohl waren? Lebten sie noch? Ich fasste in meine Brusttasche, fuhr über den gewellten Rand von Elfriedes Foto. Warum schrieb sie mir nicht jede Woche? Oder wenigstens jeden Monat?

Konnte ich hier schreiben? Mir die Ruhe und Einsamkeit mit ein paar schönen Versen versüßen? Ich hatte schon öfter versucht, an der Front Gedichte zu schreiben, aber mir war jedes Mal der Bleistift eingefroren. Mein Kontakt zur Sprache war abgerissen. Aber müsste ich nicht unter allen erdenklichen Umständen arbeiten können? Wie machten das bloß richtige Schriftsteller?

Ich hörte Stimmen, französische Stimmen. Ganz in der Nähe. Ich erschrak. Ich hatte mein Gewehr nicht dabei. *Weihnachtsfrieden.* Ja, verdammt!

Langsam rappelte ich mich auf und trat den Rückweg an. Es wurde schon wieder Abend, und ich fror bitterlich.

In der Ferne sah ich ein Feuer. Vor einem Monat waren wir noch froh gewesen, Licht zu haben, jetzt brauchten wir Wärme. Die Atmosphäre blieb noch eine Weile freundschaftlich. Ich hörte sogar Klaviermusik. Ein französischer Korporal saß auf einem Kaffeehausstuhl vor einem Klimperkasten. Wenn ich mich nicht täuschte, spielte er den Abschiedswalzer von Brahms, allerdings voller Misstöne. Wo kam nur das Instrument auf einmal her?

Ich stellte mich so nah wie möglich ans Lagerfeuer. Claus war nirgendwo zu entdecken, aber das brauchte mich nicht zu beunruhigen – der kam auch allein zurecht. Zwei Franzosen brachten ein wassergefülltes Eichenholzfass, das an einem Stock baumelte. Einige Kameraden hatten eine mobile Feldküche von den hintersten Linien ins Niemandsland geholt. Wir bekamen alle Bouillon, ein Stück Brot und Kaffee. Die Bouillon schmeckte deutlich besser als die kalte, ranzige Bohnensuppe vom Vortag.

Ein französischer Zahnarzt im Majorsrang inspizierte den Mund eines Kameraden mit Hilfe eines kleinen Spiegels. Vor seiner »Praxis«, die nur aus einem Stuhl samt Tisch bestand, auf dem ein paar Haken, Zangen und andere Instrumente lagen, bildete sich eine lange Schlange. Ein französischer Soldat leuchtete ihm mit einer Karbidlampe. Der Zahnarzt musste sich beeilen, weil nicht klar war, ob die Waffenruhe auch am nächsten Tag gelten würde, und seine Patienten waren ungeduldig.

Kipp stand ebenfalls an.

»Vertraust du diesem Franzosen?«, fragte ich.

»Was bleibt mir denn anderes übrig? Er behandelt gratis, und das ist schon mal viel wert.«

Ich hörte Stöhnen, gefolgt von Krachen und Reißen. In der Schlange wurde nervös gelacht, aber alle blieben stehen.

Überall im Niemandsland taten sich Männer in Horizontblau und Feldgrau zusammen, sie rauchten und redeten miteinander, oft mit Händen und Füßen. August Pappernigg hatte sein Publikum gefunden: Zur großen Belustigung der Franzosen zauberte er eine Herzdame aus seiner Brusttasche.

Ich entdeckte Max. Blinzelnd putzte er seine Brille mit einem Baumwolllappen. Neben ihm saßen zwei weitere Franzosen. Einen von ihnen kannte ich von meinem Alleingang durchs Niemandsland: Lucien, ein großer humorvoller Mann mit weißblonden Haaren – vermutlich stark wie ein Bär. Unter »normalen Umständen« wäre ich ihm nur ungern gegenübergetreten.

»*Et bien, dis donc*«, sagte Lucien munter. Er zeigte auf die Männer am Feuer. Ich verstand, was er sagte. Kurz darauf lernte ich den dritten Franzosen kennen, Leon aus Lille. Ein spröder, in sich gekehrter junger Mann mit einer Schnittwunde im Gesicht, nach deren Ursache ich mich lieber nicht erkundigte.

»Hast du das Fußballspiel gesehen?«, fragte Max.

»Nein. Wer hat gewonnen?«

Er und Lucien sahen sich an und lachten. Es war 5 : 3 für Frankreich ausgegangen. »Bei euch haben ein paar über vierzigjährige Opas mitgespielt«, sagte Max. »Die waren irgendwann aus der Puste. Und mit unserem Leon hatten wir einen ausgezeichneten Torschützen.«

Sie hatten gerade Weihnachtspost bekommen. Lucien erzählte, dass er eine anderthalbjährige Tochter namens Charlotte habe. Voller Stolz zeigte er das Foto von einem schmollenden Kleinkind herum. Strahlend hob er zwei Finger und machte kreisförmige Bewegungen vor seinem Bauch. Aha, das zweite Baby war schon unterwegs. Oder aber es waren noch zwei Monate bis zur Geburt. Er drückte mir ein Stück *massepain* in die Hand, Marzipan – wie mir erst klar wurde, als ich davon kostete. *Massepain de Paris*, von seiner Schwiegermutter. »*Pas bonne, la belle-mère, mais du massepain? Oui …*«

Er lachte so laut und fröhlich, dass mir die Ohren klingelten.

Ich schaute Leon an. »Und du?«

Leon schwieg.

Lucien machte ein trauriges Gesicht, schüttelte langsam den Kopf und beugte sich vor. »*Quelle misère. L'amour.*«

»Was ist passiert?«, fragte ich.

Max sah zu Leon hinüber, der nickte.

»Sie heißt Marcelle«, erklärte Max.

Leon hatte sie heiraten wollen. Seit fünf Jahren waren sie bereits ein Paar, doch jetzt hatte sie auf einmal einen anderen. Einen Marineleutnant, von der Marine Nationale sogar. Leon wollte unbedingt nach Hause, würde aber erst in einem Monat Urlaub bekommen.

Jede Woche hatte ihm diese Marcelle geschrieben. Jede Woche las er, wie viel Angst sie um ihn hatte. Und jetzt schrieb sie ihm plötzlich, dass es aus sei, dass er sie vergessen solle. Vergessen! Wie sollte er sie bloß vergessen?

Leon nahm ein paar große Schluck Schnaps und ließ die Flasche kreisen. Wir tranken alle mit, ohne ihm zuzuprosten.

Lucien wischte sich über den Mund, rülpste laut und erkundigte sich vorsichtig, ob ich auch Fotos dabeihätte. Ich zog das Porträt von Elfriede aus meiner Brusttasche. Er hielt das Foto in den Schein des Feuers und stieß einen gellenden Pfiff aus. Auch Max sah mich auf einmal mit ganz anderen Augen an: komplizenhaft, bewundernd, ungläubig.

»Wie heißt sie?«

»Elfriede.«

»Elfriede …« Er ließ sich ihren Namen auf der Zunge zergehen wie ein Likörbonbon. »Bist du dir sicher, dass sie … äh …«

»In Wirklichkeit ist sie noch viel schöner, mein Freund.«

Max übersetzte. Gelächter, bei allen Dreien.

»Willst du sie heiraten?«, fragte Max. »*Te marier?*«

»Jetzt nicht mehr.«

»*Plus maintenant.*«

Wieder Gelächter, schon lauter jetzt, vor allem von Lucien.

Leon stand auf. »*Bonne chance*«, sagte er. Er hatte einen festen Händedruck und sagte etwas zu Max.

Der übersetzte: »Leon weiß nicht, ob du Freunde bei der Kaiserlichen Marine hast, aber der Kerl ist auf der *d'Entrecasteaux*. Ein Kreuzer, wenn er sich nicht täuscht. Ob du das weitergeben kannst. Leon wünscht euch schon mal viel Erfolg.« Ich lachte, und Leon kehrte zu seinem Schützengraben zurück.

Weiter vorn versuchte der französische Klavierspieler, einzelne Kameraden zum Mitsingen der *Marseillaise* zu bewegen. Das hätte er sich sparen können.

Max wühlte in seiner Brusttasche und gab mir das Foto eines fröhlichen Mädchens mit Sommersprossen und einem langen Zopf.

»Viel zu schön für dich«, witzelte ich. »Wer ist diese junge Dame?«

»*Il dit: beaucoup trop belle. Qui est cette jeune femme?*«

Lucien lachte laut auf, wieder viel zu laut. Ganz so, als würde das Lachen von ihm Besitz ergreifen, ohne dass er sich dagegen wehren konnte.

Sie hieß Mathilde. Max hatte sie auf einer Kunstausstellung in Dijon kennengelernt. Das Datum – der 16. April 1912 – wusste er noch ganz genau, denn am Vortag war die *Titanic* untergegangen. Kein besonders gutes Omen, wie er zugeben musste. Auf der Ausstellung hatte er Getränke serviert. Er trug eine

Kellnerjacke und ein Tablett mit Wein- und Limonadegläsern. Mathilde war mit ihrem Vater da, einem reichen Industriellen.

»Ich war sofort hin und weg von ihr«, erzählte er. »Aber das durfte ich mir natürlich nicht anmerken lassen. Mathilde hat sich ein Glas Wein genommen und mich angesprochen, gesagt, dass sie bildende Künstler längst nicht so beeindruckend findet wie Dichter und Romanciers. Und eine etwas gelangweilte, arrogante Miene aufgesetzt. Darauf habe ich erwidert, dass der pastellfarbene Impressionismus durchaus eine gewisse Poesie besitzt. Sie war erstaunt, dass ich die Arbeiten der ausgestellten Künstler kannte. Dass ich überhaupt etwas von Kunst verstehe!«

»Malst du auch?«

»Ich zeichne. Hauptsächlich mit Holzkohle.«

Mir war, als hätte ich jetzt einen ganz anderen Max kennengelernt, nicht den Soldaten, sondern den Künstler. Ich für meinen Teil erzählte ihm nun, wie Elfriede und ich zusammengefunden hatten, nämlich über einen Dichter, und wie wir uns in ihrem Versteck am Ufer zum ersten Mal geküsst hatten. Ohne jede Scham vertraute ich meinem französischen Schicksalsgenossen privateste Dinge an. Nur ihr Nein am Abend vor der Mobilmachung verschwieg ich. Das ging niemanden etwas an, nicht einmal meine Feinde.

Ich zitterte. Max reichte mir den Schnaps. Nach ein paar Schlucken ging es mir besser.

»Hast du sie mit einem Gedicht verführt?«, fragte er.

»Eigentlich nicht.«

»Ich habe ein Porträt von Mathilde gemacht. Auf ihren ausdrücklichen Wunsch hin. Meine Arbeiten haben ihr gefallen. Lange war es eine heimliche Liebe. Mein Vater ist nur ein einfacher Angestellter, für ihre Familie bin ich keine gute Partie. Aber rate mal, was passiert ist, als ihre Eltern mein Porträt von der strahlenden Mathilde gesehen haben: Sie wollten mich kennenlernen! Mathilde hatte ihnen bereits erzählt, dass sie verliebt in mich ist. Ihre Mutter hatte nach wie vor Bedenken, aber ihr Vater hat mir keinen Stein in den Weg gelegt. Der wollte früher selbst mal Künstler werden. Weißt du, was er gesagt hat? ›An deiner Zeichnung sehe ich, wie sehr du meine Tochter liebst, mein Junge.‹ Nur gut, dass er meine Nacktbilder von Mathilde nie zu Gesicht bekommen hat!«

»Willst du sie heiraten?«

»Wenn es nach mir ginge, gleich morgen früh. Kommst du zu meiner Hochzeit?«

»Schick mir eine Einladung.«

Lucien stand auf, um neues Feuerholz zu holen.

»Ich bin sehr gespannt auf deine Zeichnungen«, sagte ich.

»Warte kurz.«

In einer Armeetasche bewahrte Max einen Zeichenblock im Folioformat auf. Er hatte eine flüchtige Skizze vom Fußballspiel gemacht. Ich war beeindruckt, wie gut es ihm gelungen war, die Aufregung, die Begeisterung und die Bewegungen mit ein paar wenigen Strichen festzuhalten. Für das Porträt von Leon hatte er sich mehr Zeit genommen. Der leidende Blick, das schüchterne Lächeln – wegen des Abschiedsbriefs war er kein fröhlicher Zeitgenosse. Er erinnerte mich an Erich.

»Nicht schlecht«, sagte ich gespielt gleichgültig.

»Gut oder?«

»Für einen Barbaren schon.«

»Bleib kurz sitzen.«

Max blätterte um, zog ein Stück Holzkohle aus seiner Jackentasche und begann mich zu zeichnen. Hochkonzentriert, mit raschen Strichen und ebenso raschen Blicken. Ich schaute einfach geradeaus, hinüber zur deutschen Linie. Wo Claus wohl steckte? Ob er nach dem Fußballspiel wieder in den Unterstand gegangen war?

Nach ungefähr zehn Minuten war Max fertig. Er zeigte mir das Porträt. Ich betrachtete es lange. Ich erschrak über die Melancholie, die sich offenbar tief in meine Gesichtszüge eingekerbt hatte.

»Schön«, sagte ich.

Max riss die Zeichnung aus seinem Block, rollte sie zusammen und drückte sie mir in die Hand. Ich war gerührt, wollte mir aber nichts anmerken lassen.

»Jetzt darfst du mir ein Gedicht vortragen«, sagte Max.

»Ich hab da ein paar Zeilen im Kopf: über Worte, die fallen, wenn sie in ein Gedicht über den Krieg Einzug halten. Ich versuche Schönes mit schönen Sätzen festzuhalten, Hässliches fernzuhalten. Aber noch will es nicht so recht klappen.«

»Vielleicht musst du das gar nicht! Ich zeichne, was ich sehe – sei es nun hässlich oder schön, gut oder schlecht, wahr oder gelogen, denn damit hat ein Künstler nichts zu schaffen. Unsere Aufgabe besteht darin, für einen Ausgleich zu sorgen. Nicht, um irgendwas auszubalancieren, sondern um die Dinge aus dem Gleichgewicht zu bringen. Ich glaube nicht, dass Schönheit im Krieg den Sieg davontragen kann. Sie kann das Hässliche allenfalls erträglicher machen, einen die Misere vorübergehend vergessen machen. Wie wär's mit einem weiteren Schluck Schnaps?«

Das ließ ich mir nicht zweimal sagen. Gemeinsam leerten wir den Flachmann.

Es war kurz vor elf. Der Mann am Klavier hatte längst aufgehört zu spielen. Auch der Zahnarzt hatte die Arbeit eingestellt. Manchmal hörten wir ein paar Takte auf der Mundharmonika, ohne bestimmte Lieder wiedererkennen zu können. Auf einmal wurden Schreie laut, in der Ferne, unweit der improvisierten Latrine im Niemandsland. Aufgebrachte Schreie. Max erhob sich schwankend, wie ich hatte auch er viel zu viel getrunken.

Ein paar Kameraden stürmten auf uns zu. Einer von ihnen war Gustav Kipp. »Verrat!«, rief er »Verdammt noch mal, Verrat! Hab ich's nicht gesagt? Diesen Drecksfranzosen ist nicht zu trauen. Ich hab euch gewarnt!«

»Ganz ruhig«, sagte ich. »Was ist denn passiert?«

»Bei der Latrine liegt ein Kamerad, Korporal. Die Leiche ist noch warm. Er ist also heute Abend getötet worden. Mit einem französischen Bajonett. Das ist Mord!«

Max und ich sahen uns an. Mord? Was für ein seltsames Wort an diesem Ort! Wir rannten zur Latrine. Ich sah einen deutschen Soldaten regungslos auf der Seite liegen und drehte ihn um.

Es war Claus. Seine Augen waren gebrochen.

Dieser Anblick verstörte mich völlig. Alles rings um mich begann sich so zu drehen, dass mir schwindelig wurde. Eine verwirrende Erinnerung stieg in mir auf. Dann begann ich zu würgen.

Die Männer blieben hilflos am Feuer stehen.

»Claus ist tot, weil er den Heckenschützen erledigt hat«, sagte Kipp. »Diese dreckigen Franzosen! Sie hätten das niemals erfahren dürfen, verdammt noch mal!«

Von allen Seiten hörte ich Flüche. Auf Deutsch.

»Jetzt nicht die Nerven verlieren!«, sagte Pater Wessendorf. »Das ist die Tat eines Einzelnen. Dafür dürfen wir auf keinen Fall alle Franzosen verantwortlich machen. Jetzt bloß nicht die Nerven verlieren!«

»Aber es war eindeutig ein Franzose!«, rief ein Kamerad. »Und woher wollen Sie wissen, dass es bloß einer war? Vielleicht waren es ja mehrere?«

»Hört zu!«, rief Max. »Ich finde diese Tat genauso verwerflich wie ihr. Sobald wir wissen, wer von uns das war, mach ich ihn eigenhändig fertig.«

»Das kommt ein bisschen spät«, sagte Kipp grimmig und gab Max einen Schubs. »Unser Freund hier wird nie mehr aufstehen. Ich schlage vor, von euch muss jetzt auch einer dran glauben. Einverstanden? Und was machen wir dann? Weiter Weihnachten feiern? Verdammt noch mal!« Kipp konnte sich nicht mehr beherrschen und verpasste Max einen Kinnhaken. Sofort entstand eine Rauferei. Fünf, sechs Mann gingen aufeinander los und teilten heftig aus. Ein Franzose, der gestürzt war, wurde getreten und geschlagen. Die Männer brüllten und schrien wild durcheinander.

Ich war wie gelähmt, stand unter Schock.

Peng.

Pater Wessendorf hielt einen Revolver in der Hand. »Hört mir gut zu!«, rief er. »Wir kehren jetzt alle in unsere Schützengräben zurück. Los, alle Mann zurück in die Schützengräben! Wer jetzt noch weiterkämpft, der bekommt von mir eine Kugel ins Bein. Zurück in die Schützengräben! Ich warne euch, jetzt, sofort!«

Zögernd traten die Kameraden den Rückzug an.

Max kam auf mich zu. Seine Lippe war aufgeplatzt, und er hatte eine blutende Wunde neben der Augenbraue. »Ich hoffe, wir sehen uns irgendwann wieder, mein Freund. Nach dem Krieg. 10, Rue de la Roi, Dijon. Königstraße 10, das ist leicht zu merken. Alles Gute!«

Ich gab ihm zum Abschied die Hand, brachte aber kein Wort heraus. In meiner anderen Hand hielt ich nach wie vor die Zeichnung, die er von mir gemacht hatte.

Und darum bist du hier«, sagte der Schmetterlingspriester. »Du hast Claus nicht beschützt. Weil du wütend auf ihn warst. Du hast es nicht geschafft, ihn vor seinem traurigen Schicksal zu bewahren. Genauso wenig wie Erich. Deshalb bist du hier.«

»Ich habe enorme Schuldgefühle, Hochwürden.«

»Was hättest du tun können?«

Ich schüttelte den Kopf. Meine Schultern zuckten. Tränen stiegen in mir auf, ich konnte es nicht verhindern, und so weinte ich, zum ersten Mal seit Langem. Der Priester erhob sich und berührte sanft meine Schulter. »Ich verstehe, wie du dich fühlst, mein Junge. Aber manchmal sind wir einfach machtlos. Es gibt nichts, was du für Claus hättest tun können. Oder für Erich. Nicht das Geringste.«

Ich versuchte mich zu beruhigen.

Der Priester nahm einen weiteren Schluck Cognac. »Ich würde gern mit dir tauschen.«

Erstaunt sah ich auf.

»Du weißt nicht, was Schuld ist, begreifst nicht, was dieses Wort eigentlich bedeutet.« Er räusperte sich kurz. »Ich werde dir erzählen, warum ich mit dem Boxsport, der mir doch so viel bedeutet hatte, aufgehört habe. Dann wird dir vielleicht einiges klar. Bei meinem letzten Kampf war mir mein Gegner eindeutig überlegen. Er hat mir alle Ecken des Rings gezeigt. Ich blutete, ich hätte eigentlich aufgeben sollen, aber ich konnte mich mit der Niederlage nicht abfinden und schleppte mich in die letzte Runde. In der Gewissheit seines Punktsieges und weil jeden

Moment der Gong ertönen musste, vernachlässigte mein Gegner seine Deckung. Ich verpasste ihm einen Uppercut, der Wirkung zeitigte. Er geriet ins Wanken, aber dann ertönte der Gong. Er ließ die Arme sinken, und ich … Ich habe einfach weitergemacht.« Er schluckte. »Ich habe ihm mit voller Kraft zwei brutale Schläge gegen den Kehlkopf verpasst. Aus Wut. Aus Frust. Ich habe das noch keiner Menschenseele erzählt. Niemand im Dorf weiß davon, nicht einmal Lucius.«

»Und wie ging es dann weiter?«

Das Gesicht des Priesters hatte sich zu einer Grimasse der Selbstanklage, der Zerknirschung verzerrt. Er suchte nach Worten. »Mein Gegner ist in die Knie gegangen, direkt vor mir. Er hat sich an die Kehle gefasst, nackte Panik im Blick. Er ist erstickt. Jämmerlich *erstickt*. Vor meinen Augen und vor den Augen seiner kleinen Tochter, die am Ring mit ihm gefiebert und ihn angefeuert hatte. Sie ist unter den Seilen durchgekrochen und hat um ihren Vater geweint.« Er verstummte. »Jede Hilfe kam zu spät. Er war noch jung, genauso alt wie ich, und Vater von vier kleinen Kindern.«

»Und wie ging es anschließend mit Ihnen weiter?«

Er lachte spöttisch. »Mit mir? Ich wurde für einige Zeit gesperrt, aber von Tötungsabsicht oder fahrlässiger Tötung freigesprochen. In meiner Benommenheit hätte ich den Gong nicht gehört, lautete die Strategie meines Anwalts. Wir kamen damit durch. Boxen ist nun mal ein gefährlicher Sport, wir haben damals noch ohne Handschuhe gekämpft. Ich war ein freier Mann, habe mich aber kein bisschen so gefühlt. Schon damals war ich tief gläubig. In diesem Moment habe ich beschlossen, mein Leben, mein Los, in die Hände des Allmächtigen zu legen.« Er machte ein Kreuzzeichen. »Und von diesem Pfad werde ich nie mehr abweichen. Nicht einmal wenn die ganze Welt um mich herum zusammenbricht.«

Eine Pause entstand. Beethoven trippelte herein, er schien sich gut von dem Gas erholt zu haben.

»Gibt es eine Frage, die du Gott gern stellen würdest?«, sagte der Priester unvermittelt.

»Sie meinen, ›Wozu bin ich auf der Welt‹, oder so was?«

»Die Antwort kennst du: *Ich will den Herrn loben, solange ich lebe, und meinem Gott lobsingen, solange ich hier bin.* Aber ich kann mir vorstellen, dass ein Christ diese Frage Gott gern persönlich stellen würde: ›Was hast du mit mir vor, Herr?‹«

Gute Frage.

Schon seit Langem hatte ich den Eindruck, vom Leben bevorteilt zu werden. Vor meiner Geburt waren vier Kinder nicht lebensfähig gewesen. Und danach war meine Mutter nie mehr schwanger geworden. Elfriede war das schönste Mädchen im ganzen Dorf, und sie hatte sich ausgerechnet für mich entschieden. Eine Granate war direkt neben mir in die Wand des Schützengrabens eingeschlagen, ohne zu explodieren. Zwei meiner Freunde waren tot, während ich noch nicht mal einen Kratzer abbekommen hatte oder eine Erkältung. Welches Urteil fällte Gott über mich? Welche Zukunft hielt er für mich bereit?

»Haben Sie denn eine Frage an Gott?«, sagte ich.

Der Priester lächelte.

»Ja, die hab ich allerdings: Aus meiner Sicht ist der Schmetterling das Schönste, das unser Herr auf Erden geschaffen hat.« Er faltete die Hände, bewusst oder unbewusst, so als richtete er seine Frage tatsächlich direkt an IHN. »Aber stimmt das überhaupt? Und wenn man das schönste Geschöpf Gottes ist – darf man das dann selbst so empfinden? Ich würde die Welt gern mal mit den Augen eines Segelfalters betrachten! Um die Pracht und die Herrlichkeit von Gottes Schöpfung am eigenen Leib zu erleben, frei zwischen all den Blumen, Farben und Düften umherflattern zu dürfen. Das muss ein wahrer Vorgeschmack aufs

Paradies sein! Ein Nachtpfauenauge lebt nur wenige Tage. Aber im Leben geht es nicht um Tage oder Wochen. Sondern um Momente.«

Er schlug auf den Tisch. »So, mein Junge, Schluss damit! Du gehst jetzt dorthin zurück, wo du herkommst. Zurück zu deinen Eltern, zu deiner Liebsten. Gott vergibt dir. Tu, was du hier auf Erden tun musst, und vergiss nie, was neben dem Gottesdienst der Sinn des Lebens ist: Nachkommen zeugen.« Er betrachtete den Segelfalter in seinem Glas. »Und das gilt auch für dich.«

Der Priester erhob sich, öffnete das Fenster, stellte das Schmetterlingsglas vorsichtig auf den Gartentisch darunter und zog das weiße Tuch weg.

teil 6
trost

Das alte Fuhrwerk mit den Holzspeichenrädern wackelte, klapperte und ächzte. Ich sah, wie der steinige Feldweg unter mir dahinzog. Mit dem Stiefel streifte ich das Gras, das zwischen den Fahrspuren wuchs. Mein Tornister lag neben mir. Dunstiger Abendnebel lag über den Tälern des grünen sächsischen Hügellands. Ich brauchte mich nicht lange umzuschauen, um zu wissen, wo ich mich befand. Hinter dem nächsten Hügel lag das Land meiner Kindheit, wo ich jeden Grashalm kannte.

Umständlich öffnete ich die obersten Knöpfe meiner Uniform. Juniabende können ziemlich warm sein. Der Kragen roch muffig, meine Jackenärmel waren verschlissen, und eine Schulternaht war aufgeplatzt, aber das war mir egal. Ich war müde. Das Angebot des Müllerknechts, mich mitzunehmen, hatte ich dankbar angenommen.

Mein Heimatdorf schlummerte im sanften Dämmerlicht. Unweit der ersten Häuser kamen wir an einer angepflockten Ziege, vier Gänsen und zwei alten Leutchen vorbei. Ich erkannte Herrn Lehner, der früher von Haus zu Haus gegangen war, um Petroleum zu verkaufen. Das Ehepaar lief Arm in Arm, steifbeinig, einer stützte den anderen. Die beiden waren regelrecht miteinander verwachsen. Würde ich in fünfzig Jahren auch so mit Elfriede durch die Gegend laufen?

Wir bogen in die Winterstraße ein. Vor der Kaffee-, Tee- und Lebensmittelhandlung blieb das Pferd stehen. Ich stieg ab und klopfte mir Mehl von der Uniform. Der Knecht ergriff meine Hände und sah mich eindringlich an. »Ich habe zwei Brüder im Krieg verloren. *Es lebe Deutschland!*« Er war ganz gerührt von seiner Ehrerweisung. Dem Vaterland gegenüber. Mir gegenüber. Oder seinen Brüdern gegenüber. Hoffentlich Letzteres.

Er kletterte wieder auf den Kutschbock und befahl dem Pferd mit einem energischen Zügelruck, seinen Weg fortzusetzen.

Das Lebensmittelgeschäft meiner Eltern war immer noch ein Schmuckstück mit seiner von Schnitzornamenten verzierten Ladenfront und den zierlichen Palisanderholzleisten. Es war nach acht, und der Laden lag verlassen da. Im Obergeschoss waren die Vorhänge bereits zugezogen. Ich streckte mich, denn ich war am ganzen Körper starr und steif. Außerdem juckte es mich. Meine Haut hatte rote Flecken und war irgendwie gereizt.

Kein Kanonendonner. Diese ungewohnte Stille würde mich bestimmt nicht schlafen lassen. Und mir klebte vor Durst die Zunge am Gaumen.

Nur wenige Gäste verloren sich im *Schwarzen Huhn*. Hinter dem Tresen spülte ein magerer Bursche mit karottenrotem Haar und Sommersprossen die Gläser. Er nickte mir freundlich zu. Ich hatte ihn nie zuvor gesehen. Wo war Elfriede? Oben? Ich bestellte Wein und nahm den Tisch unweit des Ofens. Vor mir saßen ein paar Landarbeiter. Einer davon hustete und lachte. Als er mich – oder meine Uniform – sah, hob er das Glas.

»He, Soldat!«

»Korporal«, sagte ich geistesabwesend.

»Na, dann eben Korporal! Heimaturlaub, nehme ich an?«

»Ein paar Tage.«

»Und wie ist es dort so?«

Als wäre man in einem Strandurlaub gewesen? Wir laufen dem Tod hinterher, und manchmal dreht er sich um und schaut, ob wir schon in den Abgrund gestürzt sind. Ich beschloss, mich auf die guten Neuigkeiten zu beschränken.

»Ich lebe noch.«

Der junge Wirt stellte mir eine Karaffe Wein und ein leeres Glas hin. Er schenkte mir ein.

»Ist Elfriede da?«, fragte ich.

»Sie ist oben. Soll ich etwas ausrichten?«

Ich schüttelte kurz den Kopf. Wenn ich gewollt hätte, wäre ich einfach hinaufgegangen, aber ich würde sie nachher ohnehin sehen.

Am Fenster saßen sich Hollstein und Grosshart, zwei alte Brenner aus der Ziegelei, stumm gegenüber. Sie spielten Karten. Hollstein reckte sich, schob den Stuhl zurück und stand auf. Auf die Fensterbank gestützt, spähte er zum Schornstein der Ziegelei hinüber, der die grellroten Dächer des Dorfes überragte.

»Da stimmt was nicht mit dem Feuer«, sagte er.

»Schwüles Wetter und Windstille, den lieben langen Tag. Was erwartest du da?«, pflichtete ihm Grosshart bei. »Der Schornstein zieht nicht richtig. Gestern auch schon nicht. Diese Ziegel kannst du vergessen.«

Hollstein setzte sich wieder und griff zu seinen Karten.

Ich vermisste meine Freunde. Was wohl aus Theo geworden war? War er immer noch Kriegsfotograf? Schon seltsam, dass Claus und Erich nie mehr mit uns hier sitzen würden. Ich fand, es reichte jetzt, sie waren lange genug tot gewesen, und stellte mir vor, dass sie jeden Augenblick wieder hereinspazieren würden. Vor allem der Tod von Claus, dem doch eigentlich nichts was anhaben konnte, war unwirklich.

Die Landarbeiter standen auf.

»Der Wein geht auf mich, Korporal«, sagte der Mann, der mich vorher angesprochen hatte. »Wir sind in Gedanken bei euch an der Front. *Deutschland über alles!*«

Ich hob das Glas.

»Das Leben dort ist bestimmt nicht leicht. Hast du Kameraden verloren?«

Ich wusste nicht, was ich darauf sagen sollte.

Er schüttelte den Kopf. »Dumme Frage, natürlich hast du Kameraden verloren! Das ist die Kehrseite des Krieges.«

Laut lärmend verließen die vier das Wirtshaus. Einer der Männer schwankte. In der Abenddämmerung suchte er Halt an einem Laternenmast, beugte sich vor und erbrach sich auf das Straßenpflaster. Seine Freunde scharten sich lachend um ihn.

Ich nahm einen letzten Schluck Wein. Es wurde Zeit.

Da stand sie: Elfriede. Mager und blass, die Haare zerzaust, aber nach wie vor überwältigend schön. Ich erhob mich. Sie kam auf mich zu und umarmte mich. Wir küssten uns, verharrten so. Fliederduft drang in meine Nase.

Sie schaute mich an und weinte.

»Ich wusste gar nicht, dass du wieder da bist! Ich habe so viele Fragen! Womit soll ich bloß anfangen, Julius? Wie geht es dir?«

»Ich lebe noch.«

»Hast du schon was von Claus und Erich gehört?«

Ich nickte.

»Der Krieg muss wirklich schrecklich sein.«

Ich lächelte.

»Bist du gerade erst angekommen? Oh, Julius, ich bin so froh, dich zu sehen! Weißt du noch, wie du hier das Rimbaud-Gedicht vorgetragen hast? Diesen Tag werde ich nie vergessen.«

»Dein Stiefvater dürfte weniger begeistert gewesen sein.«

»Ach der! Der ist zum Glück gegangen. Bleibst du hier? Bleibst du über Nacht?«

»Ich gehe heute Abend zu meinen Eltern. Meine Mutter hat mich noch gar nicht zu Gesicht bekommen.«

»Natürlich … natürlich.«

»Schön, dich zu sehen, Elfriede.«

Ihre Miene verdüsterte sich abrupt.

»Tut mir leid.«

»Was denn?«

»Dass ich nicht geschrieben habe. Nicht häufig genug.« Rasch fuhr sie sich über die Wange. »Du fragst dich bestimmt, warum. Aber – ich habe Schwierigkeiten beim Lesen und Schreiben. Meine Mutter liest mir Gedichte vor. Ich bin nicht dumm, ich kann nichts dafür. Nachdem ich mühsam einen Brief geschrieben habe, muss sie erst mal sämtliche Fehler beseitigen. Denn du bist schließlich Dichter! Deshalb liest sie alles, und das stört mich. Kannst du das verstehen?«

Ich nickte.

Sie sah mich traurig an. »Das hoffe ich, Julius. Sehen wir uns morgen?«

Es war frisch geworden. Bedrückt lief ich nach Hause. Immerzu dachte ich an Elfriedes sonderbare Entschuldigung, warum sie mir so wenig geschrieben habe. Als würde ich in ihren Briefen nach Stilfehlern suchen. Drei Briefe hatte sie mir geschrieben, *drei*. Vor allem in den ersten Monaten hatten die Ungewissheit und Enttäuschung mich schier zerfressen.

In meinem Elternhaus war inzwischen alles dunkel. Ich klingelte. Es dauerte einen Moment, bis das elektrische Licht im Laden anging.

Da stand meine Mutter. Ich erschrak über ihr hageres, eingefallenes Gesicht und ihr graues Haar. Sogar ihr Blick war grau. Sie sah mich an, als wäre ich ein Fremder. Dann machte sie mir auf. Ganz behutsam nahm ich die zerbrechliche Gestalt in die Arme. Sie schluchzte. Ihre Haut fühlte sich kühl und trocken an.

»Wie geht es dir?«

»Gut, Mutter, gut.«

Wir gingen nach oben. Im Flur schaute mich mein schwarzweißer Großvater wie gehabt mürrisch an. Auf dem Treppenabsatz stand mein Vater im Nachthemd und rieb sich den Schlaf aus den Augen. »Da bist du also wieder. Etwas spät, mein Junge. Ich hoffe, du hast die Franzosen ordentlich vermöbelt.«

Im Wohnzimmer packte mich meine Mutter am Handgelenk. »Elfriede war hier«, sagte sie. »Erst letzte Woche. Sie hat gar nichts mehr von dir gehört. Ich hab dir doch geschrieben, dass ihr Stiefvater gegangen ist? Maier? Den kanntest du doch gut? Traurig, nicht wahr?« Ihre Miene verdüsterte sich. »Ach, Junge, was steh ich hier und rede dummes Zeug – du hast bestimmt Hunger!« Sie ging in die Küche.

»Seit du fort bist, hat sie jeden Abend für dich mitgedeckt«, sagte mein Vater und lachte spöttisch.

Wir setzten uns um den großen Tisch. Meine Mutter stellte mir ein ovales Tablett mit Kaffee, Brot und Fleischpastete hin. Sie murmelte ein kurzes Dankgebet. Mein Vater klopfte seine Pfeife aus. Mit dem Daumen stopfte er etwas Tabak in den Pfeifenkopf und musterte mich von der Seite. »Gehst du nachher noch zu Theodor?«

»Ist er denn hier im Dorf?«, fragte ich überrascht.

»Er ist vor ein paar Wochen zurückgekehrt.«

»Theo arbeitet in der Ziegelei«, erklärte meine Mutter.

»In der Ziegelei? Theo?«

»Ja. Der arme Kerl ist im Gesicht verwundet worden. Aber immerhin lebt er noch. Er ist sehr tapfer. Iss was, mein Junge, los, iss was!«

Mein Vater entzündete ein Streichholz, zog schmatzend mehrmals an der Pfeife, ohne die Glut aus den Augen zu lassen. »Meiner Meinung nach kann Theo ruhig wieder zurück ins Feld. Auch mit dieser Schramme im Gesicht. Er wird dort gebraucht. Wenn sich unsere Jungs anstrengen, marschieren wir in einem Monat durch die Straßen von Paris.«

Ich spürte eine Erschöpfung bis ins Mark. Am liebsten hätte ich den Krieg hier im Dorf ausgesperrt, wenigstens innerhalb dieser vier Wände. Und sei es nur während meines Heimaturlaubs. Ich wollte einfach nur allein sein und schlafen. Meine Mutter spürte das, die spürte immer alles, sehr im Unterschied zu meinem Vater.

»Warte kurz, mein Junge.« Erneut eilte sie aus dem Zimmer.

Schweigen. Mein Vater starrte vor sich hin, und die Pendeluhr tickte.

Ich nahm einen Bissen von meinem Brot.

»Der Laden läuft nicht mehr so gut«, sagte er. »Viele Lebensmittel sind nur noch schwer zu bekommen. Ich bin gezwungen, die Kunden wieder fortzuschicken. Der Krieg ist auch für uns nicht einfach.«

Ich sagte nichts darauf: Nichts geht über Schweigen.

Ich hörte, wie meine Mutter vom Dachboden kam. Sie steckte den Kopf zur Tür herein und winkte mich zu sich heran.

Ich roch den stickigen, modrigen Geruch eines Knabenzimmers, das lange verschlossen gewesen war, und öffnete das Dachbodenfenster. Die frische Abendluft tat mir gut. Auf der Straße sah ich ein paar Jungen in weißen Unterhemden barfuß Fußball spielen. Jeder von ihnen hatte einen Backstein, den die anderen umschießen mussten, offensichtlich mit einem echten Lederfußball. Genauso hatten wir früher gespielt. Die Kirchturmuhr schlug halb zehn, und die Schatten der Jungen waren länger als sie selbst.

Mein Zimmer war nach wie vor mein Zimmer, nur die Pedalnähmaschine und der Strickkorb gehörten nicht hierher. Bis auf den Füller und das ausgetrocknete Tintenfass war mein Schreibtisch leer. Auf dem Stuhl davor saß August, mein verschlissener, grauer Teddy. Wenn ich Kummer hatte, trocknete sein Fell meine Tränen, und er sah mich mit seinen schwarzen Knopfaugen traurig an.

Ich setzte mich aufs schmiedeeiserne Bettgestell und zog mich aus. Meine Mutter nahm meinen Arm und fuhr mir über die roten Flecken am Ellbogen. »Es ist lange her, dass du solchen Ausschlag hattest, Julius. Das ist der Krieg, nicht wahr? Das muss der Krieg sein. Du hast doch meine Briefe bekommen?«

Ich nickte.

Mit Wasser aus der Kanne tränkte sie einen Waschlappen und betupfte damit sanft die geröteten Stellen. Anschließend wusch sie mich genau wie früher: schnell, aber gründlich. Ich ließ sie gewähren. Mit einem Handtuch rubbelte sie mich trocken.

»Wir reden morgen weiter«, sagte sie.

Ich lag unter den Laken. Meine Mutter hatte mich zugedeckt. Ich spürte ihre Altfrauenhand auf der Stirn.

Wie viele junge Männer – aber nicht nur sie, sondern auch erwachsene Kerle – hatte ich in Schlamm und Regen nach ihrer Mutter rufen hören? Blutspuckend, die eigenen Gedärme in der Hand? Wenn das Ende gekommen war, sehnten sie sich ausnahmslos nach dem Anfang zurück, nach der Wärme und Geborgenheit im Mutterleib. Immer klangen sie ängstlich. Nie wurden sie wütend oder verfluchten ihre Mutter dafür, Kanonenfutter geboren zu haben.

An der Tür drehte sich meine Mutter noch einmal um. Mit besorgtem Blick schloss sie die Tür.

Erich lag in der Sonne. Ich stand direkt vor ihm. In seinen Grabstein waren Name, Geburts- und Sterbedatum eingraviert, mehr nicht. Und mehr war auch gar nicht nötig. Ich wollte etwas sagen, etwas Geistreiches, Schönes, aber mir fiel nichts ein. Trakl, ja: *Psalm*.

Der Platz vor der Kirche ist finster und schweigsam, wie in den Tagen der Kindheit.
Auf silbernen Sohlen gleiten frühere Leben vorbei
Und die Schatten der Verdammten steigen zu den seufzenden Wassern nieder.
In seinem Grab spielt der weiße Magier mit seinen Schlangen

Schweigsam über der Schädelstätte öffnen sich Gottes goldene Augen.

»Ich vermisse dich«, sagte ich laut, weil ich nicht wusste, ob er Gedanken lesen konnte. Ich roch den süßlichen Duft der Pfingstrosen, die in einer Tonvase auf seinem Grab standen.
»Ich vermisse ihn auch.«
Trotz der leisen Stimme zuckte ich zusammen. Es war Lea. Ich wusste nicht recht, wie ich reagieren sollte, aber sie umarmte mich. Wir drückten uns.
»Schön, dich zu sehen, Julius. Von allen seinen Freunden hast du Erich am nächsten gestanden. Ist dir das bewusst?«
Ich nickte, hatte aber Schuldgefühle. Wir gingen zusammen zum Dorfplatz. Ein Mädchen mit blonden Korkenzieherlocken

lief schmollend hinter ihrer Mutter und dem Kinderwagen her. Alte Leute waren nirgendwo zu sehen. Wir setzten uns auf die Holzbank.

»Hier waren Erich und ich oft«, sagte Lea mehr zu sich selbst. »Und auf dieser Bank haben wir uns auch getrennt. Er hatte sich gerade als Freiwilliger gemeldet. Zusammen mit euch.«

»Sollen wir lieber woanders hingehen?«

»Nein. Jedes Mal, wenn ich an seinem Grab gewesen bin, sitze ich hier.«

Sie schloss die Augen und hielt ihr Gesicht in die Sonne. »Ich sehe Erich noch genau vor mir. So ein schöner, lieber Junge! Es ist jetzt fast ein halbes Jahr her. Ich kann immer noch nicht fassen, dass er nicht mehr lebt. Hast du sein Tagebuch bekommen?«

»Ja, natürlich.«

Sie schaute über den Platz, strich sich eine Locke aus der Stirn. »Dann weißt du auch, dass er noch mal bei mir war. Im Dezember stand er eines späten Abends vor der Tür, durchgefroren und ausgehungert. So hatte ich ihn noch nie gesehen, so abgemagert und verängstigt wie ein gejagtes Tier. Richtig verstört. Er konnte einfach nicht mehr. Ob ich jetzt nichts mehr von ihm wissen wollte, fragte er. Aber ich wollte ihn immer noch, konnte bloß die quälende Ungewissheit nicht ertragen. Eigentlich hätte ich damals gedacht, dass er sich für mich entscheidet.«

Sie sah mich an. »Mal ganz ehrlich, Julius: Ich habe euch gehasst. Vor allem dich und Claus. Weil Erich sich eurem Druck gebeugt hat und mit in den Krieg gezogen ist. Erst später ist mir klar geworden, dass er es selbst wollte.« Sie schluckte. »Aber wenn jemand Schuld an seinem Tod hat, dann ich.«

»Das glaube ich nicht, Lea.«

»Als Erich damals im Dezember bei uns geklingelt hat ... Die ganze Situation war einfach ausweglos. Ich hatte mich schon von ihm getrennt, litt immer noch darunter. Aber ich wusste auch: Wenn ich mich jetzt wieder für ihn entscheide, geht er nie mehr zurück. Und dann wäre er früher oder später erschossen worden. Er wollte mit mir fliehen. In die Niederlande. Aber dazu war er doch gar nicht in der Lage! Außerdem: Was soll ich dort? Mal ganz abgesehen davon, dass man nie mehr zurück kann. Mein Vater ist gelähmt und nicht einmal mehr in der Lage zu sprechen. Hätte ich etwa all meine Geschwister im Stich lassen sollen? Erich hat mich regelrecht angefleht. Doch ich habe ihm gesagt, dass er an die Front zurückkehren soll. Dass man ihn dann hoffentlich nicht vor ein Militärgericht stellen wird. ›Anschließend sehen wir weiter‹, hab ich zu ihm gesagt, und es auch so gemeint. Ich bin einfach nur ehrlich gewesen, viel zu ehrlich. Ich hätte ihm Hoffnung machen müssen, Julius. Ihm sagen müssen, dass ich auf ihn warte. Vielleicht würde er dann heute noch leben.«

Sie schlug die Hände vors Gesicht. »Immer wieder sehe ich den Moment des Abschieds vor mir. Ich dachte, ich hätte ihm zu verstehen gegeben, dass wir noch eine gemeinsame Zukunft haben, aber das ist offensichtlich nicht bis zu ihm durchgedrungen. Wie einsam er sich gefühlt haben muss! Wahrscheinlich ist er gleich zur Ziegelei gegangen.«

»Erich hat das Seil selbst über den Balken geworfen, Lea, nicht du.«

»Hast du denn gar keine Schuldgefühle?«

»Doch. Ich hätte ihn mehr in Schutz nehmen müssen.«

Schoellers Fuhrwerk holperte vorbei. Ich erkannte ihn sofort, aber er sah mich nicht.

»Wie ist es dort?«, fragte Lea.

»An der Front, meinst du?«

»Erich hat gesagt, in der Hölle kann es nicht schlimmer sein.«

»Wie ist es, verliebt zu sein?«

»Verliebt? Wie meinst du das?«

»Beschreib mir, was du für Erich empfunden hast.«

»Ich konnte nur noch an ihn denken. Es war fast schon … krankhaft.«

»Krankhaft.«

»Na ja, wie soll man das sonst nennen?«

»Genau das meine ich, Lea. Man muss es selbst erlebt haben. Was ist Krieg? Schmerz, Blut, Angst, Gestank, Schlamm, Ratten, Läuse, Hunger, Durst und Tod. Viele Männer gehen daran zugrunde. Erich ist für mich alles andere als ein Feigling. Und das hätte ich ihm gern noch gesagt, wenn ich die Möglichkeit dazu gehabt hätte. Ich finde es sogar sehr mutig von ihm, dass er diesem Scheißkrieg den Rücken gekehrt hat. Das hätten wir alle tun sollen.«

»Ich bin froh, dass du das sagst, Julius.« Sie nahm meine Hand. »Es tut mir leid, dass Claus gefallen ist. Ich weiß, dass ihr eng befreundet wart.«

Lächelnd stand ich auf.

Die Kirche ragte vor mir empor und glänzte im späten Morgenlicht. In den letzten Monaten hatte ich so einige französische Dörfer kennengelernt, aber die Eleganz und Lage dieses Gotteshauses blieb unübertroffen: Es thronte auf einer Anhöhe, auf einer ummauerten Wiese, umgeben von sechs mächtigen Linden. Vor seinem Portal stand ein großer Kastanienbaum, der den Gläubigen Schatten spendete, noch bevor sie die Kirche überhaupt betreten hatten.

Ich beschloss hineinzugehen. Keine Ahnung, warum. Um Ruhe zu finden? Um doch noch zu Gott zu finden, auch wenn ich ihn längst nicht mehr in Büchern und Bauwerken vermutete.

Die Kirche war so gut wie leer. Ein einzelner Mann kniete vor der Marienstatue, murmelte ein Gebet und machte das Kreuzzeichen. Zu meinem großen Erstaunen war es mein Vater.

Als er mich sah, lächelte er. »Ja, mein Junge, denn eines habe ich versprochen: Wenn du aus dem Krieg heimkehrst, wenn der Herr seine Hand über den einzigen Sohn hält, der mir vergönnt ist, werde ich in den Schoß der Kirche zurückkehren.«

Mein Vater verließ das Gebäude, und eigentlich hätte ich ihn jetzt umarmen sollen, um diesen besonderen Moment zu besiegeln und Jahre der Entfremdung zu überbrücken. Die Erinnerung an diesen Moment wäre später etwa Kostbares, Unschätzbares geworden, aber ich konnte mich einfach nicht zu dieser Geste durchringen.

Es wurde höchste Zeit, dass ich Theo aufsuchte, auch wenn mir davor graute, seine Gesichtsverletzung zu sehen. Ich hatte so viele entstellte, ja zerfetzte Gesichter auf dem Schlachtfeld zu Gesicht bekommen, aber bei einem Freund würde das noch einmal ein ganz anderer Schock sein. Der Nebel hatte sich weitgehend verzogen. An den Ufern des Flusses gruben zwei Lehmstecher Ton ab. Mit schweren Spaten hackten und kratzen sie den Schlamm weg, ein Dritter fuhr es mit einer hölzernen Schubkarre zum Lastkarren. Ich erkannte ihn sofort.

»Hallo, Linus.«

Der Lehmträger drehte sich langsam um und lachte verlegen. Zwei große Schneidezähne. Halb Mensch, halb Hase.

»Wo ist Theodor?«

»Theo? Da!« Er zeigte auf das Fabrikgelände.

»Wo genau?«

Er zuckte nur mürrisch mit den Schultern. Typisch Linus. Warum musste alles immer so kompliziert sein?

Die drei Eisenkisten auf dem Lastkarren waren randvoll mit Ton. Sie standen leicht schief. Linus brachte seine Schulter darunter und schob die Vorderste mühsam gerade. Ich half ihm mit den anderen beiden.

Ein Maulesel stand gefügig auf dem Feldweg. Linus gab ihm einen Klaps auf den Hintern. Langsam setzte das Tier sich in Bewegung. Ich lief neben ihm her. Beim Formschuppen endete der Feldweg. Und da stand Theo, kerzengerade wie immer, aber dünner. Er schaufelte den Flusston in die Holzformen. War er tatsächlich Ziegler geworden? Trotz des Schattens der hölzernen Dachtraufe sah ich seine Narbe, die vom linken Auge zum rechten Mundwinkel reichte. Ich hatte schon einige Frontkameraden gesehen, die es schlimmer erwischt hatte – trotzdem.

Er schaute auf: Ein Lachen verzerrte sein Gesicht. Ich sah, dass er ein Glasauge hatte. Ich ging auf ihn zu und wandte den Blick bewusst nicht ab, sah ihm direkt ins Gesicht. Wir umarmten uns und blieben eine Weile so stehen. Dann musterte ich ihn erneut. Die Wunde war schlecht genäht worden, was ihn unnötig entstellte.

»Eine Granate?«, fragte ich.

»Ein Bajonett.«

»Du warst auch vorher schon hässlich.«

»Aber immer noch schöner als du!«

Wie drückten uns erneut. Ich spürte, wie fest er mich an sich zog. Er wusste, dass ich wusste, was er erlebt hatte. Meine Augen brannten.

»Zwei Streifen, wie ich sehe«, brachte er mühsam hervor.

»Reiner Zufall.«

»Zufall?«

»Die Schlacht an der Marne. Ich habe es geschafft, einen am Bein verletzten Kameraden zu unseren Linien zu tragen. Der Kamerad entpuppte sich als Leutnant, was mir in dem Moment gar nicht klar war. Noch dazu war er der Sohn eines Divisionskommandanten. Deshalb bin ich zum Korporal befördert worden. ›Für herausragende Tapferkeit.‹«

»Wann bist du zurückgekommen?«

»Gestern Abend. Ich habe ein paar Tage Urlaub.«

»Wie findest du es, wieder hier zu sein?«

»Seltsam. Alles ist anders und doch genau wie vorher.«

»Wir haben uns verändert, Julius. Aber im Dorf ist alles beim Alten geblieben.«

Wir gingen zur Werkskantine. Auf dem Kohleofen stand ein Eisentopf mit schwarzbraunem Kaffee. Theo griff zu zwei schmutzigen Bechern und schenkte uns ein. »Die Arbeit geht weiter wie gehabt«, sagte er. »Krieg hin oder her, die Menschen brauchen Ziegel.«

Wir setzten uns an den Holztisch. Ich hatte immer angenommen, dass es Theo von uns vieren am besten getroffen hatte. Er konnte tun, was er ohnehin am liebsten tat, nämlich fotografieren. Mit einer praktischen neuen Rollfilmkamera. Am besten ich schnitt das Thema gar nicht erst an.

Ich zeigte auf seine Wunde. »Tut es weh?«

»Nur wenn ich lache.«

Ich grinste. »Wir haben hier Krieg gespielt, weißt du noch? Du konntest einfach nicht verlieren, wolltest nie sterben.«

»Du schon. Wenn du getroffen wurdest, hast du dich täuschend echt fallen lassen. Du konntest dich auch am besten tot stellen, hast gar nicht mehr damit aufgehört. Ich fand das immer sehr erstaunlich. Claus übrigens auch.« Eine kurze Pause entstand. »Claus hat es auch gehasst zu sterben. Wenn jemand den Krieg hätte überleben müssen, dann er, verdammt nochmal! Claus stand die ganze Welt offen! Es wäre nur logisch, wenn er jetzt hier mit uns am Tisch sitzen würde. Vielleicht sogar als Kriegsheld – oder wie siehst du das?«

»Ja, Theo, natürlich.«

»Und Erich selbstverständlich auch. Weißt du es schon? Jeden Tag komme ich an dem Balken vorbei, an dem er sich erhängt hat. Kannst du das verstehen? Wenn er unbedingt sterben wollte, hätte er doch bloß bis zur vordersten Linie laufen und den Franzosen winken müssen? Stattdessen ist er desertiert. Als Kanonier. Das ist wirklich seltsam, Julius. Ein Hauptmann der Artillerie hat mir mal erklärt, dass eine Geschützbemannung eine feste Gemeinschaft bildet, die viel mehr aufeinander angewiesen ist als Kavalleristen oder Infanteristen. Ein oder zwei tapfere Männer können da alles entscheiden. Das hilft dem Kanonier, Mut zu beweisen. Aber vielleicht ist Erichs Bataillon von Franzosen oder Engländern überrannt worden. Vielleicht ist er in Panik in den Wald geflohen, was weiß denn ich. Anders kann ich mir das nicht erklären.«

»Ich habe heute Morgen mit Lea gesprochen. Sie hat mir erzählt, was passiert ist.« Ich berichtete kurz, was Erich zugestoßen war, ohne sein Tagebuch zu erwähnen. Nur Lea hatte das Recht zu entscheiden, wer seine Erinnerungen lesen durfte.

»Erich ist kein Feigling, Theo. Nur darauf kommt es an. Er wollte ins Ausland fliehen, aber sie wollte nicht mit. Und das konnte er anscheinend nicht ertragen.«

»Trotzdem verstehe ich nicht, warum er sich erhängt hat.«

»Niemand versteht das. Finde dich einfach damit ab.«

Er starrte mich an. »Finde dich einfach damit ab. Weißt du, was meine Mutter sagt? *Die Zeit heilt alle Wunden.* Aber die Zeit heilt gar nichts, verdammt noch mal! Die Zeit reißt die Wunden immer wieder auf.«

Ich schwieg zustimmend. Durch die verrußten Scheiben sah ich, wie Männer mit schwarzen Gesichtern Kohlen schaufelten – für den Ringofen.

»Brennt dein Vater immer noch Absinth auf der Schürebene?«

Er nickte. »Er ist nicht umsonst Brenner!« Und im Winter hängt meine Mutter dort nach wie vor die Wäsche auf. Mein Vater hat diese Woche Nachtschicht. Er war es auch, der mir diese Stelle hier verschafft hat.«

»Ich dachte, du wolltest Fotograf werden.«

»Herr Reichenbach ist gestorben. Einfach so im Bett. Die ganze Fotoausrüstung ist verkauft worden. Ich hätte ohnehin nichts damit anfangen können. Wie soll ich dafür sorgen, dass die Leute sich wohl fühlen – mit diesem Gesicht? Angeekelt starren sie in die Linse. An der Front habe ich Hunderte von Fotos gemacht. Einem Mann hat es den Unterleib weggerissen, aber er war nicht gleich tot. Er hat noch ein, zwei Sekunden gelebt – lang genug, um zu begreifen, dass es vorbei ist. In diesem Moment habe ich den Auslöser gedrückt. Mit einer Belichtungszeit von einer Sechzigstelsekunde habe ich seinen letzten Moment festgehalten. Seinen ungläubigen Blick, ohne jede Panik. Bilder! Ein Foto kann man verbrennen, dann ist der Moment ein für alle Mal vorbei. Aber die Bilder in meinem Kopf ...«

Er nippte an seinem Kaffee. »Der Franzose hat auf mir gesessen, meinen Helm nach unten gedrückt, zum Bajonett gegriffen und mein Gesicht damit bearbeitet. Jeden Tag sehe ich seine Visage aufs Neue vor mir. Diesen unglaublichen Hass darin. Er wollte mich auslöschen. Das Blut ist mir in Nase und Mund geflossen, die Haut hing mir in Fetzen herunter, das Auge ... Wie soll ich mich damit abfinden, Julius? Ich will einfach nur *vergessen*. Du weißt genau, wovon ich rede, aber ansonsten spreche ich mit niemandem über den Krieg. Ich will, dass diese Bilder aus meinem Kopf verschwinden. Die Ziegel helfen mir dabei.«

»Früher hast du die Ziegelei gehasst.«

»Ja. Aber weißt du ... In diesen Kriegsmonaten ist so viel zerstört worden. Leben, aber auch Häuser, Schulen und Kirchen. Ich kann beim Wiederaufbau helfen. Ich will mich zum Brenner ausbilden lassen. Manchmal helfe ich meinem Vater, und der spürt genau, wann die Temperatur stimmt. ›Du musst mit den Ziegeln ins Feuer‹, sagt er immer.«

Theo musste weiterarbeiten, er war im Rückstand, es galt, die Kammern des Ringofens neu zu füllen. Im Dreiwochenrhythmus produzierte die Ziegelei eine Viertelmillion Ziegel. Er fragte sich, ob das wohl für eine Kirche reichte. Für eine Dorfkirche vielleicht, wenn wieder Frieden sein würde.

Am Ufer nahm Theo zwei Ziegel von einem Stapel, der später auf einen Frachtkahn verladen werden sollte.

»Hör mal!«

Er schlug die Ziegel gegeneinander.

»Hörst du das? Hörst du den sauberen Klang? Ist das nicht schön? Das klingt längst nicht so dumpf wie Zwieback. In einem guten, hart gebrannten Ziegel steckt jede Menge Musik.«

Meine Mutter saß in ihrem Sessel wie eine gebrechliche alte Frau – nur dass sie erst zweiundvierzig war. Sie strickte. Ich lauschte auf das vertraute, gleichmäßige Klappern der Nadeln. Sie konnte das blind, ohne auch nur eine einzige Masche fallen zu lassen.

»Dein Vater hat mir erzählt, dass du in der Kirche warst«, sagte sie zufrieden. »Hast du nachgedacht?«

»Ich denke viel nach, Mutter.«

»Über deine Freunde, nehme ich an.«

»Ja. Über das Leben an der Front.«

»Und?«

»Was möchtest du wissen?«

»Hast du dort gefunden, wonach du gesucht hast?«

Ihre Frage überraschte mich.

Sie lächelte. »Ich weiß sehr wohl, dass dir das Dorf zu eng geworden ist. Die jungen Leute scheinen viel schneller erwachsen zu werden als wir damals. Ich habe gesehen, wie froh du warst, kämpfen zu dürfen, wie erleichtert. Deshalb meine Frage: Hast du gefunden, wonach du gesucht hast?«

Das ließ sich nicht so leicht beantworten. Suchten wir nach etwas? Und wenn ja, was? Abenteuer? Bestätigung? Ein Übergangsritual vom Jungen zum Mann? Alle diese Argumente kamen mir auf einmal so sinnlos vor, so ermüdend. War uns wirklich nichts Besseres eingefallen, als die Hölle zu erobern? Wir hatten dem Bösen in uns freien Lauf gelassen, ohne an die Folgen zu denken.

Hatte ich gefunden, wonach ich suchte?

»Ich weiß es nicht, Mutter. Ich weiß nur, dass wir uns nach einem erfüllten, intensiven Leben gesehnt haben und nach Gefahren. Und ich glaube, unser Wunsch ist in Erfüllung gegangen – wenn auch ganz anders, als wir uns das vorgestellt haben. Und es ist noch lange nicht vorbei. Trotzdem: Ich werde mich schon irgendwie durchschlagen.«

»Ich weiß, dass du mich schonen willst, mein Junge. Du verheimlichst mir so einiges in deinen Briefen.«

»Wegen der Zensur! Wir dürfen nie schreiben, wo wir gerade sind und was wir machen. Aber ich ...«

»Hattest du große Angst?«

Ich zögerte. Wenn ich Ja sagte, würde sie nachhaken. »Ich musste vor allem Aufgaben im Hinterland wahrnehmen, Mutter: Telefondrähte ziehen. Unterstände für Offiziere graben. Weit weg von der Frontlinie.«

Sie sah mich mit demselben forschenden, mitleidigen Blick an wie früher, wenn ich steif und fest behauptete, nicht gezündelt zu haben, obwohl meine Kleider nach Rauch stanken.

»Julius ...«

»Manchmal schon. Manchmal hatte ich Angst.«

»Du bist jetzt wieder zu Hause. Hier gibt es keine Zensur, mir kannst du alles sagen.« Das Klappern ihrer Stricknadeln wurde unerbittlich. »Du hast zwei Freunde verloren. Claus und Erich waren wie Brüder für dich. Das ist doch furchtbar! Vermisst du sie denn nicht?«

Ich stand auf und ging zum Fenster. »Was willst du von mir hören? Wir haben Krieg! Jeden Tag fallen Männer, ob jung, ob alt, ob Sohn oder Vater. Du kannst dir gar nicht vorstellen, wie schmerzhaft und traurig es für mich ist, meine Freunde verloren zu haben. Unwiederbringlich.«

Sie sah mich forschend an. »Du hast dich verändert.«

»Ich lebe noch, Mutter. Und nur darauf kommt es an.«

»Du bist gezeichnet. Genau wie Theo. Seine Wunden sind weithin sichtbar, weil er sie im Gesicht trägt. Aber an dir kann ich sie auch erkennen.« Sie ordnete die Maschen auf ihrer Nadel.

»Und dir? Wie geht es dir?«

Erstaunt sah sie auf. »Mir? Gut.«

»Die Frage ist ernst gemeint, Mutter.«

Sie lachte verlegen. »Mir geht es immer gut.«

»Ja genau, und unser Priester ist evangelisch geworden.«

»Julius!«

»Und mit Vater geht es dir auch gut?«

»Dein Vater hat mir einen Sohn geschenkt – dich. Und dafür werde ich ihm ewig dankbar sein.«

»Tja, und jetzt sitzen wir hier.«

Sie legte ihr Strickzeug beiseite. »Ich mache mir Sorgen, Julius. Heute Nachmittag habe ich mit meiner besten Freundin Julia gesprochen. Weißt du, was sie über Theo gesagt hat? Über ihren eigenen Sohn? ›Ich bin froh über seine Verwundung.‹ Genau das waren ihre Worte! *Denn so bleibt er mir wenigstens erhalten.* Hedwig Hesse hingegen hat ihren Sohn verloren. Und da hab ich mir gedacht: Julius muss in wenigen Tagen wieder zurück. Und ich … ich bete jeden Tag, dass der Herr über dich wacht.«

Warum fing sie wieder an, von Gott zu faseln? Würde sie auch noch auf unseren lieben Herrn hoffen, wenn ich fiele? Er war doch schließlich allmächtig? Unsere Mütter hätten uns niemals in den Krieg ziehen lassen dürfen. Der Gedanke war mir schon öfter gekommen. Wir waren doch noch Kinder! »Infanterist« kommt schließlich nicht umsonst von *enfant:* Nur Kinder haben den Mut und die Naivität, aufs Schlachtfeld zu rennen. Ihre Väter lassen sich nicht so leicht blenden von leeren Worthülsen wie Ehre, Pflicht und Vaterland. Und die Mütter hätten dem verlogenen Kriegsanwerber die Zunge herausreißen sollen, um uns zu beschützen.

Am späten Samstagnachmittag beschloss ich, meinem Vater im Laden zu helfen. Ich stellte Kundenbestellungen zusammen und legte die jeweiligen Waren in geflochtene Körbe. Er würde sie später selbst austragen.

Erichs Mutter betrat den Laden. Seit ich eingerückt war, hatte ich sie nicht mehr gesehen. Sie wirkte alt und mitgenommen, blieb bei mir stehen und sah mich an. Traurig, wütend. Ich wusste nicht, was in ihr vorging, wollte es auch gar nicht wissen.

»Du bist also wieder da«, sagte sie unwirsch.

»Ja, Frau Braun.«

»Zwei Tote und ein Verwundeter. Und du? Gar nichts?«

»Nein, Frau Braun.«

Schnaubend drehte sie sich zu meinem Vater um. »Weil es dein Junge ist, will ich noch mal davon absehen, denn du kannst nichts dafür, Hermann. Aber am liebsten würde ich deinen Sohn so richtig versohlen. Weil er meinen Erich dermaßen aufgehetzt hat, dass er in den Krieg gezogen ist.«

Mein Vater nickte unterwürfig. Von ihm hatte ich nichts zu erwarten. Frau Braun war eine Kundin, die er verlieren konnte. Seinen Sohn nicht.

Ich sah, wie Frau Brauns Unterlippe zitterte. Sie war wütend und gleichzeitig traurig. Ich konnte sie gut verstehen.

»Soda, Waschmittel und Silberputzmittel, Hermann.«

Mein Vater beeilte sich, die Waren auf die Theke zu stellen. Erichs Mutter kniff die Augen zusammen. »Bist du stumm geworden, Junge? Oder hast du mir noch was zu sagen?«

»Erich war mein Freund, Frau Braun. Ich vermisse ihn ebenfalls. Könnte ich die Zeit bis August 1914 zurückdrehen, so würde ich alles anders machen und auch nicht mehr an die Front ziehen.«

Sie presste die Lippen zusammen. »Dafür ist es nun zu spät.« Sie nahm ihre Einkäufe und verließ den Laden.

Mein Vater seufzte. »Ich kann nur hoffen, dass sie wiederkommt.«

Ich atmete tief durch.

»Erich war hier«, sagte ich. »Als er von der Front zurückkehrte. Hier im Laden. Und er hat dich um etwas zu essen gebeten.«

Er sah mich entgeistert an. »Woher weißt du das?«

»Er hatte Hunger. Und du hast ihm nichts gegeben.«

»Er war ein Deserteur!«

»Findest du, dass es meine Schuld ist?«

»Wie meinst du das?«

»Findest du, dass ich an Erichs Tod schuld bin?«

»Das sagt Frau Braun.«

»Ja, Frau Braun. Aber was sagst *du*? Was denkst *du*? Ist es meine Schuld? Habe ich meinem Freund vielleicht die Hände gefesselt, ihm eine Schlinge um den Hals gelegt und ihn dann erhängt? Oder hätte ich es genauso gut tun können? Los, sag es ruhig. Sag es!«

Mein Vater war kreidebleich. »Junge, man kann dich draußen auf der Straße hören.«

»Die können mich mal! Was denkst du? Dass ich meinen Freund ermordet habe?«

»Nein, natürlich nicht, so beruhige dich bitte, beruhige dich!«

»*Warum sagst du das dann nicht auch zu der Mutter meines Freundes?*«

Ich nahm ein Gewicht aus der Waagschale und warf es blind vor Wut in Richtung Theke. Scheppernd zerbrach ein Vorratsglas. Laut brüllend riss ich ein Regal zu Boden. Zertrampelte eine Schachtel mit Waschpulver. Warf ein Glas gegen die Holzvertäfelung. Zwei Männer stürmten in den Laden. Sie packten mich an den Armen und versuchten mich zu überwältigen. Ein dritter kam dazu. Nach einem kurzen Handgemenge konnte ich mich nicht mehr rühren. Plötzlich wich alle Kraft aus meinen Gliedern, und ich ließ mich zu Boden fallen wie ein nasser Sack.

Ich hörte eine Stimme.

»Mensch, Junge!«

Es roch nach Rosenöl, meine Mutter fuhr mir durchs Haar. Ich war nass geschwitzt wie nach einem Albtraum. Meine Kehle fühlte sich rau an. Man hatte mich in mein Kinderzimmer gebracht. Wie lange mochte ich wohl geschlafen haben? Ich rollte mich zusammen wie ein Embryo.

Ich hatte sie wiedergesehen: scharenweise Männer, die auf mich zurannten, über ein von Artillerie umgepflügtes Schlachtfeld. Männer ohne Gesichter, ohne Waffen, ohne Worte. Ich wollte nicht dorthin, wo sie herkamen. Sie umzingelten mich. Durchdrangen mich mit ihren Blicken.

Fast jede Nacht durchlitt ich Angstzustände, wenn mich diese Männer umringten. Zwei von ihnen kannte ich, Claus und Erich. Sie waren unter ihnen, da war ich mir sicher.

Nur, dass es jetzt nicht Nacht war, sondern Nachmittag oder Abend.

»Mensch, Junge!«, hörte ich meine Mutter erneut sagen. Sie war genau in dem Moment aufgetaucht, als die Männer langsam auf mich zumarschierten. Sie hatte mich also doch noch vom Schlachtfeld geholt.

Ich setzte mich auf die Bettkante und versuchte mich an das Licht zu gewöhnen. Meine Mutter stand in der Tür und musterte mich besorgt.

»Wie geht es dir?«

Ich zuckte mit den Schultern.

Sie schüttelte den Kopf, aber eher ungläubig vorwurfsvoll.

»Dein Vater trägt gerade die Waren aus. Er ist völlig außer sich. Komm mal kurz mit.«

Benommen folgte ich ihr die Treppe hinunter und hielt mich dabei am Geländer fest.

»Du hast Besuch«, sagte meine Mutter. »Ich geh schnell wieder in den Laden.«

Im Wohnzimmer stand Elfriede. In dem langen weißen Kleid war sie wunderschön. Ich sah ihre hellroten Lippen, ihre roten Wangen und die silbernen Perlenohrringe.

Sie wirkte sehr ernst.

»Wie ich hörte, hattest du einen Wutanfall«, sagte sie.

»Einen Wutanfall, ja …«

»Was ist denn passiert? Oder darf ich das nicht fragen?«

Ich lächelte.

Sie lächelte ebenfalls, vage, fragend. Die Wanduhr tickte laut. Elfriede riss uns beide aus der Verlegenheit, die sich lähmend auszubreiten drohte. »Komm! Los, komm mit«, sagte sie. »Lass uns irgendwohin gehen.«

Sie nahm meine Hand, mit einer Ausgelassenheit, der ich nicht recht traute. So führte Elfriede mich in das *Schwarze Huhn*. In dem Lokal waren viel mehr Gäste als gewöhnlich. Luftschlangen, wie ich sie hier noch nie gesehen hatte, hingen von der Decke. Es sah nach einer Geburtstagsfeier aus. Meine Eltern saßen am Tisch neben dem Ofen, zusammen mit Elfriedes Mutter. Lea, Schoeller, Emil Betzinger waren ebenfalls da. Und Theo. Alle erhoben sich und klatschten begeistert.

»Bravo! Bravo!«

Ich drehte mich zu Elfriede um, die wissend lachte.

Rasch fand ich mich von strahlenden Gesichtern umringt, die ich schon ein Leben lang kannte. Da war Frieda, das Mädchen mit dem Schlafzimmerblick, das ich zum ersten Mal geküsst hatte – damals, als sie noch fünf Jahre jünger und sechzehn Kilo leichter gewesen war. Ich gab Paul Klumpp die Hand, dem Sohn des Schmieds. Er lachte und weinte gleichzeitig. Bei Ypern hatte er eine Kugel in den Rücken bekommen und saß jetzt gelähmt im Rollstuhl. Ich wusste nicht, wie ich ihn trösten sollte.

Theo trat vor. Ich sah, dass er leicht angeheitert war. Er vertrug überhaupt keinen Alkohol, schon nach zwei Gläsern Wein fing er regelmäßig an zu jammern wie eine alte Oma. Darüber hatten wir uns früher oft amüsiert, vor allem Claus, der Theo dann heimlich nachschenkte. Ganz schön mutig, dass der es jetzt wagte, sich mit seinem entstellten Gesicht vor die ganzen Leute zu stellen. Der Wein half ihm bestimmt dabei.

»Ich freue mich, dass ihr alle hier seid.« Seine feste Stimme ließ vermuten, dass es bei einem Gläschen geblieben war. »Ich weiß, wie bescheiden Julius ist. Aber ich weiß auch, wie schmutzig eine Soldatenuniform sein kann. Hätte seine Mutter nicht seine dreckigen Armeesocken gewaschen, hätte sie die darin versteckten Medaillen niemals entdeckt.«

Heiterkeit. Pfiffe.

So langsam dämmerte es mir: Sie sahen einen Helden in mir. Der junge Wirt mit den karottenroten Haaren drückte mir ein Glas Wein in die Hand. Ich wusste nach wie vor nicht, wie er hieß.

Theo zeigte die Medaillen herum. »Zwei Eiserne Kreuze«, sagte er nachdrücklich. »Davon eines Erster Klasse. Julius hat mich heute Mittag besucht. Wir haben alte Erinnerungen ausgetauscht – daran, wie wir als Kinder Krieg gespielt haben. Julius war sich nie zu schade, wirklich zu sterben, wenn er getroffen wurde. Von dieser Großzügigkeit haben die Franzosen zum Glück nichts mitbekommen.«

Wieder wurde gelacht.

»Doch wenn wirklich Krieg ist, brauchen wir dringend solche Männer wie Julius, die ihn für uns gewinnen. Auf eine Medaille bin ich ganz besonders stolz: In der Urkunde steht, dass er bei schwerem feindlichen Beschuss, also unter großer Gefahr einen Kameraden gerettet hat. Und zwar nicht irgendeinen. Sondern einen Jugendfreund. Unseren Claus, den Sohn von Rektor Hesse, der dann später doch noch gefallen ist.«

Ich schloss die Augen und dachte an Erich. Bestimmt hätte er in dieser Situation genauso gehandelt.

»Trinken wir also auf den Helden unseres Dorfes: auf Julius Maria Reinhardt. Stoßen wir auf den Sieg an!«

Einige Männer begannen, *Heil dir im Siegerkranz* zu singen. Die Gläser wurden gehoben. Theos Ansprache war zu Ende – mehr hätte er auch nicht herausgebracht, so gerührt war er von seinen Worten.

Ich musste etwas darauf erwidern. Mir blieb keine andere Wahl, denn schon wurde ich von der Menge nach vorn geschoben. Sollte ich mich bedanken, dass sie meinetwegen gekommen waren?

Im Wirtshaus kehrte Ruhe ein.

»Theo, bekomm ich meine Medaillen auch wieder zurück?«

Ein paar Leute grinsten.

Er gab sie mir. Ich steckte mir das Eiserne Kreuz Erster Klasse in die Hosentasche.

»Ihr habt meinen Kameraden Theo gesehen. Er ist Kriegsfotograf gewesen. Ein Franzose hat ihn mit einem Bajonett aufgeschlitzt, bis die Haut in Fetzen hing.«

Sie schwiegen beeindruckt. Umso besser.

»Ich weiß, dass ihr unsere Jungs an der Front unterstützen wollt. Und dafür bin ich euch dankbar.« Ich hielt mein Eisernes Kreuz Zweiter Klasse am Band in die Höhe. »Dieser Orden ist ihnen gewidmet. Ich habe ihn für meinen Anteil an der Marne-Schlacht bekommen. Theo wird ihn gleich auf meinen Wunsch hin versteigern. Derjenige, der am meisten dafür bietet, kann ihn haben.«

Zögernder Applaus. Vermutlich fanden die meisten mein Verhalten seltsam. Und das war es auch.

»Ich möchte euch gerne eine Geschichte erzählen. Die Geschichte von einem Kameraden, der ebenfalls in der Marne-Schlacht gekämpft hat. Wie ihr wisst, war sie für den Verlauf der ersten Kriegswochen sehr wichtig. Die Schlacht ist nicht so ausgegangen wie erhofft. Es war hart, sehr hart. Aber wir haben alles gegeben.«

»Es lebe Deutschland!«, rief Schoeller inbrünstig.

»Der Kamerad, von dem ich rede, war bei der Artillerie. Tag und Nacht hat er gekämpft, so gut er konnte. Er hat die Ehre seiner Nation, seiner Region und seines Dorfes hochgehalten.

Wir können auf diesen Sohn unseres Landes stolz sein.« Ich sah in die Runde. »Eigentlich hätte er ebenfalls eine Medaille verdient.«

Zustimmendes Nicken.

»Er hat alles überlebt. Kälte, Regen, Hunger, Erschöpfung, Durchfall und Gefahr. Er hat Hunderte von Toten gesehen, einer schlimmer entstellt als der andere. Was ihm außerdem schwer zu schaffen machte, war ein Brief von seiner Liebsten, die er heiraten wollte. Sie wollte ihn vergessen. Tja, und da steht man dann an der Front. Vollkommen machtlos. Wie viel kann ein Mensch noch ertragen?«

Ich ließ meine Worte auf sie wirken.

»Sein Freund Eugen, mit dem er sämtliche Gräuel durchlebt hat, wurde verwundet. Eugen hatte innere Blutungen, und sein Bein war verletzt, es stand schlecht um ihn. Da nahm ihn der Kamerad, von dem ich rede, auf den Rücken und trug ihn ins nächste Lazarett. Eugen klammerte sich an ihn, denn er war seine letzte Rettung.«

Kitschiger und dramatischer konnte ich diese Begebenheit kaum erzählen. Aber bei diesem verdammten Krieg war alles sentimental – nichts als Gefühlsduselei, um die Gefühlsarmut zu kaschieren.

»Und, was glaubt ihr, ist dann passiert? Der diensthabende Arzt hat meinen Kameraden verflucht. Er wollte schlafen und hat ihn fortgeschickt. Da ist bei ihm die Sicherung durchgebrannt. Er hat seinen Revolver gezogen, den Kerl am Schlafittchen gepackt und ihn gezwungen, seinen verwundeten Freund zu versorgen. Eugen wurde operiert, und das hat ihm das Leben gerettet. Nach dem Eingriff ist mein Kamerad geflohen. Weil er wusste, dass ihn eine harte Strafe erwartet, vielleicht sogar die Kugel. Aber wo sollte er jetzt hin? Zurück in sein Dorf, zu seiner Liebsten.«

Es wurde still.

»Im Dorf wollte man nichts von ihm wissen. Weil man ihn für einen Deserteur hielt. Für einen Feigling. Aber mein Kamerad hatte keine Angst, sein Leben zu opfern. Er hatte die deutsche Ehre gerettet und anschließend das Leben eines Freundes. Seine Liebste musste für ihre Geschwister sorgen und konnte sich nicht dazu durchringen, alles aufzugeben und mit ihm ins Ausland zu gehen. Da hatte das Leben für ihn keinen Sinn mehr. Ihr wisst selbst, welches Ende mein Kamerad genommen hat.«

Er wurde noch stiller.

»Das ist die Geschichte, die ich euch erzählen wollte. Danke, dass ihr meinetwegen gekommen seid.«

In dem allgemeinen Durcheinander blieb mein Aufbruch unbemerkt, was mir auch nur recht war. An der nächsten Straßenecke zündete ich mir eine Zigarette an und fasste einen Entschluss. Nach feiern war mir heute Abend jedenfalls nicht zumute.

Es dämmerte. Ich lief durch die stillen Straßen und dachte an die anfängliche Euphorie im August 1914 zurück. Hätte ich damals schon gewusst, dass man mich heute, ganze zehn Monate später, als Kriegsheld feiern würde, hätte ich mich wie ein junger Gott gefühlt. Doch jetzt wollte ich nichts lieber, als den Lauf der Zeit umkehren.

In der weißen Villa der Familie Hesse sah ich gedämpftes Licht. Ich hatte auch nichts anderes erwartet, denn Claus' Eltern gingen nie früh zu Bett. Ich trat meine Zigarette aus und klopfte an die Tür. Seine Mutter öffnete mir, sie sah müde aus, verbraucht.

»Julius! Komm schnell rein.«

Sein Vater stand im Flur, die Pfeife im Mundwinkel. Er winkte mich ins Wohnzimmer. Über Ottos Käfig hing ein schwarzes Tuch.

Ich durfte mich in den Sessel setzen und bekam Wein, Whiskey, Rum oder Bier angeboten – vor dem Krieg wäre das undenkbar gewesen. Ich entschied mich für Rum, aber nur ein Gläschen. Lange wollte ich ohnehin nicht bleiben.

»Wie geht es dir?«, fragte der Rektor.

Schlecht. Aber durfte ich das sagen?

»Es ging mir schon mal besser, Herr Hesse.«

»Ich hab schon im Lebensmittelladen davon erfahren: Du hast Claus noch gerettet? Ich bin froh, dass ich jetzt Gelegenheit habe, mich bei dir zu bedanken.«

»Dass *wir* Gelegenheit haben, uns bei dir zu bedanken«, sagte Frau Hesse gereizt.

»Aber natürlich, liebe Hedwig«, korrigierte er sich begütigend. »Wir.«

Ich wollte schon sagen, dass das unter Freunden doch selbstverständlich sei, konnte es mir aber gerade noch verkneifen. Ich hatte vorgehabt, die Medaille hierzulassen, aber jetzt war ich mir da auf einmal nicht mehr so sicher. Das war doch lächerlich, was sollten diese Leute damit?

Ich sah den Pferdeschädel auf der Kommode, sauber und gebleicht. Jetzt war es mein Freund, der verweste, tief in der Erde Nordfrankreichs. Ich verdrängte diesen Gedanken.

»Ich habe lange darauf gehofft, dass sich Claus die Hörner abstößt und am Ende Lehrer wird«, sagte Herr Hesse resigniert. »Einen anständigen Beruf ergreift. Aber …«

»Ach. Bernhard!«, unterbrach ihn Frau Hesse. »Das wäre doch nichts für ihn gewesen. Claus wollte nach Amerika und Unternehmer werden.«

»Heute sehe ich das auch«, murmelte er betroffen und auch gekränkt. »Und du Julius, was hast du jetzt vor?«

Ich nahm einen Schluck Rum. »Ich möchte gern Schriftsteller werden.«

»Schriftsteller! Ein anständiger Beruf.«

»Sie bekommen noch einen Gedichtband von mir. Baudelaire. *Die Blumen des Bösen.*«

Er erschrak. »Doch nicht die verbotene Ausgabe?«

»Nein, eine Übersetzung.«

»Wann hat Claus dir den Band denn gegeben?«

Ich sah ihn überrascht an. »Sie wussten davon?«

»Ich hab die Bücher sogar für dich herausgesucht. Wenn ich einen jungen Mann für Poesie begeistern kann, lasse ich mir diese Möglichkeit natürlich nicht entgehen. Wieso? Hat er dir das etwa verheimlicht?«

»Ich durfte kein Wort darüber verlieren. Als Gegenleistung musste ich ihm Nachhilfe geben. Algebra, manchmal auch Geometrie.«

»Als Gegenleistung? Da hat er dich aber ganz schön an der Nase herumgeführt! *Les Fleurs du Mal* darfst du übrigens gern behalten. Hast du schon selbst Gedichte geschrieben?«

»Ich habe mich an der Front an ein paar Versen versucht – vergeblich.«

»Das wundert mich nicht. Ich bin zwar kein Dichter, aber um schreiben zu können, braucht man Abstand. Wie du weißt, bin ich ein großer Bewunderer der französischen Lyrik. Eine Neigung, mit der man in diesen Zeiten geradezu verdächtig ist.«

Ich nickte und dachte an Lucien, den französischen Soldaten, und vor allem an Max, den ich während des kurzen Waffenstillstandes kennengelernt hatte und der mir seine Adresse gesagt hatte, damit ich ihn nach dem Krieg besuche. Ich hatte sie mir fest eingeprägt. *Rue de la Roi, Dijon.*

Hesse fuhr fort: »Ich lese gerade noch einmal das Gesamtwerk von Stéphane Mallarmé. Kennst du den? Er hat seinen achtjährigen Sohn verloren. In *Pour un tombeau d'Anatole* hat er verzweifelt versucht, ihn mit einem Gedicht wieder zum Leben zu erwecken. *Das Grabmal ist nicht für ihn gemacht.* Mallarmé hat dieses Gedicht nie vollendet. Er hat mehr als zweihundert Seiten mit Notizen und Fragmenten hinterlassen, ohne je bis zum eigentlichen Kern vorzudringen. Weil es ihm an Abstand gefehlt hat.«

»Ich glaube, ich habe versucht, der Hässlichkeit des Krieges etwas Schönheit abzuringen.«

Er lächelte. »Die Schönheit des Todes – eine hochromantische Vorstellung. Aber ich fürchte, das ist nur etwas für Leute, die schon alt und lebensmüde sind. Vielleicht wird es dir später einmal gelingen, Gedichte über die Front zu schreiben. Wenn deine Tage nicht mehr so hektisch sind und du Ruhe und Halt gefunden hast.«

Er stand auf, lief am Regal entlang und nahm einen Band in Augenhöhe heraus.

»Das ist eine Ausgabe von *Les Fleurs du Mal* von 1861, in der auch *Der Albatros* zu finden ist. Der Vogel, der mit seinen mächtigen Schwingen über allem Irdischen schwebt und auf einem Boot landet. Dort wird er von Matrosen gequält, die ihm Pfeifenrauch in den Schnabel blasen. Seine großen weißen Flügel hängen wie lahme Paddel an ihm herunter und fesseln ihn an die Erde.

Der dichter ist wie jener fürst der wolke –
Er haust im sturm – er lacht dem bogenstrang.
Doch hindern drunten zwischen frechem volke
Die riesenhaften flügel ihn am gang.

»Der Dichter sieht das Schöne in der Welt, solange er sich ihr mithilfe seiner Fantasie entziehen kann. Sobald er ›fällt‹ und sich im irdischen Tal der Tränen verstrickt, werden seine Flügel nutzlos und hindern ihn sogar daran, im wahren Leben zu reüssieren. Andererseits hat Baudelaire mit eigenen Augen gesehen, wie Matrosen einen Albatros bedrängt haben. Was also ist die besondere Gabe des Dichters? Er benennt die Hässlichkeit und verwandelt sie in Schönheit. Mit beiden Händen wühlt er im schwärzesten Dreck, bis er ein Licht darin erkennen kann. Deshalb bin ich ein so großer Freund von Lyrik.«

Herr Hesse zog nachdenklich an seiner Pfeife. »Aber eines musst du mir noch sagen, bevor du gehst. Wie ist Claus gestorben?«

Mit dieser Frage hatte ich gerechnet.

»Wir wollen die Wahrheit wissen«, sprang Frau Hesse ihrem Mann zur Seite. »Egal, was passiert ist – nichts ist tröstlicher als die Wahrheit. Versprich uns das, mein Junge.«

Nichts ist tröstlicher als die Wahrheit. Ich leerte mein Glas Rum auf einen Zug. »Ich will nicht lange darum herum reden: Claus ist während des Weihnachtsfriedens ums Leben gekommen. Während sich deutsche und französische Soldaten im Niemandsland verbrüdert haben, ist er erstochen worden.«

»Von Franzosen, nehme ich an«, sagte der Rektor.

»Von wem denn sonst, Bernhard!«, rief Frau Hesse. »Aber warum ausgerechnet Claus? Oder war er ein Zufallsopfer?«

»Claus hatte kurz zuvor einen französischen Heckenschützen ausgeschaltet.«

»Es war also ein Racheakt.«

»Ja.«

»Wurde mehrmals auf ihn eingestochen?«

»Nur einmal.«

»Wohin?«

»In seinen Bauch.«

»Hat er sehr leiden müssen?«

»Das kann ich Ihnen nicht sagen.«

»Kannst du es uns nicht sagen, oder willst du es uns nicht sagen?«

»Ich weiß es einfach nicht, wirklich nicht.«

»Wurde der Täter gefasst?«

»Nein.«

Herr Hesse schüttelte den Kopf. »Das ist eine ganz andere Geschichte als die, die uns die Armee erzählt hat. Siehst du, Hedwig? Diese Lügner! Claus soll im Kampf gefallen sein. Während eines Angriffs. Ja, das wollen alle hören! Aber das scheint gar nicht zu stimmen.« Er sah mich an, als wartete er auf eine abschließende Bestätigung, als könnte er es immer noch nicht fassen.

Ich erhob mich, denn ich hatte an diesem Abend noch einen Besuch zu erledigen, auch einen unangekündigten.

Im *Schwarzen Huhn* brannte noch Licht, auch die Luftschlangen hingen noch da. In fünfzehn Minuten war Sperrstunde, aber die Gäste waren bereits gegangen. Ob sie enttäuscht waren, dass ich frühzeitig aufgebrochen war? Egal. Ich sah Elfriede, sie stellte gerade die Stühle hoch. Ich beobachtete sie von meinem Platz unter der Straßenlaterne.

Da bemerkte auch sie mich und musterte mich erstaunt. Besorgt.

Ich ging hinein. Und schloss die Tür.

»Julius! Wo hast du bloß gesteckt? Ich habe mir schon Sorgen gemacht. Warum hast du ...«

Ich küsste sie mitten auf den Mund. Sie zögerte. Ich leckte ihr über die Unterlippe, dann ihren Mundwinkel, küsste leidenschaftlich ihre Wangen, ihre Nase, ihren Hals. Sie rang nach Luft. Ihr weißes Sommerkleid duftete nach Blumen. An ihrem Rücken ertastete ich mehrere Knöpfe. Mit beiden Händen riss ich sie auf und zerrte ihr das Kleid über die Schultern.

»Julius ...!«

Ich packte ihre Taille, vergrub meinen Kopf zwischen ihren Brüsten und saugte an ihren Brustwarzen. Sie begann, mein Hemd aufzuknöpfen. Ich warf sie neben dem Ofen auf den Dielenboden, küsste ihren Bauch, leckte ihren Nabel und hinterließ eine feuchte Spur, die immer weiter nach unten führte. Mit einem Ruck zog ich ihr das Höschen bis zu den Knöcheln, und sie schleuderte es von sich. Ich spreizte ihre Beine und presste meinen Mund gegen ihr feuchtes Geschlecht, steckte meine Zunge hinein. Sie zuckte und stöhnte.

Ich richtete mich auf, öffnete Gürtel und Hose. Ich spürte meinen harten Schwanz und führte ihn an ihre Scham.

Sie versuchte aufzustehen.

Ich drückte sie zu Boden, beugte mich über sie und drang sofort in sie ein, so tief ich nur konnte. Langsam zog ich mich zurück und stieß wieder zu. Sie erstarrte, sah mich verstört an, aber auch voller Verlangen. Ich stieß immer wieder zu, immer fester, und sie stöhnte und schrie, bis ich mit einem markerschütternden Schrei kam.

Es war, als würde ich jemandem das Leben nehmen. Dieser wilde Rausch, dieser Wachtraum, diese brutale Rücksichtslosigkeit weckten in mir Erinnerungen, die ich rasch wieder beiseiteschob.

Keuchend lagen wir nebeneinander.

»Und morgen musst du schon wieder weg?«, fragte sie. »Zurück an die Front?«

»Ja. In aller Herrgottsfrühe.«

Sie wandte mir den Kopf zu.

»Julius? Schau mich an.«

Ich gehorchte.

»Wenn du zurückkommst, bleibst du dann bei mir?«

»Ja. Solange ich lebe.«

teil 7
ego te absolvo

In dieser verwüsteten Landschaft war es gar nicht so einfach, das in Schutt und Asche liegende Dorf des Schmetterlingspriesters wiederzufinden. Nach einer Tagesreise erst mit dem Zug und dann in einem klapprigen Laster voller Munitions- und Verbandskisten war ich endlich im Hinterland der deutschen Linien angekommen. Nach einigem Umherirren hatte ich in der Ferne die Kirchenmauern erkannt.

Es war Nachmittag, ich hörte das Trillern eine Feldlerche. Alles war so wie vor wenigen Tagen. Der kupferne Jesus lag nach wie vor reglos auf dem Marmorboden. Auf dem Friedhof stand Lucius' Karren, das Pferd war an einem Grabstein festgebunden.

Ohne anzuklopfen, betrat ich das Pfarrhaus.

Im Wohnzimmer saßen der Priester und der Totengräber einander am Schachbrett gegenüber und dachten angestrengt über ihren jeweils nächsten Zug nach. Beethoven hockte auf dem Tisch und sah ihnen zu.

»Julius!«, rief der Priester. »Was für eine Überraschung, mein Junge! Was führt dich hierher?«

»Ich bin sehr neugierig, wer diese Partie gewinnt, Hochwürden. Zum Glück bin ich noch rechtzeitig zurückgekommen.«

»Ja, verstehe. Woher kommst du? Aus Deutschland? Hast du deine Familie und deine Freundin wiedergesehen?«

Ich nickte.

»Willst du einen Kaffee? Natürlich willst du Kaffee! Er ist ausnahmsweise frisch aufgebrüht.« Die Kanne stand auf dem Tisch. Er nahm eine Porzellantasse und schenkte mir vorsichtig ein. »Stört es dich, wenn wir die Partie zu Ende spielen?«

»Natürlich nicht, Hochwürden.«

Ich zog mich auf die Toilette zurück, zu der Armee aus Marienstatuen. Der Latrinengestank versetzte mich wieder zurück an die Front. Morgen um zwölf Uhr musste ich mich zurückmelden. Wie lange würde dieser Scheißkrieg noch dauern? Monate, mindestens. Vielleicht sogar bis Weihnachten.

Der Abschied von meinen Eltern war kurz und schmerzhaft gewesen. Mein Vater war distanziert geblieben, doch meine Mutter war in Tränen aufgelöst gewesen, so sehr sie auch an Gottes schützende Hand glaubte. Von Theo hatte ich mich nicht verabschieden müssen. Wir würden uns auf jeden Fall wiedersehen. Wenn Elfriede und ich heirateten, sollte er mein Trauzeuge sein und der Patenonkel meines ersten Kindes. Das war für mich selbstverständlich. Aber zuerst wollte ich Absolution erhalten, weil ich die Hoffnung auf eine bessere Vergangenheit aufgegeben hatte, endgültig damit abschließen wollte. Und zwar hier in dieser Kirchenruine, an dem Ort, an dem ich mich noch vor wenigen Wochen um meine Zukunft bringen wollte.

Die Schachpartie war in der entscheidenden Phase. Der Priester hatte Weiß und besaß noch einen Turm, einen Springer, einen Läufer und zwei Bauern. Lucius dagegen noch zwei Türme und einen Bauern.

»Remis?«, brummte der Priester.

Grinsend streckte ihm Lucius die Hand entgegen. Zum ersten Mal nahm ich eine freudige Regung an ihm wahr. Der Priester schlug ein. »Du bist noch mal gut davongekommen, mein Freund.«

In der Küche schlüpfte der Totengräber in seine Arbeitskleidung. Noch bevor es Abend wurde, wollte er ein Grab ausheben. Ich blieb mit dem Priester allein. Beethoven legte sich auf die Seite und streckte sich. Ich streichelte seinen Bauch.

Und holte tief Luft.

»Ich habe bei meiner Beichte nicht die Wahrheit gesagt. Zumindest nicht die ganze Wahrheit, Hochwürden. In einem Punkt oder besser gesagt in zwei Punkten.«

»Dann beginn mit dem zweiten.«

»Erinnern Sie sich an Gustav Kipp? Daran, dass er im November 1914 einer streunenden Katze die Pistole an den Kopf gehalten hat? Ich habe Ihnen erzählt, dass ich das Tier gerettet habe. Ich hätte es gern am Leben gelassen, aber in Wahrheit ging die Waffe schon beim ersten Schuss los. Der Mecklenburger hat die Katzenleiche in den Stacheldraht geworfen, damit die Franzosen sie sehen konnten. Ich habe geweint. Und das ist jetzt wirklich die Wahrheit.«

Der Priester nickte »Mir hat die erste Version besser gefallen, aber was wahr ist, ist wahr. Doch du wirst nicht zurückgekehrt sein, um mir das zu erzählen.«

»Ich würde jetzt gerne beichten. Wirklich beichten.«

»Ich höre, mein Junge. Ich hör dir zu.«

»Im Beichtstuhl, Hochwürden. Wenn Sie erlauben …«

Er musterte mich forschend und nahm einen letzten Schluck Kaffee. »Na gut, dann komm mit.«

Der mit Schnitzwerk verzierte Beichtstuhl aus Mahagoni befand sich ganz am Ende der Kirche. Ein Eichenbalken hatte sein Dach zertrümmert und versperrte den Zugang. Ich musste mich ziemlich abmühen, bis ich den Balken fortgeschoben hatte. Anschließend zog ich den dunkelroten Vorhang beiseite, fegte Schutt und Staub von der Bank und setzte mich. Der Priester nahm auf der gegenüberliegenden Seite Platz. Wir waren nur durch ein Gitter aus geflochtenem Eisendraht getrennt, das teilweise aus dem Rahmen gerutscht war.

Ich räusperte mich. »Zunächst einmal möchte ich loswerden, dass ich Erich gut verstehen kann, Hochwürden. Auch wenn ich weiß, dass er sich nicht hätte umbringen dürfen. Ich habe in letzter Zeit viel darüber nachgedacht, was mich an unserer Vorstellungskraft, an Sprache und Dichtung so fasziniert. Sie war eine Art Fluchtvehikel, eine Möglichkeit, von zu Hause wegzukommen. Ich habe die Ängstlichkeit und Vorsicht meiner Mutter immer als einengend empfunden. Aber ich konnte sie akzeptieren. Mein Vater dagegen hat sich immer mehr in seinem Laden verschanzt, seinen ganzen Kummer an meiner Mutter und mir ausgelassen. Einmal hat er meinen Kopf in einen Sack Mehl gedrückt, ich war damals höchstens sieben Jahre alt. Wäre meine Mutter nicht gewesen – ich wäre erstickt. Die Dichter haben mir einen Rückzugsort geboten, all das Elend in Worte gefasst, sodass ich mich nicht mehr so allein gefühlt habe.«

»Einsam hättest du dich ohnehin nie fühlen müssen«, sagte der Priester mitfühlend. »Gott ist immer gegenwärtig. Er ist der Hirte, der über dich wacht, Tag und Nacht.«

Ich verstummte. Warum hatte sich Gott dann so nachdrücklich von diesem Krieg abgewandt? Oder waren die darin verwickelten Schäflein bloß Schlachtvieh, das seinem Schicksal nicht entgehen durfte?

»Ich habe seine Gegenwart nicht gespürt, Hochwürden. Und das ist nicht gelogen. Vielleich war ich einfach noch zu jung. Aber wie dem auch sei: Ich habe Gedichte gelesen statt in der Bibel.«

Der Priester schwieg.

»Ich habe selbst angefangen zu schreiben. Und wieder war es eine Offenbarung für mich, Alltäglichem mit wohlgesetzten Worten Bedeutung verleihen zu können. Einmal habe ich versucht, einen Vers über eine Wanduhr zu schreiben, die die Stille und Langweile im Haus rhythmisch begleitet, wenn man so will. Darüber, wie all die kleinen Rädchen und Federn ihr Bestes geben, um die Tage so zäh wie möglich verstreichen zu lassen, wenn auch nur bei mir zu Hause. Das hat Spaß gemacht, die Worte haben regelrecht begonnen, in meinem Kopf zu summen. Ich habe es geschafft, Hässliches in Schönes zu verwandeln, wenn Sie verstehen.«

Schweigen.

»Erich konnte das nicht – er hatte nichts Schönes, das seinen Schmerz und seine Verzweiflung aufwiegen konnte. Er war ganz allein. Und er hat kein Licht mehr am Horizont gesehen. So sündhaft der Entschluss meines Freundes auch sein mag: Ich kann seinen Schritt verstehen.«

Eine Weile schaute ich zur Seite. Der Priester saß ganz nah bei mir und wartete mit gesenktem Kopf.

»Ich habe mich genauso gefühlt wie Erich, Hochwürden. Kurz vor dem Weihnachtsfrieden. Als ich allein im Niemandsland unterwegs war, zu den französischen Linien. Ich habe mich freiwillig gemeldet. Das klingt tapfer und selbstlos. In Wahrheit war es bloß ein Versuch, meinem Leben ein Ende zu setzen. Schon bei diesem Spaziergang durchs Niemandsland hätte ich eigentlich sterben müssen.«

»Erzähl mir, was passiert ist, mein Sohn.«

Ohne Mister Brown, das Frettchen, hätte ich nie davon erfahren.

Ich holte die zwei toten Mäuse aus Claus' Tornister und witterte Fliederduft. Ich hielt seinen Tornister in den Schein der Petroleumlampe und entdeckte ein Bündel mit Briefen. Von seinen Eltern. Und dann einen von meiner Elfriede. Ein einziger Brief. Ich überlegte nicht lange. Ich steckte den Brief in meine Innentasche und brachte die toten Mäuse zu Claus und dem Frettchen. Ich war bedrückt, ließ mir aber nichts anmerken.

Ich hatte den Schützengraben noch nicht erreicht, als ich auch schon Elfriedes Brief überflog. *Lieber Claus.* Die Anrede schockierte mich. Ich wollte nicht weiterlesen, konnte aber nicht anders. Rasch nahm ich den Text in mir auf:

Ich kann nicht glauben, dass es so weit gekommen ist.

Der Alkohol.

In der Euworie. (Meinte sie Euphorie?)

Es war einfach unvermeidlich.

Der arme Julius. *Der arme Julius* – ich fluchte.

Das einzige und allerletzte Mal.

Am liebsten hätte ich laut geschrien und geschluchzt, aber ich brachte keinen Laut hervor. Ich konnte es einfach nicht glauben: zwei Menschen, die mir so nahestanden, die ich so gut kannte! Einsamer als in diesem Moment habe ich mich nie gefühlt.

Ich streckte den Kopf über die Brustwehr. Doch niemand schoss, also ging ich wohl oder übel zu ihnen. Sie ließen mich am Leben – eine Gnade, um die ich nicht gebeten hatte.

Ich begleitete Max in den französischen Schützengraben. Mir war durchaus klar, was das bedeutet. Ich konnte mich ausgezeichnet in den Franzosen hineinversetzen, der Claus hassen musste, weil er seinen Bruder umgebracht hatte. Warum schnappte er sich den Schuft nicht? Warum tat er uns nicht diesen Gefallen? Ich hätte mich für meine Gedanken schämen müssen, aber ich schämte mich kein bisschen.

Was sollte ich tun? Ich wollte Claus mit dem Brief konfrontieren, ihm klar machen, dass ich Bescheid wusste. Dass er ein feiger Verräter war. Aber ich brachte es einfach nicht über mich.

Während ich so durchs Niemandsland irrte, versuchte ich Fragen zu beantworten, die ich kaum zu stellen wagte. Ja, ich wusste, was zwischen den beiden vorgefallen war. Daran bestand kein Zweifel. Aber wann war das passiert? Vermutlich am ersten Tag der Mobilmachung. Ich war danach früh nach Hause gegangen genau wie Theo. Elfriede war nicht mehr im Wirtshaus gewesen. Mir fiel wieder ein, dass sie angeheitert gewesen war, als ich sie an diesem Abend besucht hatte. Sie wollte noch zum Dorfplatz gehen. Dort muss sie Claus getroffen haben. Wie war es bloß dazu gekommen? *Es war einfach unvermeidlich,* stand in dem Brief. Wer hatte die Initiative ergriffen? Er natürlich. Deshalb hatte sie sich mir verweigert, am Abend vor meiner Abreise. Deshalb war ich noch Jungfrau. Hatte er sich sehr anstrengen müssen, sie rumzukriegen? Hatte er einen Knopf nach dem anderen geöffnet oder ihr das Kleid gewaltsam vom Leib gerissen, so wie ich es beim ersten Mal vorgehabt hatte?

Ich durfte nicht länger darüber nachdenken. Aber ich bekam diese Bilder einfach nicht mehr aus dem Kopf. Ich wollte etwas schreiben, aber mir fiel nichts ein. Alles war so sinnlos.

Ich hörte mir an, was die Franzosen erzählten: aufmerksam, mit halbem Ohr oder gar nicht. Doch eine bessere, sicherere

Umgebung hätte ich gar nicht finden können. Vom Schnaps benebelt, kam mir ein ebenso klarer wie finsterer Gedanke: Claus würde nach Hause kommen, direkt nach Weihnachten. Für ihn war der Krieg vorbei. Und Elfriede wartete. Die beiden würden heiraten, und sie würde ihm das Jawort geben – in derselben Kirche, in der sie zu fast allen Jungen Nein gesagt hatte. Die beiden würden drei, vier Kinder kriegen und zusammen alt werden. Und Julius, *der arme Julius?* Der würde beim ersten Angriff des Jahres 1915 in Grund und Boden geschossen und im Schlamm und Morast des Schlachtfelds rasch vergessen werden.

Diese Vorstellung war mir unerträglich.

Ich musste meinem ehemals besten Freund einen Denkzettel verpassen, der sein Idyll überschatten würde. Er musste wissen, dass ich Bescheid wusste. Und sie auch. Aber vor allem er. Ich wollte, dass sich dieser Hundsfott jammernd vor mir im Staub wand vor Schuld und Scham. Da sah ich durch den Rauch des Lagerfeuers, wie er sich allein auf den Weg machte, humpelnd und auf Krücken. Er lief zu den Latrinen. Ich stand auf und streckte die Beine. Entschuldigte mich bei Max, dass ich auf die Toilette müsse.

Die Latrine war nicht mehr als eine Grube mit zwei darübergelegten Brettern. Ich wusste nicht, was ich sagen sollte. Claus zog die Hose hoch, schloss den Gürtel und drehte sich zu mir um.

»Julius! Musst du pissen oder scheißen?«

Ich sah ihn einfach nur an.

Er kam auf mich zu. Wir standen uns gegenüber. Ich zog den Brief aus meiner Innentasche.

»Der ist – von Elfriede. Du hast ihn aus meinem Tornister geklaut!«

Ich nickte bedächtig und ließ ihn nicht aus den Augen.

Er wurde nicht wütend. Er lachte nur. »Julius, Julius. Mach dir keine Sorgen, sie gehört dir. Du kannst sie haben, wirklich. Aber seien wir ehrlich: Elfriede ist die Schönste im Dorf. Sie musste eingeweiht werden, und zwar von mir. Jetzt schau nicht so blöd, Mann! Ich will sie nicht. Sie gehört dir!«

Wieder dieses Lachen. Voller Spott und Hohn.

Eine Fliege hatte sich in den Beichtstuhl verirrt und summte laut. Ich verfolgte sie mit meinen Blicken, bis sie in einer Vorhangfalte verschwand.

»Erzähl weiter«, sagte der Priester leise. »Gestehe dem barmherzigen Gott deine Sünde, mein Sohn.«

»Ich kann mich nicht mehr daran erinnern, Hochwürden.«

»Denk gut nach.«

Ich schluckte und suchte nach Worten. »Ich war wie in *Rage*. Mehr als nur wütend. Ich sehe noch sein überraschtes Gesicht vor mir ...«

Ich ertrug die Enge und die Finsternis nicht mehr und stieß einen Schrei aus, er schien aus weiter Ferne zu kommen. Mit einem Ruck zerrte ich den Vorhang zur Seite und rannte aus dem Beichtstuhl hinaus. »Er war mein Freund. *Mein Freund.* Und die Franzosen waren die Feinde, so musste es sein. Aber wer war hier der wahre Feind?« Ich ließ mich zu Boden sinken und trommelte auf eine Kirchenbank.

Der Priester packte mich am Arm.

»Komm, setz dich.«

Ich nahm Platz auf der Bank.

»Eines verstehe ich nicht ganz an deiner Geschichte: Claus wurde mit einem französischen Bajonett im Bauch gefunden.«

»Max hatte mir seines gegeben, Hochwürden. Das sollte eigentlich für Pater Wessendorf sein.« Ich sah, dass meine Fingerknöchel bluteten.

»Hast du überlegt, dich anzuzeigen?«

»Dann erwartet mich die Kugel.«

Der Priester nickte langsam. Scheinbar ungerührt faltete er die Hände. »*So wir aber unsre Sünden bekennen, so ist er treu und gerecht, dass er uns die Sünden vergibt und reinigt uns von aller Untugend.* So steht es im Johannes-Evangelium. *Ego te absolvo a peccatis tuis in nomine Patris et Filii et Spiritus Sancti. Amen.* Ich spreche dich frei von deinen Sünden im Namen des Vaters, des Sohnes und des Heiligen Geistes. Amen.«

Schweigen.

Ich versuchte nachzudenken. Weiterleben ohne Vergangenheit – ging das überhaupt? Würde mir das vergönnt sein – eine Zukunft ohne Schuld, Groll und Schmerz? Ich hatte versucht, meine Bürde zu erleichtern, indem ich die Naturgesetze über die menschliche Zivilisation stellte. Der Kampf um eine Frau kann durch den Tod eines der Kontrahenten entschieden werden. Aber Erleichterung hatte es mir kaum verschafft.

Der Priester starrte vor sich hin. Ich wusste nicht, was er von mir dachte. Und es war mir auch egal, zumindest weniger wichtig, als ich bisher vermutet hatte.

»Ich möchte mich bei Ihnen bedanken. Dafür, dass Sie sich meine Geschichte angehört haben.«

Er lächelte müde. »Nichts zu danken. Hast du Elfriede schon gesehen?«

»Ja, Hochwürden.«

»Vergib ihr.«

»Ich … Das würde ich gern.«

»Vergib ihr. Du hast schon Schlimmeres gesehen und getan, oder etwa nicht? Ich habe dich hier mit einer Pistole unterm Kinn vorgefunden. Warum hast du nicht abgedrückt?«

Ich schwieg eine Weile, bevor ich sagte: »Ich weiß es auch nicht, Hochwürden.«

»Weil dann endgültig alles sinnlos wäre. Du kannst dieser Geschichte noch eine positive Wendung geben, mein Junge. Auf meine Art habe ich das ebenfalls tun müssen.«

»Manchmal weiß ich nicht, ob ich jemals wieder aus diesem dunklen Morast herauskomme.«

»Doch, das weißt du sehr wohl. Sonst hättest du dir den Kopf weggeblasen und mir deine Geschichte gar nicht erst erzählt. Und ja: Die Realität ist oft ganz anders, als wir uns das vorgestellt haben. Dasselbe gilt für den Krieg. Aber auch für den Schmetterling. Der scheint sorglos umherzuflattern, die Farben und Düfte der Blumen zu genießen. Doch der Schein trügt. Der Schmetterling ist in Panik. Er muss trinken, um zu Kräften zu kommen, bei Kräften zu bleiben. Einen Sinn für Schönheit dürfte er nicht haben. Dieses Nachtpfauenauge lebt, wenn man von seiner Zeit als Ei, als Raupe und Puppe absieht, nur drei Tage. In dieser kurzen Zeit muss es sich paaren, und das Weibchen muss seine Eier an einem sicheren Ort ablegen. Das ist das Einzige, was zählt. Rasch verliert es die Schuppen auf seinen Flügeln und damit zunehmend an Glanz.«

»Traurig, finden Sie nicht?«

»Ich bin darüber gar nicht so traurig, Julius. Weil ich daran glaube, dass dieser Schmetterling als Gottes Liebling trotzdem etwas von der Pracht der Natur mitbekommt. Neben seinem Überlebenstrieb. Und sei es nur für eine einzige Stunde. Ist das naiv? Bin ich vielleicht ein Träumer? Entscheide du! Ist der Letzte, der hier noch ausharrt, ein Dorfnarr?«

Der Priester ließ mich allein, und ich schaute ihm nach. Er wirkte niedergeschlagen, aber vielleicht bildete ich mir das auch bloß ein.

Ein Toter besucht dich. Aus dem Herzen rinnt das selbstvergossene Blut und in schwarzer Braue nistet unsäglicher Augenblick; dunkle Begegnung. Du – ein purpurner Mond, da jener im grünen Schatten des Ölbaums erscheint. Dem folgt unvergängliche Nacht.

Oft haben Dichter nur Schwarz gesehen. Kein Weiß und kein Grau. So wie Trakl in *Verwandlung des Bösen*. Mit all diesen Gedichten im Kopf hatte ich die Eintönigkeit und Langeweile fernhalten können. Aber wie lange sollte ich ihnen an Orte folgen, die einfach nur unheimlich sind?

Der Priester fand Trost in einem Segelfalter. Lucius Erfüllung in einem entmoosten Gedenkstein und einem gut ausgehobenen Grab. Theo hatte Fotograf werden wollen, und fand nun Freude daran, Ziegel zu brennen, um damit Schulen, Kirchen, und Häuser aus Ruinen auferstehen zu lassen. Selbst eine Schachpartie konnte dem Leben Sinn geben. Wenn man denn einen Blick dafür hatte.

Ich stand auf, klopfte mir Staub, Sand und Schutt ab. Ich musste noch einen Krieg zu Ende führen.

Nachwort

Kühn in der Erfindung oder der getreuen Rekonstruktion der Wahrheit; bescheiden in der peinlichen Beachtung des Wahrscheinlichen. JORGE SEMPRÚN

Um den Alltag an der Front im Herbst 1914 glaubhaft schildern zu können, habe ich auf Lebenserinnerungen von Menschen zurückgegriffen, die tatsächlich selbst in Schlamm und Morast gestanden haben wie Louis Barthas, Henri Barbusse, Erich Maria Remarque, Paul Lintier, Valentin Dewaele, Ernst Jünger, Louis-Ferdinand Céline und Robert Graves. Zu Dank verpflichtet bin ich auch den ehrenamtlichen Mitarbeitern der Ziegelei Losser, Kars Veling von der Schmetterlingsstiftung, Bruder Frans, dem wirklichen Schmetterlingsmönch im Kloster Egmond, und Rona Hatzmann für die französischen Formulierungen.

Folgende Passage ist von einem Sinnspruch des persischen Dichters OMAR KHAYAM (1048–1131) inspiriert:

»Schach ist ein Gleichnis für das Leben: Die weißen und schwarzen Felder sind wie Tag und Nacht, und auf dem Schachbrett entscheidet sich das Schicksal der Figuren. Die Spieler sind die Götter, die über Opfer, Dauerschach und Pattsituationen entscheiden. Und wenn das Spiel zu Ende ist, wandert eine Figur nach der anderen in die Kiste.«

Welt ist ein Schachbrett, Tag und Nacht geschrägt,
Wie Schicksal Menschen hin und her bewegt,
Sie durcheinander schiebt und schlägt,
Und nachher in die Schachtel legt.

Mai 2016, St. Maarten

Anmerkungen der Übersetzerin

Sonett aufs Arschloch: Die deutsche Übersetzung des Gedichts von Arthur Rimbaud und Paul Verlaine wurde von Franz von Rexroth besorgt (Wiesbaden 1926).

»Es gilt ein Fleckchen, worauf die Zahl den Streit nicht führen kann, nicht Gruft genug und Raum, um die Erschlag'nen nur zu verbergen.« Das Shakespeare-Zitat stammt aus *Hamlet* von William Shakespeare, zitiert wurde aus der Übersetzung von Schlegel-Tieck.

»Nichts geht über Schweigen« *(»Zwijgen kann niet verbeterd worden«)* ist ein Zitat des niederländischen Schriftstellers Willem Elsschot aus seinem Roman *Tschip*. In der deutschen Übersetzung von Else Hollander-Lossow aus dem Jahr 1936 wurde das mit der idiomatischen Redewendung »Schweigen ist Gold« übersetzt. Für diesen Roman wurde das Zitat von mir neu übertragen.

Pour un tombeau d'Anatole: Von diesem Gedichtfragment von Stephane Mallarmé existiert keine deutsche Übersetzung, das Zitat daraus (»Das Grabmal ist nicht für ihn gemacht«) habe ich direkt aus dem Niederländischen übersetzt.

Der Albatros von Charles Baudelaire: Die Übersetzung stammt von Stefan George.

Alle Gedichte von Georg Trakl zitiert nach: Georg Trakl: Sämtliche Gedichte. Frankfurt 2014.

Sämtliche Bibelzitate entstammen der Lutherbibel (nach der zweiten kirchenamtlichen Revision von 1912).

Das dem Nachwort vorangestellte Semprún-Zitat stammt aus Semprúns Vorwort zu dem Roman *Klaras Nein* von Soazig Aaron und wurde von Grete Osterwald ins Deutsche übertragen.

Inhalt

Peter Mayle

Die Diamanten von Nizza

Roman

Aus dem Französischen von Ursula Bischoff

ISBN 978-3-89667-570-5

Mit einer Nudelfirma sind sie reich geworden, der bärbeißige Signor Castellaci und seine gutmütige Frau. Doch ihre feinen Klunker sind sie los. In dem Wandsafe hinter dem klassischen Ölgemälde waren sie vielleicht auch eine Spur zu klassisch aufbewahrt. Fußspuren, Fingerabdrücke? Fehlanzeige. Das Hauspersonal, von der Köchin bis zum Dienstmädchen, ist mit betonfesten Alibis gewappnet. Klar, dass der Verdacht bald auf die Eigentümer selbst, auf die Castellacis fällt. Daher beauftragt die zuständige Versicherung, die sich mit einer Schadensersatzforderung in Millionenhöhe konfrontiert sieht, Elena Morales, den Nudelfabrikanten und seine Frau unter die Lupe zu nehmen. Mit überschaubarem Erfolg. Die Klienten haben immer pünktlich bezahlt, und außer schlechten Manieren ist ihnen nichts nachzuweisen. Immerhin findet Elena heraus, dass die Castellacis einen Sommelier beschäftigten, von dessen Existenz die Polizei nichts wusste. Dieser Spur geht Elena nach.
Endlich trifft auch Elenas Freund, Sam Levitt, der gerade einem Freund beim illegalen Zigarrenhandel geholfen hat, in Frankreich ein. Sein Sportgeist und eine überraschende moralische, zivilrechtliche Aufwallung machen es ihm unmöglich, sich mit dem Fakt eines perfekten Verbrechens abzufinden. Er nimmt anstelle der längst im Dienstschlaf befindlichen Polizei die Ermittlungen mit Feuereifer auf. Schon bald entdeckt er eine ganz neue Spur – die sich mit Elenas Recherchen kaum vereinbaren lässt.

Blessing